ダニエル・キイス文庫

11

眠り姫

〔上〕

秋津知子訳

早川書房

4589

UNTIL DEATH DO US PART

by

Daniel Keyes

Translated by
Tomoko Akitsu
Published 2000 in Japan by
HAYAKAWA PUBLISHING, INC.
This book is published in Japan by
arrangement with
WILLIAM MORRIS AGENCY, INC.
through TUTTLE-MORI AGENCY, INC., TOKYO.

わたしは、アポロの医師やアスクレピオス（アポロの息子で医術の神）、ヒュギエイア（アスクレピオスの娘で健康の女神）、パナケイア（アスクレピオスの娘で治療の女神）、そして、すべての神々、女神たちの名にかけ、彼らをわたしの証人として、この誓いとこの契約を自分の能力と判断に従って果たすことを誓う。

……わたしは病者たちを自分の能力と判断に従って治療し、彼らを危害や不法から守る。

わたしは、たとえ乞《こ》われても、なんぴとにも毒薬を与えず、また、みずから、そういう趣旨の提案もしない。

いかなる家を訪れようと、それは病者のためであり、どんな不祥事《ふしょうじ》にも関係することなく、とりわけ、自由市民であろうと奴隷であろうと、女性とも男性とも性的関係を持たない。

治療の過程で、あるいは、それ以外で、わたしが見たり聞いたりすること――これはけっして言いふらしてはならないことであり、こういうことを他言《たごん》するのは恥ずべきことと考えて、わたしは口外しない。

もしわたしがこの誓いを果たし、これを破ることがなければ、わたしは人生と芸術を楽しむことができ、わたしの名声がすべての人々に、そして、末永く後世まで知れわたりますように。もし誓いに背《そむ》き、偽りの誓いとなったときは、これと逆の運命となりますように。

『ヒポクラテスの誓い』（紀元前四六〇年頃）より

目次

下巻内容

登場人物

アイリーン・モーガン……………精神科医
ジョージ・コーラー……………精神科医。睡眠障害治療の専門家
キャロル・クレイ……………コーラーの患者
ロジャー・クレイ……………画家。キャロルの夫
エレナ・クレイ……………キャロルの娘
エリカ・ウォード……………レノックス大学の図書館司書
ブーマー・ウォード……………エリカの息子
ジェイソン・ストーン……………リヴァーサイド警察の刑事
フランク・ディクソン……………レノックス郡の公選弁護人
マイク・パウエル……………死刑制度に反対する弁護士
ポール・ナッシュ……………州検事
エド・リーチ……………キャロルの昔の恋人

オスカー・キャメロン……………キャロルの前夫。ペンテコスト派の牧師
ランドール・ウオッシュバーン……フロリダ州立病院の精神科医
チェット・ライリー………………同職員
デイヴィッド・モーガン…………アイリーンの父。ホロコーストの生き残りのユダヤ人医師
サム・ゴールデン…………………アイリーンの統制分析医。デイヴィッドの古くからの友人
マルセル・ヴェイユー……………コーラーの統制分析医
ウォーレス…………………………ＣＦＭＨ（刑務所付属司法精神病院）の責任者
アブナー・ボーデン………………フロリダ州立刑務所の責任者
ハーグリーヴズ少佐………………同警備・処刑担当主任管理官
アーニー・フーバー………………同所属の心理学者
ジェファソン・バー・クレイ……ロジャーの祖父。第二次世界大戦の英雄
ギデオン・ボール…………………フロリダ州知事

眠り姫

〔上〕

プロローグ　一九八二年

マル秘

注意　このテープは医師と患者のあいだの秘密情報であり、州法および連邦法の定めるところにより開示の義務を免除されている。患者の許諾《きょだく》なしに、このテープを配布、もしくは複製することを厳禁する。

＊　＊　＊

一九八二年十一月一日午前六時三十分、わたし、精神科部長代理、ジョージ・S・

コーラー医学博士は、フロリダ州リヴァーサイド、レノックス記念病院の精神科に本日入院した患者、三十一歳のキャロル・クレイに対するアミタル剤投与《とうよ》による催眠治療のもようを主治医として録音している。

患者には睡眠障害の病歴があり、わたしは彼女が十五歳のときから、個人診療の患者として治療にあたっている。

患者の夫が彼女を当院に運びこんだとき、患者は情動脱力発作《カタプレクシー》の発症によって昏睡《こんすい》に似た状態にあった。この脱力発作《ほっさ》、すなわち筋肉の緊張の消失は、しばしば睡眠障害にともなうものであり、また、通常、激しく感情をゆさぶる出来事によって引き起こされるものである。

わたしはアミタル剤によって催眠状態におちいった彼女に、ここにはわたしたち二人しかいないこと、そして――医学的、精神医学的情報の秘密保持に関する法律があるので――どんなことを話そうと、それがわたし以外の者に知られることはないと請《う》け合った。わたしは彼女に自由連想をして、心に浮かんだことを何でも話すようにといった。

＊
＊
＊

わたしは深い眠りから目を覚ましました。地獄の火と永遠の責《せ》め苦《く》に向かってまっ逆《さか》さまに落ちていく悪夢に悲鳴をあげて、がたがた震えながら、すすり泣きながら、息苦しさに喘《あえ》ぎながら、目を覚ましました。でも、地獄に落とされるのはこのわたしじゃない。エレナなんです。

今夜はハロウィーン。

学校の仮装舞踏会が終わったら、この家に来て泊まってもいいなんて、わたし、ブーマーにいうべきじゃなかった。

ロジャーは起きていて、たぶん裏に行って、アトリエで絵を描いているんだわ。でも、となりの彼の枕がくぼんで空《から》っぽなのが、わたしには恐ろしい。彼はどこにいるんだろう？　彼の身に何ごともなければいいけど。ああ、神さま、どうぞ彼が無事でありますように。

彼は自分の絵のことで頭がいっぱいで、最近はお祈りをする暇《ひま》もない。芸術の不滅を信じることは神への冒瀆《ぼうとく》になると、わたしは口を酸《す》っぱくしていっているのだけれど。神の御言葉《みことば》だけが、わたしたちと地獄の責め苦や業火《ごうか》とのあいだに立ちはだかる唯一の防火帯なのに。

なぜこんな考えが、まるでつむじ風のように、わたしの頭のなかで渦巻くのだろう？　そして、また思い出した――ハロウィーンなのだと。

ロジャーの不滅《ふめつ》の魂《たましい》を救うために、わたしは彼の絵の具やカンバスや絵筆を裏庭に持ち出して燃やしてしまいたい気がする。あら、すてきじゃない？　ハロウィーンの大かがり火《ボンファイヤー》ってわけ！　絵の具が、夜空をバックに罰当《ばちあ》たりな絵を燃えあがらせてくれるんじゃない？

わたしはいつもハロウィーンが怖かった。以前、母はわたしにイバラ姫《ブライアー・ローズ》（ディズニー映画『眠れる森の美女』の眠り姫、オーロラ姫の別名）の扮装《ふんそう》をさせて、〝お菓子をくれなきゃ、悪戯するぞ《トリック・オア・トリート》〟と近所の家をまわって歩かせた。ロシター爺《じい》さんの家に行ったとき、お爺さんはわたしを自分の書斎に連れこんで、「お菓子じゃないものをあげよう」といって、彼の大きな、堅《かた》いあれをわたしの体に押しこんだ。そして、「悪魔がわしにこんなことをさせたんだ。おまえが人に話しても、誰も信じやしないし、悪魔がやって来て、おまえを地獄の火で未来永劫《みらいえいごう》にわたって焼きつづけるぞ」といった。

わたしはけっして誰にもいわないと叫んだ。すると彼はにっこりして、「悪魔よ、わたしの背後に引きさがれ！」といいなさい、といった。そこで、わたしは「悪魔よ、わたしの背後に引きさがれ！」といった。すると彼はわたしの体をぐるっとまわして後ろを向かせ、背後から彼のあれを突っこんだ。そのとき、わたしは気を失って倒れた。

痛かった。でも、誰にも話さなかった。

それ以来、わたしはずっとハロウィーンが怖かった。

ハロウィーンにはいつもクロゼットに隠れて、いつか眠りこんだ。

母はわたしを〝お菓子をくれなきゃ、悪戯するぞ〟に送り出してはいけなかったのだ。わたしを危険から守ってくれなければいけなかったのだ。

ロジャーが風景画を描いている。すごく熱中していて、すぐ後ろまで近づいても気づかない。わたしが抱きついて「わっ！」というと、ビクッとした。

愛してるよ、と彼はいう。

わたしほどじゃないわ。

もっとだ、と彼はいう。ぼくのほうがもっと愛している、と。

今日の午後、馬の飼料や、画材や、きみのビタミン剤を買いに町に行かなければならない、とロジャーはいう。わたしも一緒に行きたいのに、家にいたほうがいいという。帰りは暗くなってからになるし、暗闇、特にハロウィーンの夜の暗闇が、きみにはどんなに苦手かわかっているから、と。

じゃ、頼みたいことがあるの、とわたしはいう。学校に行って、舞踏会のあとでエレナとブーマーを乗せてきて。エレナをブーマーの家に泊まらせたくないの。彼をこっちに泊まらせましょうよ、そうすればあの子たちに目がとどくから。

ロジャーはいう、でも、きみはエレナに向こうの家に泊まってもいいと約束したじゃないか。ブーマーのお母さん、エリカは二人の帰りを待ってるよ。

わたし、気が変わったのよ。ブーマーとエリカの影響で、エレナはだんだん信仰心をなくしかけていると思うの。わたしがあの娘を守るのを手伝って。

おいおい、キャロル、いい加減《かげん》にしないか。

かわいいわが娘を地獄で未来永劫、苦しませたくないの。悪魔をあの娘の背後にまわらせたくないの。

エレナはまだ十五だよ、と彼はいう。

それに、わたしたちは純真な孫を守ってやらなければ。

いったい、何の話だい？

エレナから妊娠しているって聞かされたの。

彼の灰色の目がくもる。でも、彼はわたしを抱きしめて、わたしが頼んだとおりにするという。

彼が留守のあいだ、わたしは聖書を読む。

またしても、自分が震《ふる》えおののいているのを感じる。今夜は反キリストの悪霊たちが野放しになっているとわかっているからだ。そして、自分がまた眠りこんでしまうのが怖い。目を開けていようと必死で努力する。

わたしは寝室に駆けこんで、前夫の拳銃が入れてある嫁入り箱《ホープチェスト》のなかを引っ掻《か》きまわす。拳銃にはまだ弾を込めたままだ。そして、わたしは枕の下に拳銃を入れて横になり、ロジャーが舞踏会からエレナとブーマーを連れて帰るのを待っていたけれど、寝込んでしまった。それからわたしは夢を見て、夢のなかで目を覚《さ》まして、枕の下から拳銃を取り出す。ロジャーはわたしの横で眠っており、わたしはベッドからそっと抜け出す。自分が、まるでわたしのネグリジェを着た他人のように、裸足《はだし》で寝室を出てエレナの部屋に入っていくのが見える。

でも、エレナの部屋にはブーマーがいる——彼女に覆《おお》いかぶさって——わたしのかわいい娘に〝お菓子をくれなきゃ、悪戯するぞ〟をしている。

わたしは悲鳴をあげる。あなたたちにはわかっているの、自分の赤ちゃんの不滅の魂を危険にさらしているのが？

ブーマーはごろっと横に転《ころ》がってエレナから降り、わたしを睨《にら》みつける。自分の裸身を覆おうとさえしない。ペニスが宙に突っ立っている。

ぼくらはそんなこと信じちゃいませんよ、ミセス・クレイ。

エレナがいう、神さまとか、天国とか、天使とか、そんな話はみな、ただわたしたちを楽しませないようにするための手段よ。

そんなことをいうもんじゃないわ、エレナ！　あなたはわたしの、この世でいちばん大事な宝物なんだから。それに、お腹《なか》の赤ちゃんのために用心しなきゃ。お人形じゃない、本物の人間なのよ、清純無垢《せいじゅんむく》な人間。赤ちゃんを悪から守ってやらなきゃいけないわ。

ブーマーが笑う。おふくろも、ぼくも、あなたが信じてるユダヤ教とキリスト教のまじった聖書の男の神を信じちゃいませんよ。ぼくらは無神論者です。

そのとき、復讐の天使がわたしに乗りうつる——わたしを支配する——そして、その声がわたしの唇から金切り声で叫ぶのが聞こえる、そんなことをいうもんじゃないわ！　だめよ！　いけません！

そして復讐の天使は、銃口をエレナの頭に向けながら叫ぶ、霊魂をお救いくださいと神さまに頼みなさい！　神に祈りなさい！

ママ、ママは頭がどうかしてるわ！

ママはあなたがかわいいのよ、復讐の天使はいう。天国で会ったとき、あなたはママがしたことを感謝するわ。

だめだ！　ブーマーが叫ぶ。

悪霊があなたたちの心を支配してしまったから、わたしが救ってあげなければならない……

復讐の天使の指が、引き金にかけたわたしの指を引きつらせ、そのショックで何度も何度も何度も拳銃が火を吐いた——そして、血——そして、身をよじった二つの死体と静寂……

ロジャーがパジャマ姿で駆けてくる、悲鳴と銃声が聞こえたけど、と叫びながら。何をしてるんだ——？　ああ、なんてこった、キャロル、なんてことをしでかしたんだ？

彼は復讐の天使の手から拳銃をもぎとって、ぼくが今きみをきれいにしてあげるからね、という。ぼくが万事、引き受けるから、と。

目が覚《さ》めてから、わたしは彼に、また夢遊状態になって悪夢を見たの、と話す。そのとき、わたしは気分が悪くなって吐き、ロジャーがわたしの顔を拭《ふ》いてくれて、それから、わたしは倒れる。わたしにはそれが睡眠障害が原因で起きる発作、コーラー先生が脱力発作と呼んでいるものだとわかる。わたしは聞くこと、見ることはできるけれど、筋肉がいうことをきかない。体を動かすことができない。

ロジャーがいう、怖がらなくてもいい。心配はいらない。きみを愛している。ぼくがきみを守ってあげるよ。ここはぼくがきれいに片づける。きみがしたことは、金輪《こんりん》際《ざい》、誰にもわからない、と。

わたしには彼が何の話をしているのかわからない、だって天使には保護なんて必要ないもの。

わたしは、今やわが家が生《い》け贄《にえ》の子羊の血で浸《ひた》されていることを、そして、わたしが善良で親切な男性の愛情で祝福されていることをロジャーに伝えたいと思うけれど、わたしの唇は話すことができない。それができるのは目だけ。彼は読みとってくれたと思う。

車でわたしをレノックス記念病院に運びながら、ロジャーは泣いている。

＊　＊　＊

あなたに話しかけているのは医師のコーラーだよ、キャロル。あなたはこれから深い眠りにつく。安心しなさい、法の定めにしたがって、わたしは今回の治療の内容を誰にも教えないから。わたしが三つまで数えたとき、あなたは目を覚ます。しかし、あなたは自分が話したことや、したこと、あるいは、その背後にある記憶をいっさい覚えていない。

一つ……二つ……三つ……

第一部　一九八二年

第一章

屋根を折りたたんだ銀色《シルバー》のMGが、ジョージア州との州境からさほど遠くない、細長く突き出したフロリダ州パンハンドル地域にあるリヴァーサイド市郊外の踏切に近づいた。赤い信号灯が点滅し、けたたましい警告の鐘《かね》の音が鳴りひびいて、踏切の遮《しゃ》断機《だんき》が降りはじめた。近づいてくる機関車が泣き叫ぶように警笛《けいてき》を鳴らした。

MGのハンドルを握る三十代の、よく日焼けした女性はブレーキを軽く踏んで速度を落とした。それから、ダッシュボードの時計に目をやると、ブレーキではなくアクセルを踏みこみ、猛スピードで線路を渡った。降りてきた遮断機の横棒が後ろのバンパーをこする。

背後を轟音《ごうおん》をあげて列車が通過して、彼女の淡《あわ》い褐色の髪が風に乱れて目に入る。彼女はそれを後ろに払いながら、〈レノックス記念病院――構内制限速度、時速三十キロ〉という標識を見て速度を落とした。

彼女のデジタル腕時計は八時四十五分を表示している。

彼女は午前八時きっかりに家を出た。だから、タラハッシーからこの病院まで――まさに彼女の予想どおり――四十五分かかったのだ。〈医師専用〉と記《しる》されたスペースに車を止めると、彼女は大型のハンドバッグと書類鞄《かばん》をつかんで職員用出入り口にきびきびと歩いていった。

受付の看護婦が挨拶《あいさつ》した。「おはようございます、モーガン先生」

アイリーン・モーガンはうなずいた。「コーラー先生が出てらしたら、教えてね」

「もう見えていて、患者さんのところです。あなたが来たら知らせるようにって」

アイリーンの眉《まゆ》がかすかに上がり、ハシバミ色の目にたずねるような表情が浮かんだ。ナース・ステーションの壁の時計は九時三分を指している。

「コーラー先生にしてはいささか早いですけどね」看護婦はいった。「先生の患者さんが今朝《けさ》早く、ご主人に運びこまれて」彼女はこちらに背を向けて窓の外を見ている背の高い男のほうへ顎《あご》をしゃくった。彼は背筋をまっすぐ伸ばして、ほとんど気をつけに近い姿勢で立っていた。砂色の髪を後ろで束《たば》ねてポニーテールにしている。「クレイさんがどうしてもっていい張るので、わたし、コーラー先生に電話したんです。そしたら今朝六時に出てこられたもんだから、みんなびっくりしちゃって」

アイリーンは腕時計を見た。「それで、まだ彼女のそばに？」

看護婦は肩をすくめた。

患者の夫がこちらを向き、その風雨にさらされた顔、深いしわが刻まれた額《ひたい》、疲れた灰色の目をモーガン医師は見た。彼は三十八、九に見えた。アイリーンは彼に近づき、手をさし出した。「わたし、医師のアイリーン・モーガンです、クレイさん。奥さんのこと、ご心配ですね。でも、ジョージ・コーラー先生が付き添《そ》っているようですから」

クレイは彼女を見て、うなずいた。「ありがとう。あなたも精神科医ですか？」

「ええ。この病院で専門コースの実習をしているんです、コーラー先生からセラピーの技術を学んでいます。コーラー先生は今朝早くからずっと奥さんのそばについているようですね」

クレイはうなずいた。「先生にいつもいわれていたんです、キャロルがもし例の発作を起こしたら、すぐに電話するようにって」

「前にも発作を起こしたことがあるんですか？」

「ええ、ありますとも。彼女は十五歳のときからコーラー先生の治療を受けているんです。どんな手を打てばいいか、先生はよくご存じなんです」

モーガンは彼の腕を軽く叩いていった。「それなら奥さんは心配ありませんよ」

ちょうどそのとき、ジョージ・コーラー医師が自分のオフィスから出てきた。白衣を着た背の低い男で、まるで強い風に向かって歩くように体をわずかに前に倒して歩いた。彼は近づくと挨拶代わりにうなずいたが、アイリーン・モーガンは彼の黒い髪とヴァンダイクひげが、二日前に見たときよりいっそう黒々としているのに気づいた。今、彼の髪は黒い目とぴったりマッチしていた。当人は若く見せようと努力していたが、明らかに五十代の半《なか》ばだ。

「モーガン先生、どうやら、あらためてロジャーを紹介する必要はなさそうだね」彼はまるで外国なまりをなくそうと懸命に努力した者のように、いやに明確な発音で話した。

「どんな具合です、妻の様子は？」クレイがたずねた。

「心配いりませんよ」コーラーはいった。「彼女といろいろ話をしました」

クレイは驚いたようだった。「キャロルは話せたんですか？」

「催眠薬ペントタールを投与したからね。当人は何も覚えていないだろうが」

「彼女は何かいいましたか、その……？」

アイリーンは二人のあいだで交《か》わされた視線に気づいた。クレイの灰色の目は探《さぐ》るように相手を見ていた。コーラーは首を振った。

クレイはうなずき、コーラーの顔から視線をそらした。「なるほど」彼はただそういっただけだった。「彼女のところに行ってやります。目を覚ましたとき、そばにいてやりたいから」

「それは感心しないね」コーラーが鋭い口調でいった。「彼女のショックが強まるおそれがある」

クレイの額のしわが深くなった。「いったい、なぜ？　いつもそうしているのに、彼女が発作を――」

「わたしの下した判断に文句をいわんでください。これは命令です。説明している暇はないが」

「でも、これまではいつも許可されてたんですよ、彼女のそばに――」

「くどいね！」コーラーは、これで打ち切りとばかりに、追い払うように手をひと振りして背を向けた。

　アイリーンはびっくりした。というのも、患者が意識を取り戻して自分が病院にいるとわかったとき、気づかってくれる者の顔がそばにあれば、ショックは軽減されるだろうと考えていたからだ。だが、ここで口を挟《はさ》むようなことはしなかった。

　クレイは、悲しげに首を振って背を向けた。

　クレイが立ち去ると、彼女はたずねた。「コーラー先生、先生はこの種《しゅ》の症例をたくさん見ておいででしょうが、ミセス・クレイが昏睡に似た状態になったのは、何が原因だとお考えですか？」

　コーラーの黒い目が、心のなかを見透《みす》かそうとするかのように、彼女の目をじっと見つめ返した。「わたしは彼女が子供のときから睡眠障害の治療をしているんだがね。脱力発作――筋肉がまったく制御不能となるこの種の発作をこう呼んでいるが――これは睡眠障害によく見られる副次的な症状で、往々《おうおう》にして激しい感情的ショックが引き金になって起きる」

「どれぐらいのあいだ――?」

「いろいろだね。数分のことも、数時間のことも、数日のこともある。彼女は二十四時間態勢で自殺予防のための監視下におく。生命徴候《ちょうこう》をモニターさせてね、だが面会は謝絶《しゃぜつ》だ」

「わたしも、あとで彼女の様子を見に行きます」

「それは控《ひか》えてもらったほうがいいな」

「回診のついでに、ちょっと――」

「いや、彼女の診察はわたしに一任《いちにん》してもらう。もし彼女がなかなか……そうだな……四日以内に回復しない場合は、彼女の治療にもっと適した設備が整った〈睡眠センター〉に転院させる手配をするつもりだ」

「こういう症例になぜペントタールのような催眠薬を使用するのか、うかがってもいいですか?」

「今は、そういう問題に立ち入《い》っている時間がないのでね」彼は立ち去ろうと向きを変えながらいった。「失礼するよ、大事な用事があるから」

もしほかの者からこんなに唐突に話を打ち切られたら、彼女は呆気《あっけ》にとられたろうが、これがコーラー医師の流儀《りゅうぎ》なのだと今では納得《なっとく》していた。この点については、彼女がリヴァーサイドの記念病院で専門分野の医学実習をすることを最初に決めたとき、すでに警告されていた。しかしまた、コーラー博士の専門は睡眠障害と変性意識で、年齢退行療法を大胆に前進させた催眠療法家として名声が高まっており、博士に実習を許可されたのは得がたいチャンスなのだ、とみんなからいわれたのだった。今、感謝の気持ちから、彼女は博士のぶっきらぼうな態度を大目に見なければと思った。

それでも、勤務中の医師として彼女は自分の責任を自覚していた。腕時計を見て九時三十二分なのを知ると、回診をするために大急ぎでその場を離れた。コーラー博士が許可しようとしまいと、明朝、博士が出勤するまでに彼女は忘れずにキャロル・クレイの病室をのぞいてみようと思った。

第二章

一九八二年十一月二日の午前十時、一台のマーキュリーがリヴァーサイド警察という表札の出た小さな煉瓦《れんが》造りの建物の車まわしに入っていった。運転していた痩《や》せ形の強靭《きょうじん》そうな体つきの男が車から降り、はずむような足どりで石段を上るとドアを押し開け、廊下を大股で自分のオフィスに向かった。細面《ほそおもて》の彼は、まるで歯ぎしりをあまりたびたびしすぎたかのように緊張した表情に見える。髪は明るい褐色、目はくすんだ褐色をしている。

書類鞄《かばん》を隅にほうりだすと、彼は受令室に行って前夜に何があったか知るために勤務引継ぎの報告書と日誌に目を通した。彼は午前六時にかかってきた電話の伝言に目を留めた。それはレノックス大学の図書館の司書だというエリカ・ウォードからの電話だった。

彼がその女性に電話をかけようとしていると、黒いタートルネックにぴったりしたジーンズ、蛇革《へびがわ》のブーツという身なりの、赤毛の、すらっとした女性がすごい剣幕《けんまく》で入ってきて、署長に会わせろと要求した。

「ポースト署長は今、いないんです」彼はいった。「わたしはジェイソン・ストーン刑事です。わたしでお役に立ちますか？」

「そうでなきゃ困るわよ！　息子とガールフレンドが一昨日《おととい》の真夜中から行方不明なのよ、高校のハロウィーンの舞踏会の会場を出てから」

「あなたのお名前は？」

「エリカ・ウォード」

「で、息子さんの名前は、ミセス・ウォード？」

彼女の緑色の目が怒りに燃えた。「ミセスじゃなくて、ミズ・ウォード、それともエリカと呼んでもらってもいいわ。息子の名前はボビーよ——でも、みんな、ブーマーって呼んでる——彼女のほうはエレナ・クレイ」

「ミズ・ウォード、まだ三十四時間しか経《た》っていませんからね」ストーン刑事はおだやかにいった。「警察の規定では、四十八時間経ってから行方不明者速報を流すことになっています。というのも、理由があって姿を消している場合がよくあるからなんです——特に青年男女の場合は、たいがい二、三日後には出てくるので。でも、せっかく署に来てるんだから、くわしいデータを聞いときますよ。今夜十二時までに二人が戻らなければ、ただちに手配できますから」

彼の平静な応対に彼女も落ち着きを取り戻した。

「ごめんなさい、パニック状態だったもんで。エレナはうちに泊まることになってたの。二人が帰ってこないから、わたし、彼女の継父《けいふ》のロジャー・クレイに電話してあの子たちから連絡があったかどうか聞いてみたの。でも、二人はあっちの家にもいなかった」

彼女はセーターの襟元から水晶の結晶板のペンダントを引っぱり出すと、それを握ってこすった。「失礼。こうすると落ち着くの」

ストーンはうなずいた。

「混乱状態になったとき、水晶結晶板は体内のリズムを元に戻してくれるのよ」

「ええ、そうだそうですね、ミズ・ウォード」

「あのね、水晶はエネルギーを持ってるのよね」

「ミスター・ウォードは存在するんですか?」

「いいえ」

「離婚したんですか?」

「いいえ」

「先立たれた?」

「いいえ」

「息子さんは養子ですか?」

「いいえ」

ストーンは彼女の指の分厚い金の結婚指輪にちらっと目をやった。彼女はそれに気づいたに相違ない、挑《いど》むように指輪をはめた手を持ち上げた。「これはブーマーのためにしてるのよ。リヴァーサイドは小さな町だから」

彼はうなずいた。「ブーマーのほかにも子供がいますか?」

いらだたしげに返事をする彼女の緑の目には軽蔑《けいべつ》の色があった。「いいえ」

彼は机の引き出しからカセット・テープレコーダーを取り出すと、〈録音〉ボタンを押した。

「これは一九八二年十一月二日、午前十時三十分、リヴァーサイド警察のジェイソン・ストーン刑事が、レノックス大学の司書、ミズ・エリカ・ウォードに対して、彼女の息子ボビー——ニックネームは〝ブーマー〟——とそのガールフレンド、エレナ・クレイに関して行なう事情聴取です。この両人は三十四時間以上、居所《いどころ》不明となっています」

彼はふたたび目を上げた。軽蔑の表情は消え、あとにはただ、きつい感じの美しさだけが残っていた。

「息子さんを最後に見たのはいつですか?」

「ハロウィーンの日の五時半ごろよ、早めの夕食のあと。彼は学校の仮装舞踏会が真夜中に終わってから、エレナをうちへ連れてくることになっていたんです」

「二人の年齢は?」

「ブーマーは十六歳。エレナは十五歳になったばかり」

「たぶん、ほかのパーティーに押しかけたのかも」

彼女は首を振った。「ロジャーから——エレナの継父から——二人が向こうの家にいないと聞いたあと、わたし、二人の知り合いに片っぱしから電話したわ。今朝《けさ》も六、七人を起こしてしまった――とにかく、眠れなくて。でも、誰も舞踏会のあとで二人を見ていないの」

「二人の最近の写真を持ってますか？」

彼女が大きなハンドバッグに腕を突っこんで引っ掻《か》きまわしているとき、ストーンは暗灰色の金属がにぶく光るのを見た。彼女はやっと黒いベルベットの小さな袋を見つけた。袋の口の紐《ひも》をあけ、数個の色のついた水晶を脇にどけて、二枚の写真を引っぱり出す。ブーマー・ウォード、痩せ形で、筋骨たくましく、褐色の髪、暗褐色の目をした彼は、ブーメランを手にしていた。

「この傷痕《きずあと》はどこで？」少年の額についた筋をさしながら、ストーンはたずねた。

「あの子が宝物にしてるブーメランの投げ方を最初に習ったとき、戻ってきたブーメランが彼の額を割ったの。あやうく死ぬところだった。あの子は出血性素因《そいん》者――つまり、血友病なの。でも、彼は自分が覚えた新しいスポーツをやめようとしなかった。バスケットボールで抜きんでるには、背が低すぎるのが悩みの種《たね》だったのよ。ブーメランにはそういう制限がないから。その後、彼はブーメランがすごく上手になったわ。でもね、彼にとってはその傷は勲章なの。友達がそれを〝ブーマーの強打〟って呼んで、それであのニックネームになったの」

「変わったあだ名だな、と思ったけど」

「あの子にいわせれば、『どんなものでも戻ってくるように投げれば、戻ってくる』んだそうよ」

「彼の友人の名前と、仲がよくなかった者がいれば、その名前をぜんぶ教えてくださ い」

彼女はベルベットの袋から二枚のリストを取り出すと机の上においた。「必要だろうと思って。エレナのも書いてきたわ、彼女から聞いたことをもとにして」

「いや、たいしたもんだ」彼はいった。彼は二枚めの写真を手にとった。茶色の目をした金髪の娘のポラロイド写真だ。彼女は女王風の裾《すそ》の長い礼服を身につけ、王冠をいただいている。

「ずいぶん凝《こ》った衣裳《いしよう》ですね」

「彼女のお母さんのガウンよ、キャロルの。昔、彼女がリヴァーサイド高校で十代の女王に選ばれたときのね。わたしたち二人とも、あの高校だったのよ」

「ほう、それじゃあなたとミセス・クレイは知り合いなんですね」

「ええ。わたしのほうが一年上だったけど、でも二人とも高校の演劇クラブに属してたから」

「じゃ、エレナは十代の女王に扮《ふん》して舞踏会へ？」

エリカは笑った。「いいえ、彼女とブーマーはお伽《とぎ》話の王子さまとお姫さまに扮したの」

「あなたのバッグのその拳銃ですが、武器を隠し持つ許可をとってありますか？」

彼女の緑色の目がふたたび怒りに燃え、彼女は憤然《ふんぜん》と財布から携帯許可証を取り出すと、机の上に叩きつけるようにおいた。「わたし、ばかじゃないわ。シングルウーマンだし、武術のレッスンだのリヴァーサイド・コミュニティ劇団のリハーサルだので、よく帰宅が深夜になるから、あとをつけられたことがあるのよ。車のダッシュボードには九ミリ口径のベレッタが、ベッド脇のナイトテーブルの引き出しには二二口径のルガーが入ってるわ」

「で、持ち歩いているのは何なんです？」

彼女は拳銃を取り出して許可証の上においた。

彼はそのスミス・アンド・ウェッソンM６９０６を手にとって重さを確かめ、それから十三発入りの弾倉を抜き出した。

「なにごとも用意周到《しゅうとう》なんですね」

「レッスンをとったから、銃も撃てるわ」

ストーンは弾倉をふたたび装塡《そうてん》した。拳銃を彼女に手渡したとき、彼女の手が軽く触れ、つかの間《ま》、そこにとどまった。

彼は自分の体を戦慄《せんりつ》が走ったことに驚いて、ごくっと生唾《なまつば》を呑《の》みこんだ。「ほかには何か？」

「もし誰かがわたしのブーマーに危害を加えていたら、そいつを殺してやる」

「ちょっと話が飛躍しすぎじゃありませんか？」

拳銃をバッグに戻してフラップのジッパーを閉めると、彼女はストーンの手に自分の手を重ねた。「直感が働くときは、わたし、それにしたがって行動するの」

ふたたび電流のようなものが彼の全身を走った。

「ほかにも何か武器を持ってますか？」

彼女は両手を上げ、それからその手で自分の太股《ふともも》をぴしゃっと叩いた。「これよ。高校と大学で、ボクシングとレスリングのチームにも入ってたから」

「すごいな。じゃ、あと十四時間、様子を見ることにしましょう」

「とんでもない、刑事さん」帰るために席を立ちながら、彼女はいった。「わたしは手をこまねいて待ってるつもりはないわよ、手がかりが薄れて――」

彼女の言葉はガラスが割れたようにいきなり途切れた。彼女は外に出てドアを乱暴に閉めた。

そして、ストーンは、あの怒りに燃えた緑色の目はなかなかチャーミングだなと、ふと思った。

第三章

翌朝の午前九時十五分、アイリーン・モーガンがコーラー医師の患者の様子を見にいくと、病室にはロジャー・クレイがいてベッド脇の椅子で眠っていた。

彼女が室内に入ると、ロジャーはびくっと目を覚ました。「眠ってしまった」彼は腕時計を見た。「てっきり誰も来ないだろうと……昨夜の当直の看護婦さんの話じゃ、コーラー先生はふつう十時まで出てこないということだったので」

「いいんですよ」アイリーンはいった。「そのまま眠っててください。まだ四十五分ありますから。わたしはただ奥さんの様子を見にきただけですから」

「まだ眠ってますよ」

アイリーンはベッドの上の人物に、喉元《のどもと》までシーツに覆われて顔しか見えない人物に目をやった――結《ゆ》い上げた三つ編みの金の王冠をいただく、目を閉じた磁器《じき》人形。

「髪の毛ひとすじ乱れていない」アイリーンはいった。「看護婦さんたち、とてもよく面倒を見てくれてるのね」

「ぼくがやったんですよ」ロジャーがいった。「見舞客が来たとき、きちんとしていたいだろうから。でも、ぼくはもう帰ったほうがよさそうだ、コーラー先生が早めに出てくるといけないから」

「そんなことは、まずなさそうだけど、でも、帰ったほうがいいわね」

アイリーンはロジャーを病院の玄関まで送っていった。「もし彼女が連絡をとりたがった場合、どこにいます？」

「自宅に。ずっと電話のそばにいますよ」回転ドアの向こうで、彼は手を振って別れを告げた。

アイリーンが廊下を戻ってくると、背の高い、すらっとした男がナース・ステーションの受付の看護婦に警察のバッジを見せていた。

「すみません、でも、これはコーラー先生の命令ですから」

「何か問題でも？」アイリーンはたずねた。

男が振り返って彼女を見た。彼の目は、その淡褐色の髪とまったく同じ色をしていた。

看護婦がいった。「ストーン刑事に、ミセス・クレイは面会謝絶なのだとお話ししたんですが」

「わたしは見舞客じゃない」ストーンは嚙みつくようにいった。「行方不明者の捜査をしているんです」

「大きな声を出さないでください、ストーン刑事」アイリーンはいった。「ここは病院ですから」

「病院だってことぐらい、よく承知してますよ！」それから、ささやき声になって、「でも、わたしは公務でここに来てるんです」

「ありがとう」彼女はいった。「看護婦がいったとおりなんです。ミセス・クレイの主治医から彼女の安静を乱さないようにと命じられているんです。でも、この際、それは問題じゃないわ。彼女はまだ昏睡から覚めていませんから」

「ほう……」

「どういう問題なんですか？」アイリーンはたずねた。

「彼女の娘さんとティーンエイジャーのボーイフレンドが、もう四十八時間以上、行方不明になっているという通報がありましてね。その少年の母親の話によると、二人は舞踏会のあと帰ってこなかったんだそうです」

「ま、ミセス・クレイはわたしの患者ではないので」

「彼女の容態について何か教えてもらえることがありますか？」

「いえ、何も」

「彼女がいつごろ目を覚ましそうか、あるいは、彼女が眠りだか、昏睡だか、催眠《トランス》だか——とにかく、現在おちいってる状態のままで、今に話したり歩いたりしそうかどうか、わかりますか？」

「すみません」アイリーンはいった。「彼女の〝告知に基づく同意《インフォームド・コンセント》〟なしには、この病院の者は誰も彼女の容態について話をすることはできません」

「それじゃ、彼女はいつその〝告知に基づく同意〟を与えられそうですか？」

「彼女が目を覚ましたときに」

「で、あなたの見るところ、それはいつごろですかね？」

アイリーンは聴診器をもてあそんだ。「それは予測——医学的な意見——ということになりますから、やっぱり秘密です。わたしたち、何もお話しできないと思いますけど……」

ちょうどそのとき、コーラーが白衣のボタンをかけながら自分のオフィスから出てくるのが見えた。彼はちょっと驚いた様子で、二人のほうへやって来た。

「どうしました？」彼はたずねた。

「こちらはジェイソン・ストーン刑事です」アイリーンはいった。「ミセス・クレイの容態についていろいろ質問されているんですが。わたし、彼女の同意がなければ、どんな情報も漏《も》らすわけにいかないとお話ししたところなんです」

ストーンはコーラー医師にバッジを見せた。「あのね、いいですか、わたしは行方不明の二人のティーンエイジャーを探しているんですよ」

「わたしならお役に立てるかもしれない」コーラーはいった。「キャロルはずっと以前に、情報を明かす許可をわたしに与えているから」

アイリーンは驚いた。

「そいつはすばらしい！」ストーン刑事はいった。

「キャロルはティーンエイジャーのとき、わたしの個人診療の医院に連れてこられて、睡眠障害でわたしの治療を受けることになりましてね。わたしはしばしば年齢退行療法を行なうので、ほかの医者にわたしの方法の有効性がわかるように治療の模様をビデオに撮《と》ることにしているんですよ。そのために、彼女に許可証にサインしてもらったので」

アイリーンはたずねた。「でも、その許可は限定されてるんじゃないんですか？　それに、そんな以前に署名したのなら、あらためて許可を得る必要が——？」

「完全に有効な許可だよ」コーラーの冷ややかな黒い目にじっと見つめられて、アイリーンは口をつぐんだ。

「じゃ、彼女は睡眠障害だったというんですか？」ジェイソン・ストーンが訊いた。

「現在もね」コーラーはいった。「睡眠発作をともなう睡眠障害、ナルコレプシーですよ」

「眠りこむわけですか？」

「日に数回ね」

「彼女は今もただ眠りこんでいるんですか？」

「さあ、それはなんともいえないね。彼女はナルコレプシーに関連のある脱力発作と、昏睡の中間の状態なんです。いつなんどき、すっかり元気を回復した様子で我に返ってもおかしくない。しかし、この発作の引き金になった出来事については、記憶を喪失している可能性が非常に大きい」

「つまり、彼女は今にも目を覚ますかもしれないと？」

「そのとおり。彼女は二十四時間態勢の監視下においてある」

「もしわたしが二、三日後にこちらに来れば――」ストーンはいった。

「明日から、わたしはレノックス記念病院の正式のスタッフではなくなるんですよ。チャタフーチのフロリダ州立病院の顧問医《こもんい》は今後も続けますが、個人診療の拠点《きょてん》は、新しく完成した〈コーラー睡眠センター〉に移すんです。モーガン先生はここで専門の医学実習をしているんですが、先生がこの患者を――というのも、キャロルはまだわたしが治療中なので――担当します。キャロルを〈センター〉に移送できるようになるまでね。この〈センター〉には睡眠の生理機能をモニターする最新式の電子機器を設置してあるんですよ」

「あなたは自分の病院を持っているんですか？」ストーンが訊いた。

「睡眠障害と年齢退行療法を研究するセンターです」コーラーはいった。「私立の」

ストーンはアイリーンに注意を向けた。「ミセス・クレイと話ができるように、彼女に何か注射できるようになるのは、いつごろですか？」

アイリーンは首を振った。「わたしはただ彼女の様子をモニターして、緊急事態に備えているだけです。患者は引きつづき全面的にコーラー先生の指示に従います。それに、先生以外の者は彼女の治療に手を出さないように、先生から命じられていますから」

「でもね、これは正式の捜査だし、犯罪が絡《から》んでいるおそれもある。あなたに彼女のその後の経過を訊くために、また来ますよ」

「わたしからは話せません。秘密を漏らす許可を得ているのはコーラー先生ですから。わたしから聞くには裁判所の命令が必要です」

「じゃ、もらって来ます」

コーラーがいった。「それにはおよびませんよ、ストーン刑事。キャロルが話せるようになりしだい、あなたが彼女に会えるように取り計《はか》らいましょう」

「ありがとう。警察への協力を毛嫌いする医師ばかりじゃないと知って嬉しいですよ」

「モーガン先生はまだ若いから」コーラーはいった。「ここでの専門医学実習をちょうど終えるところで」

アイリーンは苛立《いらだ》った。「そんな、保護者ぶらないでください、コーラー先生、それに、わたしの代わりに謝ったりしないで」

「べつに、そんなつもりは――」

「いいえ、明らかにそうでしたよ！　いいですか、ストーン刑事、わたしは警察の味方ですよ、でも、ヒポクラテスの誓いを――そのなかに患者と医者のあいだの秘密保持も入ってますが――非常に重要視しているんです」

ストーンは彼女を睨みつけた。「ご高説《こうせつ》をありがとう」彼はコーラーのほうに向きなおった。「じゃ、もし彼女が目を覚ますか容態に何か変化があったら、忘れずに電話してもらえますか？」

「そうするといったでしょう」歩み去りながら、コーラーは無愛想にいった。

アイリーンは首をかしげていった。「それにね、ストーンさん、裁判所の命令をもらってくれれば、わたしも喜んで協力しますから」

ストーンは小ばかにしたように頭をさげると、帰っていった。

アイリーンが回診を続けようと踵《きびす》を返したとき、受付の看護婦が彼女を電話に呼んだ。「モーガン先生、老人ホームからです。またお父さんから」

彼女は電話に出た。「具合はいかが？　お父さん」

長い沈黙のあとで、彼女の父はおろおろした声でささやいた。「居眠りをするたびに、アウシュヴィッツに戻っているんだ。わしは頭がどうかしてしまったんだ」

「明日、会いに行くわ」

「なぜわしは忘れられんのだろう、ほかの者たちみたいに？」

「そのことも話しあいましょうね、お父さん。瞑想《めいそう》をやってみて、わたしが教えてあげたようにして。頭を空《から》っぽにして、自分の呼吸に意識を集中するの」

「どれもみんな恐ろしい夢なんだ」

「たぶん、催眠を試してみるべきかも、そして――」

「わしは記憶をなくしたくない！」

「でも、お父さん――」

「夜中に悪夢を見ずに眠りたいだけなんだ」

「明日、会いに行くわ」彼女はいった。

「わかったよ」

彼女は電話を切り、看護婦に涙を見られないように背を向けた。

第四章

1

捜索は、行方不明のティーンエイジャーたちが住んでいたリヴァーサイド市で始まったが、今やしだいに捜索の輪を広げて、レノックス郡から近隣《きんりん》の郡へと三つの保安官事務所を巻きこみ、ついにはタラハッシーからペンサコラに至《いた》るフロリダ州北部パンハンドル地域の大部分におよんだ。

数十人の捜索者が、あるいは犬を使い、あるいは四輪駆動車に乗って森のなかを探した。目撃情報のほとんどは人違いと判明した。レノックス郡の保安官ウェイン・リーチは水を幻視したという霊能者まで連れてきた。

彼女の予言はほぼ当たっていた。

一九八二年十一月十日の午後五時、ストーン刑事は車の無線でその情報を入手した。ブラック川に合流する地点から二キロほど東のインディアン川で釣りをしていた男性が、十代の少年の遺体を釣り上げたというのだ。

十五分後、川岸にそそり立つ断崖の上に到着したジェイソン・ストーンは、身分証をワイシャツに留めると、川岸を見おろしている野次馬たちを掻《か》きわけて前に出た。彼は眼下の光景に目を凝《こ》らした。

リーチ保安官と助手たちがすでに来ていた。市警察の警官たち、新聞記者やテレビの取材班、それにさまざまな捜索隊のボランティアたちもいて、みなせわしなく動きまわっている。ストーンは首を振り、斜面を駆けおりると保安官のそばへ行った。

「なんでこんなに騒いでるんだ、ウェイン？」

リーチ保安官がいった。「ブーマーが見つかったんだ」

ストーンはショックを受けた。一週間以上も捜索してきて、もう発見できまいと思っていたのだ。そのとき、保安官助手の一人が十五メートルほど下流の水際《みずぎわ》を指さした。「もう一人いるぞ！」

二人は生《お》い茂った茨《いばら》を掻きわけてそっちへ進み、検死官もあとに続いた。ストーンはその水死体が堤《つつみ》沿いの茂みに絡《から》まっているのを見た。川底をさらっていた保安官助手が舟を寄せ、櫂《かい》で押して死体を二人が立っているほうへ押しやった。保安官助手たちが死体を引き上げたとき、その水ぶくれのあまりのひどさにストーンは最初どっちが表か裏か見分けがつかず、川岸に二つの遺体が並べられたとき初めてわかったほどだった。

少年の胸には銃弾が入った跡が三つあった。長い褐色の髪はもつれ、額には、褐色の目のすぐ上に古い傷痕がある。

少女の銃創《じゅうそう》は二カ所で、一つは心臓、一つは腹部に命中していた。彼女の長い金髪は三つ編みになっていて、開けたままの茶色の目がじっと彼を見つめ返している。あの目が最後に見たものは何だろう、とストーンは思った。殺人犯だろうか、それとも若い恋人だろうか？　彼女はほんとうに恐怖と哀願《あいがん》の表情を示しているのだろうか、それとも、自分の想像にすぎないのだろうか？　死顔がこれほど美しく見えたことは今まで一度もなかった。

胸がいっぱいになり顎《あご》が震えるのを感じて、彼は涙を浮かべまいと自分の心を励《はげ》ました。彼は無言で唇を動かした。天に在《ま》しますわれらの父よ、御名《みな》のあがめられますように……短い祈りを唱え終えると、やすらかにお眠り、と彼は心のなかでいった。たとえおれが死ぬまでかかっても、神かけて、こんなことをしたやつをきっと突きとめてみせる。きみの無念を晴らしてやる、神よ、力をお貸しください。

感情を見せるな、と彼は思った。犯罪現場で働いている警官たちに、断崖の上の野次馬たちに。涙をぬぐいたい衝動をこらえて彼は振り向き、ごくっと生唾《なまつば》を呑んだ。現場に最初に到着した市警の刑事として、彼がこれから指揮をとり、事件の管轄をはっきりさせなければならない。「ようし、みんな」彼は声を張りあげていった。「警察と保安官事務所の関係者以外は、ここから出てもらうんだ。崖の上の道路の向こう側、キャンプ場とは反対の地点まで引きあげてもらう。テープを張って現場を封鎖するんだ、それから、まったくもう、報道関係者は後ろに下がらせろ！」

ストーンが検死官のマーステンから聞き出せたのは、被害者たちの年齢が十四歳から十七歳のあいだであり、両人とも二二口径の拳銃で撃たれている、ということだけだった。

周辺の捜索の結果、川岸からは不審なブーツの靴跡が発見された。また断崖の縁《ふち》からフットボール場ぐらい離れたところで、地面を引っ掻いて描いた五線星形と〝66

6〟という数字が見つかった。ストーンはその図形と数字を念入りに見た。

リーチ保安官が長い口笛を吹いた。「こいつは悪魔の印《しるし》だぜ」

「知ってる」ストーンはいった。「しかし、これは殺人とは無関係だよ。麻薬《くすり》でハイになった若い連中のしわざだと思うね、たぶん、ヘビーメタルに合わせて転《ころ》げまわったんだろう。刻みつけてから時間が経ってる、おそらく殺人の二、三日前だろう」

リーチは眉間《みけん》にしわを寄せた。「どうしてわかる？」

「土にぽつぽつ穴があいているのが見えるだろ——あたり一帯に——五線星形やこの6という数字を刻んだ線の上にも？」

「うん。それが何なんだ？」

「これは激しい雨滴がつけた跡だよ。雨がこの前降ったのはハロウィーンの二日前だし、この被害者たちは雨の後で目撃されている」

リーチはぽかんとしている。

「もしこういうマークが殺人の夜に刻みつけられたのなら」ストーンはいった。「その場合、雨が降ってから二日後ということになる——つまり、土を引っ掻いてつけた線の上には雨滴の跡はついていないはずだ」

保安官は唸《うな》るようにいった。「お見事だな、ホームズ先生」

リーチ保安官は《リヴァーサイド・クーリエ》紙の記者に力をこめて語った。遺体はインディアン川のレノックス郡側の川岸から流れついたのではないかと思う。そして、殺人が実際に行なわれた場所が確定するまで、郡保安官事務所は、市警とともに、本件を当方の管轄事件とみなす、と。ストーン刑事としては、この事件が――そして、栄光とそれに付きものの難題が――リーチ保安官とレノックス郡の所轄《しょかつ》となるよう、ひそかに願っていた。

ストーンの推理では、殺人はどこか別の場所で行なわれ、遺体は車で市と郡の境界線を越え、この地域に運びこまれたのだ。そして、犯人が遺体を川に投げこむとき、川岸で発見されたブーツの靴跡が現場に残されたのだろう。

だが、リーチ保安官がこの推理に興味を示さないのはわかっていた。殺人犯が遺体を運んだのは、専門的な訓練をつんだ市警の刑事ではなく捜査能力の劣る保安官事務所に事件を担当させるためだった、とみんなにいわれたくないからだ。

検死官は作業を終え、遺体を死体保管所《モルグ》に運ぶ許可を出すと、ストーン刑事と保安官のところへやってきた。「驚く話があるよ」

「大歓迎ですよ」ストーンはいった。

「あの娘は妊娠三カ月だ」

「あんなに水ぶくれしてて、どうしてわかるんだね？」保安官がたずねた。

検死官はうんざりした顔で彼を見た。「わたしは医者だよ」

検死官が立ち去ると、ストーンはリーチ保安官にいった。「遺体の身元確認のために、明日の朝いちばんにクレイさんとミズ・ウォードに町に来てもらう手配をしなければ」

「わたしは、朝は新聞とテレビの報道関係者に記者会見をする約束をしてしまった。それに、そのあとはタラハッシーで保安官の年次総会がある。明後日《みょうごにち》まで体があかないんだ」

「よければ、わたしがやる」ストーンはいった。

「記者会見に出なくていいのか？」

「必要ないよ、だが、一つだけ……」

リーチが太い眉を吊り上げた。「なんだ？……」

「妊娠の件は、断じて伏せておくほうがいい」

2

翌朝、ストーン刑事はロジャー・クレイを連れてくるためにレノックス記念病院へ車を走らせた。緑の生い茂る風景が流れ去るのを見ながら、彼は自分がニューヨークからフロリダへ来る前のことを思い出した。この〝陽光の州《サンシャイン・ステート》〟のことを棕櫚《しゅろ》の木々、青空、白い浜辺とウォルト・ディズニー風の魔法の王国のリゾート地として心に思い描いていたのだ。ニューヨークの同僚たちは、フロリダ北部をマイアミのような場所と思わぬようにと警告してくれた。おまえは深南部のそのまた奥の、フロリダ州パンハンドル地域に自分を埋めようとしているのだぞ、と。

彼らがいった意味がわかったのは、車で州境を越え、今通っているこのハイウェイを見たときだった。道路沿いに連《つら》なる木々の枝から銀色のスパニッシュ・モスが垂れさがるこのハイウェイを。ニューヨーク市警の精神科医から、ほかの者を傷つけないうちに任務を離れ、生活のテンポを落とせといわれたが、その助言にしたがうにはまさに申し分のない場所だった。

彼は六年前に出た心理検査報告で、自分の燃え尽き症候群が相棒の死の一因になったと指摘されたとき、ニューヨーク市警を辞《や》め、当てのない旅に出てこのフロリダで仕事口を見つけたのだった。生きながら自分を埋葬するのに、フロリダ奥地の小さな町の警察ほどふさわしい場はあるまい。

この事件が発生するまで、彼は桃源郷で気の向くままに惰性《だせい》で暮らしていたのだった。

今、数年ぶりに、彼はふたたびニューヨークの街角にいるように行動していた——早口でしゃべり、すばやく考え、迅速《じんそく》に対処して——まるで彼の人生のリモコン・スイッチが〝スローモーション〟から〝早送り〟に切り替わったかのように。あらゆるものが密度を増した。匂い、感触、味が、だしぬけに生き返り、〝ビッグアップル〟でそうだったように強烈に感じられた。

そして、彼は後ろめたさを感じた——今、自分が既視感《デジャヴュ》のあるこの濃密な時間を生きているのは、ひとえに二人の十代の子供が殺されたからだと、いやというほど自覚していたからだ。

ロジャー・クレイは妻のベッドのかたわらにおり、ストーンは彼に廊下に出てもらった。「わたしと一緒に来てもらいたいんですがね。そんなに時間はかかりません、用が済みしだい、また病院に戻れますから」

ロジャーはじっと彼を見つめ、いい放った。「エレナは死んだ」

「どうしてわかります？」

「夢で幻影を見たんです」

ストーンはいった。「見間違いでないかどうか、行ってみましょう」

死体保管所《モルグ》で、ストーンはロジャーの様子をつぶさに観察した。ロジャーはエレナの顔を凝視していたが、まるで触《さわ》ろうとするように手を伸ばしかけ、思いとどまった。

「この子の肖像画を描くつもりだった。でも、とうとう描けなかった」

「思い出して描くわけにはいかないんですか？　最後に見たときの彼女とか？」

「だめだろうね」クレイはいった。「だめだろうね」

死んだ少女の金髪をよく見て、ストーンは髪の根元が黒いのに気づいた。「彼女は髪を染めていたんですか？」

クレイはうなずいた。「キャロルのようになりたかったんだ。自分が母親のような金髪と青い目でないのを恨《うら》んでいた」

「で、これは間違いなくエレナですか？」

彼はうなずいた。「ぼくには一万ドルの貯金がある。この殺人犯を逮捕して有罪にするために、それを懸賞金としてさし出したい」

そして、彼は泣き崩れた。

3

ジェイソン・ストーン刑事は今度は少年の母親という難題に立ち向かわなければならなかった。

彼はエリカ・ウォードに電話して、ブーマーの部屋や持ち物を——何でもいいから手がかりになりそうなものを——見せてほしいのだが、といった。遺体を発見したこと、あるいは死体保管所《モルグ》に行くことについては何もいわなかった。それを告げたときの彼女の反応を見たかったからだ。

彼女はためらった。「いつ来たいの？」

「もし差しつかえなければ、今日の午後に」

「それが、すごく散らかってるの。心配で何も手につかなくて、掃除をする暇《ひま》がなかったもんだから」

「かまいませんよ、そんなこと。べつに家を視察に行くんじゃないんですから。手がかりを探してるだけで」

「いいわ」彼女はいった。「家のなかのありさまに目をつぶっていてもらえるんなら」

エリカの緑色の目と長い、赤い髪を思い浮かべていた彼は、赤信号で停止せず、危うくワゴン車に突っこむところだった。玄関ドアを開けた彼女は微笑して、手をさし出した。その手を握ったとき、彼はまたしても何かが彼女と自分のあいだに流れたのを感じた。

やっと彼は手を放した。「すみません」

「何が？」探るように彼の目を見ながら、彼女は訊いた。まるで彼女自身もそれを感じ、彼に探りを入れようとしているかのように。

「つまりその、お手数をかけてすみません」

「あら、ぜんぜん。どうぞなかへ」

入ってみて、ストーンは呆気《あっけ》にとられた。〝散らかっている〟とは聞いていたが、そんな生《なま》やさしいものではない。そこらじゅうに新聞が散らばり、椅子の上には脱ぎっぱなしの汚れもの、テーブルの上には使ったままの皿が積み重ねてある。あらゆるものに埃《ほこり》がつもり、猫の匂いがした。彼女に案内されて居間を通りぬけるとき、ソファの下に三匹隠れているのが見えた。ソファは引っかかれて詰め物がはみ出している。ソファに枕《クッション》は一つもなかった。

マントルピースの上に練習用の刺繡《ししゅう》見本が二つ立てかけてあった。一方には〝この混乱に祝福あれ！〟とあった。もう一方には、太い手書き文字で黒々と、〝わたしに会いに来るのなら、いつでもどうぞ。わたしの家を見に来るのなら、あらかじめ日時を決めてから〟と書かれていた。

エリカは彼が文字を読んでいるのに気づいた。「わたし、きちんと片づけてないからって謝《あやま》らないの。わたしの関心は、精神と肉体の発散する〝気〟に集中してるのよ、家事じゃなくて。物体より本質を重視するの」

「ま、わかってもらえると思いますが、刑事は現実世界の物体を扱わなきゃなりませんけどね」

「つまり、見せかけの世界への手がかりってわけね」

ストーンは肩をすくめた。

彼女はしばらく黙っていたが、やがていった。「わたしの身元調査をするんでしょう？」

「所定の手順ですから」

「じゃ、わたし本人から聞いたほうがいいわ」

「なんか、面白い話を聞けそうな感じですね」

「わたしの母は反文化《カウンターカルチャー》のヒッピーだったの。戦争に反対して、指導者たちの足元に座りこみ、州兵のライフルの銃口に花を突っこむような」

「われわれの両親の世代には、社会から脱落《ドロップアウト》した者が大勢いた」

「いえ、単なるドロップアウトじゃなかったわ。母は霊的発見同盟から生まれた教会にも参加していたのよ。あのティモシー・リアリーが、一九六六年にハーバード大学を追われたとき創設した〝しびれて、目ざめて、脱け出せ《ターン・オン・チューン・イン・アンド・ドロップアウト》〟という宗教のね」

「そして、あなたは——？」

「ロックに夢中の子供というだけ、リアリーにごく初期に帰依《きえ》した十代のLSD常習者の娘で。彼の手引き書『サイケデリック体験』はわたしたちの聖書になったわ」

「じゃ、宗教的な運動にすぎなかったんですか？」

「ま、それだけじゃなかったわね。霊的発見同盟《リーグ・オブ・スピリチュアル・ディスカバリー》の頭文字はわたしたちの聖礼典《サクラメント》を表わしてたわ——LSDを」

「で、あなたは——？」

「母はいろいろな体験をわたしにも共有させたわ。わたしがまだほんの子供のとき、母は逮捕された。そして、あるときLSDが効《き》きすぎて死んでしまった。わたしは自分の父親が誰なのか、結局わからずじまいだった」

「あなたはLSDをやったんですか？」

「二度飲んだわね。十六歳以後は飲んだことないわ、コーラー先生の治療を受けはじめてからは」

「わかりました」

彼女は辛辣《しんらつ》な笑みを浮かべた。「ほんとにわかったの？」

「ええと、それではですね。ブーマーのことを教えてください」

「あの子はこういうことは何一つ知らないわ」

「とにかく、彼について教えてください」

「彼の部屋は二階よ、部屋を見ればブーマーのことがいろいろわかるわ」

ドアが開けっ放しの部屋の前を通ったとき、重量挙げの設備や、ローイング・マシーンや、体操用のマットが見えた。

「彼はボディビルに熱中してると見えますね」

エリカは笑った。「あれはわたしの体育館よ。自分の道具を――この体を――いつも柔軟で、強くしておくために武術の練習をしてるの。ブーマーの部屋はとなり」

少年の部屋には、物がたくさんあったが整頓されていた。そこらじゅうにある本や書類は紐《ひも》で束《たば》ねてある。壁には、よくある大学の三角旗《ペナント》ではなく、ブーメランが二つ飾ってあった。一方は、〝幸せが何度もめぐって来ますように〟という言葉が記されたプラスチック製のもので、もう一方は、謎めいた金色のシンボルマークがついた見事に磨かれたオーク製のものだった。「ああいうものは、投げるとほんとに帰ってくるんですか？」

「ええ、帰ってきますとも」木製のブーメランを壁からおろして愛撫しながら、エリカはいった。「ブーマーはそりゃ上手よ。ブーメランは、〝究極のフリスビー〟と同じように未組織のスポーツになってるわ。これはね、オーストラリアのアボリジニーが作ったものだけど、わたしの友人から彼へのプレゼントなの。その友人の話では、これは古代の回帰の儀式に使われたものなんですって。断言してもいい、ブーマーはぜったいにこれを取りに帰ってくるわ。この宝物のブーメランを持たずに、どこかへ行ったりするもんですか」

彼女は注意深くブーメランを壁に戻した。

「息子さんの部屋、ずいぶんきれいにしてあげてるんですね」

彼女は首を振った。「わたしは指一本触れてないわ。これがいつものブーマーの部屋よ」

クロゼットのなかには、衣類がきちんと吊るすか、たたんで棚においてあった。机の上のパソコンは塵《ちり》よけ布で覆われ、フロッピー・ディスクにはラベルを貼って日付が入れてある。

エリカの表情が明るくなり、息子の友達や先生たちについて話しながら、彼女の声には誇らしさがあふれていた。そして、まるで今日にそなえて息子の一生を振り返ってみたかのように、彼と付き合いのあった者一人ひとりについて詳しく思い出話をするのだった。ブーメランを愛好していただけでなく、ブーマーは最近はパソコンに熱中していて、特に自分のスコットランド・アイルランド系の家系をたどっているのだった。

「ブーマーはクレイ家で過ごすことがよくあったんですか？　つまりその、向こうの家に泊まることが？」

「ほんの二、三回だけ。彼にはあそこはあまり居心地がよくなかったのよ」

「なぜだか知ってますか？」

「キャロルはプロテスタントの根本主義者で、しかも狂信的なもんだから、あの子は当惑しちゃうのよ」

「エレナはどうなんです？」

「彼女はお母さんの信仰に反発していて、むしろニューエイジの精神性に惹《ひ》かれていたと思うわ」

「なるほど」ストーンはいった。「で、あなたはキャロルのことをどう思うんです？」

「わたしたち、すごく違うけど、でも、わたしは彼女の信念を尊敬しているわ。だってね、キャロルはいつも暇を見つけては病気の人を見舞ったり、貧しい人に食べ物を持っていってあげるの。週末にはよく、ホームレスのために小屋を建てている大学生のグループを手伝ってあげていたし」

「たいした女性のようですね」

「マザー・テレサと美人コンテストの女王を掛け合わせると、スーパー眠り姫ができあがる、というわけ」控えめな皮肉だった。

「彼女のことをほんとに好き、というのではなさそうですね」

彼女は肩をすくめた。「学校時代、男の子たちは彼女を偶像視してたわ。でも、デートをしたのはこのわたしだった」

彼女が〝デートをした〟という言葉をいやに強調したのは、明らかにそれが単なるデート以上のものだったことを示唆《しさ》していた。ストーンはブーマーの父親のことをたずねる寸前までいったが、この誘惑をしりぞけた。

「彼女がナルコレプシーにかかっていることは知ってましたか？」

「学校中、知らない者はいなかったわ。授業中や舞台でしょっちゅう眠ってしまうんですもの、いやでも気づくわよ」

「それでもチアリーダーだったし、芝居もやり、なおかつ、いろいろ社会奉仕もしていた。こういう女性と張りあうのは大変ですね」

エリカは睨《にら》みつけた。「わたし、張りあってなんかいないわ。わたしは、わたしよ。あるがままのわたしを認めてもらうしかないわ。でも、彼女は芝居の主役と名声をもらい、代役のわたしは彼女が眠りこむのを待たなければならなかった、舞台に立つチャンスを得るためにね」

「眠るといえば、枕《クッション》が嫌いなのは誰なんです、あなた？　それとも息子さん？」

エリカは体をこわばらせた。「どうしてそんなことを訊くの？」

「居間の寝椅子に一つものっていなかったから」

彼女の顔面が蒼白になった。「ずいぶん観察が鋭いわね。あなた、優秀な刑事なのね。わたしの寝室に行けばベッドにも枕が一つもないのがわかるわ。わたしね、変わった恐怖症なの――病名がついていないような――枕が病的に怖いの」

「枕恐怖症？　失礼、茶化《ちゃか》すつもりじゃないんですが——」

「一杯やります？」エリカは訊いた。「スコッチかウオッカならあるけど」

彼は勤務中なので断わりかけた。だが、考えてみると、モルグまで同行してくれということをどう彼女に切り出したものか、まだ模索中なのだった。

「いただきますか」彼はいった。「スコッチを」

彼女は生《き》のスコッチを二つのグラスにつぐと、カチッと彼とグラスを合わせた。

「あなたがブーマーとエレナを見つけてくれることに乾杯」

「あなたは、自分の息子がキャロルの娘と恋仲になるのは、たぶん、嬉しくなかったと思いますが」

エリカの緑の目がつかの間《ま》、彼の視線を受け止め、それから脇へそれた。「そのとおりよ。よくいうでしょ、女の子の母親は娘を失わない、息子が一人増えるだけだって」

彼は一気に酒を飲み干した。エリカはすすりながら飲んだ。彼女が飲み終えてグラスをおくと、ストーンはいった。「ね、おそらく、ここへ来てすぐ話すべきだったたんですが、この知らせをどう切り出せばいいかわからなくて」

彼女は腰をおろした。顎が堅《かた》く緊張している。彼女は水晶のペンダントを引っぱり出して両手で握りしめた。「何なの？」

「わたしと一緒に街まで来てほしいんです」

彼女はじっと水晶をのぞきこんだが、その緑の目がくもった。「モルグへ、でしょ？　わたしのブーマー坊やを見つけたのね」

「どうしてわかったんです？」

「あなたの目を見てわかったわ」

「お気の毒ですが……」彼はいった。「あなたに確認してもらわなければなりません」

モルグへ着くまでエリカはずっと黙りこんでいた。検死官が冷蔵庫から遺体収容ケースを引き出し、少年の顔の覆いを取るまでは。彼の暗褐色の髪はもつれ、額の傷痕は青白く変色していた。それを見たとき、エリカの体は揺らぎ、彼女は倒れまいと踏んばった。

「しっかりして」ストーンはいった。「これはブーマーですか？」

エリカは彼女の腕を握りしめ、彼女の爪が食いこんだ。「こんなことをしたやつを見つけ出して！　きっと見つけ出すと約束して、その怪物を！」

「努力します」

「わたしも手伝う。使える目と耳がもう一人分増えるわ」

「こういうことは警察にまかせてください」

「わたしも一緒にやりたいのよ。自分の手でその人殺しの心臓を引き裂いてやりたい！」

彼女の目に燃える緑の激怒は、彼女の美しさを敵意あふれるものに変えた。

「刑罰は判事と陪審員が決めます」

「この地上のどんな刑罰もこの犯罪には軽すぎるわ」

「電気椅子があります」

「それでも軽すぎる」彼女はいった。「死刑なんて生ぬるいわよ。未来永劫《みらいえいごう》に続く刑罰でなければ」

「家まで送りましょう」

「心配ご無用よ、わたしのことは」だが、ふいに——火が氷に変わって——彼女はいった。「ええ、送ってください」

家に帰る車のなかでエリカは奇妙に静かだった。だが、彼女がまばたきもせずに、トランス状態にあるかのように、じっと水晶のペンダントを見つめているのにストーンは気づいた。彼はエリカにだいじょうぶかと訊こうとしたが、彼女の精神集中を破らないことにした。

自宅に着いたとき、彼女はいった。「なかに入って、もう一杯やっていって」

「いや、やめときましょう」

「わたし、ふつうは二、三杯飲まないと寝つけないんだけど、今晩は四、五杯やらないとだめだわ。一杯だけ付き合って」

気が進まなかったが、彼は家に入った。彼女はウィスキーを二つのグラスについだ。「わたし、あなたをすごく信頼してるのよ、ストーン刑事。あなたは聡明な刑事さんのようだから」そして彼女は彼とグラスを合わせた。「わたしがこの人生で愛した唯一のものを殺した殺人犯に乾杯――何者なのか、どこにいるのか知らないけれど。何を犠牲にしても――どれほど長くかかろうと――この邪悪を数千倍にして返してやると誓うわ。わたしの人生の目的はただそれだけ」

エリカの怒りは、彼に嫌悪を催《もよお》させると同時に魅了した。

退却しろ！　と彼は思った。グラスを空《あ》けて、彼はいとまを告げた。

4

〝ロメオとジュリエット殺人事件〟は週末までずっと新聞の第一面を飾るニュースとなった。そして、ロジャー・クレイが懸賞金をかけると、リヴァーサイド警察は手がかりや情報の電話で四六時中、忙殺《ぼうさつ》された。

多くはさまざまな推理を夢想した市民からのもので、その乱暴な告発によれば警官から州知事に至《いた》るあらゆる人間が犯人にされていた。この手の情報は〈陰謀〉ファイルに入れられた。

いちばん役に立ったのは、リヴァーサイドや近隣《きんりん》の町に住み、被害者たちと知り合いで、動機と機会があったかもしれない者たちの名前だった。このなかにはキャロルが援助した貧しい人々やホームレスの数人も含まれていた。ストーンはこのファイルに〈追跡調査！〉というラベルを貼った。そして、三番めのファイルには〈両親〉と。

ある日、怯《おび》えた様子の少年から電話があり、自分は情報を持っており、懸賞金に応募したいと告げた。少年の名前を聞くと、ストーンは彼に署まで来るようにいった。十六歳のその少年、アンディ・オコーナーを知らない者はなかった。彼は毎朝、登校前に《リヴァーサイド・クーリエ》を配達する新聞少年だった。まじめな少年で――独り暮らしの孤児で、自活していた――署に入ってきたとき、彼は恐怖で呆然としていた。ストーンは少年を落ち着かせ、コカコーラを飲ませてやり、それから、テープレコーダーのスイッチを入れた。

少年は夜明けの直前、朝刊を配達していたとき、クレイ家の車まわしで背の高い男が飼料袋を小型トラックに積みこみ、それから、そのトラックで断崖の方面に走り去るのを見た、と語った。

「その男を見ればわかるかい？」

「わかると思います」

ストーンは机の引き出しからルーズリーフ式の事件簿を取り出すと、なかから六枚のポラロイド写真を抜き出した。

「アンディ、この写真を全部見て、もしこのなかの誰かが、その小型トラックに飼料袋を積んでいた男だったら教えてくれ」

アンディは写真を一枚一枚しげしげと眺め、ロジャー・クレイを選び出した。

「見たのは、ほんとにこの顔だったのか？」

「はい。彼です」

ストーンは、その写真の裏にアンディの名前と日付を書かせた。

「報奨金《ほうしょうきん》をもらえますか？」

「彼が有罪になればな。だが、このことは秘密にしておこう」

少年が帰っていくと、ストーンはポースト署長にいった。「クレイの家と敷地の捜索令状を請求すべきですよ」

署長は首を振った。「令状を出してくれる判事はいないよ。アンディの話したことだけでは〝相当な理由〟にならない」

「じゃ、捜索令状なしに立ち入る許可をクレイからもらいますよ」ストーンはいった。

「どんなふうにやるつもりなんだ？」ポースト署長はたずねた。

「これから考え出しますよ」

「慎重にな。違法捜索で捜査が台無しになっては困るからな」

「やりませんよ、そんなこと」

容疑者をぺてんにかけ、令状なしで捜索する許可をだまし取るのは違法であり、それをストーンは百も承知だったが、彼にしてみればロジャー・クレイをぺてんにかける必要はなかった。ただクレイより利口に立ちまわればいいだけだ。犯罪者が相手の場合、相手と同じ手段で戦うことになんら不都合はないのだと、ストーンはニューヨークの街頭でしっかり学んだ。

ときには違法すれすれをやることで悪党どもに勝てるのだ。そのことを今は亡《な》き相棒の頭にちゃんと叩きこんでやっていたら、ニューヨーク市警のハリー・ライリー刑事は今も生きていただろう。

第五章

二、三日後、アイリーン・モーガンはコーラー医師から電話を受けて驚いた。コーラーは彼女に、オブザーバーとして立ち会ってほしいので、完成したばかりの〈コーラー睡眠センター〉に、その夜の九時に来てほしい、といった。

「なにごとなんです？」

「キャロルが眠ったまま話したり、夢中歩行を始めたんだよ。何がこの長い脱力発作《ほっさ》状態の引き金になったのか突きとめるつもりなんだ」

アイリーンはリヴァーサイドとタラハッシーの中間までの三十キロほどの道を、時速百八十キロで走りぬけた。彼女を入れるためにさっと開いた鉄製の門を入り、カーブした道を進むと白い円柱と柱廊《ポルチコ》のあるギリシャ神殿のような白亜の大邸宅に行き着いた。

ループ状の車まわしに青のコルヴェットが一台駐車していたので、彼女はその後ろに自分の銀色のMGを止めた。四本の大理石の円柱のあいだの石段を上ると、ドアに控えめな真鍮《しんちゅう》の表札が出ていた。

〈コーラー睡眠センター　医学博士ジョージ・S・コーラー〉

まだ呼び鈴を鳴らさないうちに、黒のマーキュリーが車まわしに入ってきて彼女の車の後ろに停止した。それがジェイソン・ストーンだとわかって、彼女は待った。

「ここでお会いするとは思わなかったわ」

ストーンが眉を寄せた。「わたしもあなたに会うとは思わなかった」

「招待されて来たんです」

「ああ、それならわかる。あなたは睡眠障害がありそうには見えないから」

アイリーンは笑った。そして、呼び鈴を押すとチャイムが鳴った。

ドアが開いて、肉づきのいい頬をした重量挙げの選手のような体格の背の低い男が姿をあらわした。

「わたし、アイリーン・モーガン医師です。こちらはストーン刑事。コーラー先生にお目にかかりに来ました」

男は脇によけて、二人を中庭に入れた。糸杉が植えられ、大きな観賞魚の泳ぐ池、それに一方の端には滝が水しぶきを上げている。

「まあ、きれい」アイリーンはいった。

中庭《パティイオ》の中央には、等身大のギリシャ彫刻が立っていた。古代のゆるやかな衣服に身を包み、蛇の巻きついた杖を手にした、顎ひげを生やした男の彫像だ。パティオの西端には、松明《たいまつ》を逆さに持った二人の少年の像が立っている。

「わたしのアスクレピオスに見とれているようだね」コーラーが左手に並ぶドアの一つから姿をあらわした。後ろからアイリーンが会ったことのない背の高い男がつづいた。

「すばらしいわ」彼女はいった。

コーラー医師のきれいに撫《な》でつけられた黒い髪は、この前病院で会ったときよりさらに黒々として、ヴァンダイクひげの先もいっそう尖《とが》っているように見えた。

「ポール・ナッシュには会ったことがあるかね？」コーラーが彼女に訊いた。

彼女は手をさし出した。「いいえ、でも、お名前はうかがってます。あなたは州検事でしょう？」

「図星です」ナッシュはいった。

彼の茶色の目は髪とよくマッチしていた。そして、すぐそばで見ると、彼の左目は視線の固定した義眼だった。

「たいした彫刻ですね」彫像に目をやりながら、アイリーンはいった。

「わたしの趣味はギリシャ神話でね」コーラーはいった。「ごく自然の成り行きなんだよ、わたしはギリシャ生まれだから」

「コーラーというのはギリシャ的な名前ではないような気がしますが」ナッシュがいった。

「一九四七年に母がわたしを連れてアメリカに来たとき、わたしたちの名前を英語読みに変えたんだ。ソフィアはソフィーになった。そして、当時のわたしはまだ七歳だったが、今でも覚えているよ、それまでヨルゴス・コレリスだったのが翌日にはジョージ・コーラーになって、奇妙に感じたことをね」

「それで正体不明のなまりのわけがわかったわ」アイリーンはいった。

コーラーはけげんそうな顔をした。「なまり？」

「いえ、かすかなギリシャなまりにすぎませんけどね」

彼のオリーブ色の皮膚が赤らんだ。「わたしにはなまりなんかない！」

つかの間、気まずい沈黙があったが、ストーンがいった。「ま、それでギリシャの彫像があるわけがわかった」

「しかし、なぜアスクレピオスなんです？」ナッシュがたずねた。

「睡眠障害の専門家として、わたしは睡眠や夢に関係のある神々や神話に特に興味があってね」

「わかるわ」アイリーンはいった。

「むろん、きみは医者なんだから、アスクレピオスが何者かは知っているね」コーラーの口調は挑戦的で、彼女に返事をうながしていた。

「ギリシャの医術の神でしょ」彼女はいった。「のちにローマ神話に取り入れられてアエスクラピウスとなった」

「お見事。そして、病人たちはエピダウロスの彼の聖所にやってきた、治療を受けるためにね。一部の者たち、特に女性は、神殿で眠ることを要求され、アスクレピオスは彼女たちの夢にあらわれたイメージを用いて治療を行なった。わたしは彼がフランツ・メスマーやジクムント・フロイトよりはるか以前に、動物磁気説や夢の象徴性について知っていたと確信してるよ。感謝した患者たちは謝礼として、アスクレピオスに敬意を表して雄鶏《おんどり》を生《い》け贄《にえ》に捧げ、自分たちの名前とその病気の治療法を記《しる》した銘《めい》板《ばん》を掲げた」

「〈コーラー睡眠センター〉には、まさにぴったりの聖像ですね」アイリーンは皮肉を隠そうともせずにいった。「ある意味では、先生も同じことをしているのだから」

コーラーはおかしくなさそうな声で笑った。「メスマーやフロイトとは違って、アスクレピオスは死者を生き返らすこともできた。ゼウスは彼が人間たちを死から救う能力を持つことを望まず、雷でアスクレピオスを殺してしまった」

「面白いな」ナッシュはいった。「うちの看守や死刑囚たちは、電気椅子で処刑されることを〝稲妻に乗る〟というんです」

アイリーンはちょっと眉を上げた。「つまり、わたしたち精神科医は、心の治療のやり方に気をつけなきゃいけないってことかしら」

「あの松明《たいまつ》を逆さに持った少年たちは誰なんです？」ストーンが訊いた。

「夜の女神——というか、ニュクスという名の最も古い女神の一人——の双子の息子たちです。右側の少年が眠りの神、ヒュプノス、もう一方が死の神、タナトス」

「どんな母親でも誇りにできる子供たちだ」ストーンはいった。

「ニュクスには、ほかにも〝夢〟という名の子供たちがいる」

ナッシュは彫像をぐるっと一周した。「この〈睡眠センター〉には解釈する夢がきっとたくさんあるにちがいない」

「そのとおり」コーラーはいった。「夢解釈は、以前からずっと催眠分析と精神分析の重要なツールでね」

「精神科医はどうやって見分けるんですか？」ナッシュがたずねた。「夢を見た者がほんとに見た夢を思い出しているのか、それとも目覚めているときにでっちあげたのか」

「それが常に問題でね。古代の人々は、夢は二つの門のどちらかを通過すると信じていた。偽りの夢は象牙の門から出てくるし、正夢は角《つの》の門から出てくると」

「このセンターの門は練鉄《れんてつ》ですね」ストーンはいった。「あの門はどんな夢が通過するんですかね？」

コーラーは笑い、肩をすくめた。「さて、なかを案内しますよ、キャロルに会いに行く前に」

アイリーンはこういうギリシャ的な主題《モチーフ》を魅力的だと思ったが、どこか心に引っかかるものを感じた。

コーラーは先に立ち、彼らをパティオの背後の目立たぬエレベーターに案内した。例の筋骨たくましい男が機敏な動作で先回りしてエレベーターのゲートを引き開けた。

「こちらはチェット・ライリー、フロリダ州立病院の職員の」コーラーはいった。「現在、矯正《きょうせい》施設に付属する法医学精神病院を作る計画があるが、そのプランが具体化するまで、ここでアルバイトをしてもらっている」

「州立病院ではどんな仕事を？」アイリーンはたずねた。

ライリーは微笑した。「じつは、わたしは正規の養成所を出た矯正官なんですよ、でも、病院じゃ、わたしたちを精神保健技師と呼べとうるさくてね」

アイリーンは四階建ての建物のエレベーター・ボタンについている三つの階の表示板に目をとめた。1F――事務所および診察室、2F――睡眠研究所、3F――理事長住居（私用につき立ち入り禁止）。三階への出入りには鍵を要する、と注意書きがあった。

ライリーは二階のボタンを押し、エレベーターはゆっくり上りはじめた。

「なぜ四階はボタンも階数表示もないんです？」ストーンが訊いた。

「四階はありません」コーラーはいった。

「彼がいったように、わたしも入ってくるとき見たら四階までありましたけど」

「いや、じつは、ただの倉庫しかないという意味でいったんだ、わたし個人の住居からしか行けないようになっている」

「いわば屋根裏部屋のようなもんですか？」ストーンが訊いた。

「そのとおり、屋根裏部屋でね。さ、ここが〈睡眠センター〉の心臓部ですよ」そういいながら、コーラーはエレベーターから二階の廊下へと一同を案内した。並んだドアのうちの四つには〈睡眠室〉と表示されている。真ん中のドアには〈観察室〉とあった。


コーラーは防音になっている〈観察室〉のドアを開けた。足を踏み入れながら、アイリーンはテレビ局の指令センターを連想した。録音設備やモニターが所狭《ところせま》しと並び、壁面は黒いケースに入ったビデオ・カセットで埋まっている。モニターはどれも独房のような小部屋を映し出していた。それぞれの部屋にベッド、そして、ずらっと並んだ電子機器がある。カメラは各室の天井近くに設置されているらしく、四台のモニターの中央にベッドが映っていた。ベッドの三つは空《から》だった。四つめにはキャロル・クレイがいて、病院のガウンを着て、ベッドに縛りつけられ、腕や脚や額に電極が取りつけられていた。点滴で栄養を補給している。

「壁のあの時計は」モニターをのぞきこみながら、アイリーンはいった。「わたしが幻覚を見ているのでなければ、数字が時計まわりとは逆になってるわ」

コーラーは微笑した。「観察が鋭いね。それに、ほら、秒針も逆まわりしている。あれは元患者がわたしにプレゼントしてくれたんだ。あの時計は後ろに向かって進んでいるように見えるが、それでも告げる時刻はどんどん先に進んでいる」

「わたし、それで混乱しちゃって」アイリーンはいった。

「そうだろうね」コーラーはいった。「きみが絶えず腕時計を見てるのに気づいていたよ。ほら、今みたいに。きみは明らかに非常に時間を気にする人だね」

アイリーンは顔が赤くなるのがわかった。彼女は肩をすくめた。「わたしたち精神《サイコ》療法医《セラピスト》は五十分単位で仕事をしますから」

「しかし、皆が皆、時間を気にするわけじゃない」

アイリーンは自分が挑発されているのがわかったが、やり返さずにはいられなかった。「ええ、現在に生きていて、年齢退行療法を行なわない者たちだけです」

「つまり、まだそれができない初心者ということだね」

彼女は怒りがこみ上げるのを感じた。だが、ナッシュが割って入った。「キャロルはまだ昏睡状態なんですか？」

「ときどき目を覚まします」

「口をききますか？」ストーンが訊いた。

「いや、ただじっと横たわったままで、また眠ってしまう」

「まわりの様子を見てショックを受けるかもしれませんね」アイリーンはいった。

「そんなことはないと思うね」コーラーはいった。「彼女は十五のときから断続的にわたしの患者なんだ。こういうタイプの道具立ては彼女には見慣れたものだし、いい印象の記憶につながるものだよ」

アイリーンはモニターの横にある機器の一つに目を留めた。「ＭＳＬＴで何を調べようとしているんですか？」

コーラーは驚きを隠そうとした。「ほう、きみは睡眠の分野についての宿題をちゃんとやったようだね。ＭＳＬＴとは急速眼球運動《レム》の直前に存在する二分たらずの入眠《にゅうみん》潜時《せんじ》を繰り返し計測するテストで、これによって日中の生理的な眠気を客観的に測定することができる。彼女の場合はひんぱんな四肢の動きが見られる。また目を覚ますと、彼女はしばしば泣いたり、悪夢のことで叫んだりする」

「それから、あの睡眠ポリグラフィーによる観察記録からは何がわかるんです？」

「彼女はレム睡眠が増えていて、ひんぱんに夢や悪夢に出入りしている。それに、寝言をいう。数回、彼女はベッドから出て、夢中歩行をしようとした。それで拘束の必要性を感じたんだ」

「彼女に質問してみましたか？」ストーンがたずねた。

「あなたがたにここに来てもらうまで待つことにしたんです、ひょっとして彼女が事件の解決に役立つことを何かいうかもしれないからね」

ナッシュが右目をしばたたいた。「ご協力を感謝します」

キャロルがベッドで体を動かし、寝返りを打とうとした。だが、紐《ひも》で固定されて動けない。彼女は目を開けた。

「どうやら開始する潮時《しおどき》のようだ」コーラーはそういいながら、助手のほうを振り向いた。「チェット、なかに入って紐をはずしてくれないか。でも、すぐそばにいて、彼女が怪我《けが》をしないよう見ていてくれ」

アイリーンは眉をひそめ、モニターのほうを指さした。「なぜこれを録画してるんですか？」

「わたしは自分の行なう治療は必ず記録することにしている」そういいながら、コーラーは身ぶりで三人に部屋の奥に並んだ椅子に座るよう合図した。

「セラピストのなかには治療を記録する人もいるけど」アイリーンはいった。「わたしはしません。コミュニケーションが抑制されてしまうんです——わたしも患者も照れてしまって」

「今回のケースでは、それは問題にならない。患者は自分が観察されていることに気づいていないからね」

彼女はナッシュのほうを向いた。「今日、わたしたちが聞くことは法廷で証拠として認められるんですか？　催眠に非常に近いものですが」

「しかし、これは催眠じゃないよ」コーラーはいった。「暗示にかかりやすいトランス状態に誘導していないからね。彼女はただ自然な睡眠のなかで話すことになる、何かわからないが彼女をショックに追いやった原因についてね」

ナッシュはうなずいた。「そして、この治療は、州の公務員であるストーン刑事、あるいはわたしがそそのかしたり、操作したものでないことは明白ですから、証拠として認められます。コーラー先生は個人診療の開業医だし、彼がわれわれを招《よ》んだんですから」

ストーンは顔をしかめた。「しかし、これは催眠ではないと、どうやって判事や陪審を納得させるんです？」

コーラーは苛立《いらだ》っているようだった。「催眠のトランスの深度を計る技術があってね。何年も前にわたしが睡眠障害の実験的な研究をしていたとき、大勢の患者にそれを教えてあるから」

アイリーンがたずねた。「それは〈自己報告式深度目盛り《セルフ・レポート・デプス・スケール》〉のことですか？」

「ああ、知っているんだね」コーラーはいった。

「知ってますけど、実際に使われるのは見たことがありません」

「まるでギリシャ語みたいにちんぷんかんぷんだ」ストーンはいった。「駄じゃれをいったわけじゃありませんが」

コーラーは眼鏡をはずすと、レンズを磨《みが》いた。「催眠療法医は、初期の治療のときに被催眠者に教えておくんですよ、トランスにはその深さにさまざまな段階《レベル》があること、それぞれのレベルには数字が振ってあること、そして、今後、その被催眠者がトランス状態に入った場合、『トランス・レベルは？』という質問が聞こえると常に、心の暗闇に明るく輝く数字があらわれるのだと。ちょうど鉱山の深い立坑《たてあな》を下っていくエレベーターの制御盤のように、昇降するにつれて深さを示す数字がつぎつぎと照らし出されるのだとね」

ナッシュは眉間《みけん》にしわを寄せた。「催眠状態になっている人間は、トランスの深さをどうやって査定するんですか？」

「感じで、ですよ。ゼロは、表面にいる、というか、覚醒している段階です。一から十二は、わずかに現実から切り離された感じ、そして非常にリラックスした感じで、もしわたしが体のどこか、腕とか脚を動かすようにいうと、それができる段階だ。つねられても針で刺されても反応しなくなるような感覚の麻痺した状態になるには、二十かそれ以上の深さが必要です。夢をみるには二十五以上に、記憶喪失になるには三十以上になる必要があります。トランス・レベルが四十を超えると、どんなことでも催眠術者が示唆《しさ》することが、まったく疑問の余地なく現実のことに思える——実人生の体験と等しい現実のことだと。五十以上は、わたしたちが〝完全《プリーナリー》〟と呼んでいる深度で、とてつもない深さなのでわたしもめったに見たことがない」

「いや、驚きましたね」ストーンはいった。「で、たいがい催眠術を受けた人間はどれぐらいの深さまで行くんです？」

「成績のいい被催眠者は三十から四十のあいだまで行きます。しかし、このレベルは絶えず変動することを頭に入れておく必要があって、わたしたちは定期的に患者に深度の報告を求めるんです」

「すると、もしミセス・クレイが自分は――たとえば、深度五――にいると報告したら、彼女は催眠状態になっていないということですか？」

「そのとおり」

アイリーンは首を振った。「これが倫理的に正しいことかどうか、確信が持てないわ。先生はぜひ――」

キャロル・クレイが眠ったままうめき声を上げ、コーラーはマイクを通して彼女に話しかけた。「トランス・レベルは？」

彼女は右手を上げ、指を二本立てた。

アイリーンやほかの者たちはキャロルが映っているモニターを見上げた。彼女は抑えつける紐に逆らって、もがいていた。チェット・ライリーが紐をはずすと、彼女は起きあがった。青い目が開いた。

「気分はどうかね、キャロル？」

「いいわ……」

「どこにいるか、わかるかね？」

彼女はあたりを見まわしてから、うなずいた。「先生の診療所ね」

「今、あなたは眠っていたのかね、それとも催眠状態だった？」

キャロルは首を振った。「ただ眠っていただけよ」

「あなたは前にも、わたしのところへ来たことがあるね？」

「ええ、何度も」

「わたしのところへ来るのは、どんな気分のとき？」

「ひどい気分のときよ、自分で自分の睡眠をコントロールできずに怯《おび》えていて」

「そして、わたしのところを出て行くときは、どんな気分？」

彼女はため息をつき、カメラをまっすぐのぞきこんだ。「幸せで、安全だという感じ」

「どうして安全だと感じるの？」

「悪夢を見なくなって、いい夢を見るから」

コーラーは誇らしげに微笑した。「そして、つい今しがた目が覚める前は、どんな夢を見たの？」

彼女は満足そうに微笑した。「いい夢を。天国に行く夢を見たわ」

「で、天国では何をしていたのかね？」

「エレナのために道を用意していたの」

「どうやってそこへ行ったのかね？」

「わたしの天使の翼で」

「エレナが天国へ行くのがどうしてわかるの？」

「あの子は永遠の劫罰《ごうばつ》から救われるわ」

「いくつか、わたしの質問に答えてもらえるかね？」

「あまり時間がかからなければ。また眠くなってきたし、することがたくさんあるの」

「その天使の翼に乗って、あなたにハロウィーン前夜の地上の自宅に帰ってほしいんだがね」

彼女は顔をしかめた。「善良なキリスト教徒は〝悪魔の夜〟は祝わないわ」

「しかし、観察することはできるよね、神の使者として？」

彼女はうなずいた。

「わたしたちは今、あの晩のビデオ映画を見ている。わたしがリモコンを操作するから、あなたは見たままをわたしに話してほしい。わかったかね？」

「ええ」

「さて、映画は玄関のドアが開くところから始まるよ。誰が家に入ってくる？」

「ブーマーとエレナが舞踏会から早めに帰ってきたわ」

「二人はどんな服装をしている？」

「エレナはわたしの〝十代の女王〟の衣裳《いしよう》を着てるわ。わたしの髪に似せて、髪を金髪にブリーチして。彼女は妖精の女王に扮《ふん》して出かけたの」

「それで、ブーマーのほうは？」

「お伽《とぎ》話の王子さまよ」

「二人に、あなたはどんなことをいうの？」

彼女の口調が厳《きび》しくなり、人差し指を振っていった。「いいこと、忘れちゃだめよ、あなたたちを迷わせて、救済への道から誘い出そうとする人たちに気をつけなさい。最後の審判の日が来て、天の軍勢が終末の大決戦《ハルマゲドン》のために結集したとき、救済されて天国で永遠に過ごせる祝福された者たちの一人であるように」

「トランス・レベルは？」コーラーはたずねた。

「ゼロ」キャロルは答えた。

コーラーは訊いた。「ほかにも誰か玄関から入ってくるかね？」

「ええ」

「誰が？」

「ロジャーよ」

「ブーマーはいつ帰って行ったの？」

「帰らないわ。もう遅いから、ロジャーが彼を予備室に泊まらせるの」

「さて、わたしは今、早送りボタンを押して映画の最後を出している。あなたは今度はこの映画を逆に、最後のほうから見ていくよ」

アイリーンはコーラー医師の意図を悟《さと》った。彼はキャロルをいきなり娘たちの死に直面させるのを避け、彼女が殺人場面そのものを思い出して精神的ショックを受けないように、遠まわしにその出来事に近づこうとしているのだ。コーラーは慎重に順序立てて前後に移動して、まず彼女が思い出せそうな事柄《ことがら》へ、そこから連想によって結びつけることで彼女が抑圧《よくあつ》してしまった記憶へと迫ろうとしていた。

「さあ、映画の最後が出たよ」コーラーはいった。「最後にロジャーが何をしているのが見える？」

「小型トラックで走り去っていくわ」

「彼一人で？」

「ええ」

「では、テープを少し巻き戻して、彼がトラックで走り去る前はどういうことが起きているか、話してごらん」

「ロジャーは何か飼料袋にくるまれたものを小型トラックに積んでいるわ」

「重そうに苦労して積んでいるのかね、それとも、軽そうに楽々と放りこんでいるのかね？」

彼女の声にふいに恐怖がみなぎった。「重そうに」

「トランス・レベルは?」

「ゼロ」

「それじゃ、巻き戻してロジャーが家を出ていく前のシーンに戻ろう」コーラーはいった。「何が見える?」

「わたしは自分の部屋にいるわ」

「何が聞こえる?」

「エレナとブーマーが話しているのが」

「二人はどこにいるんだね?」

「エレナの寝室に」

「それではね、キャロル」彼は非常にゆっくりといった。「どんなことを、二人はしゃべっている?」

「エレナは金切り声で叫んでるわ、彼女とブーマーは恋人同士で、自分の体は自分の好きなようにしていいんだって」

「それは誰に向かっていってるのかな?」

「きっとロジャーよ」

「ほかにも何か聞こえるかね？」

「銃声が」

「何発？　数えてごらん」

「一発……二発……三発……四発……五発」

「よし、それではね、キャロル。ほかには何が見える？」

「ロジャーが死体を飼料袋に包んでいるわ」

「さて、今度は鍵穴からのぞいて、そこで彼が何をしているのか見るんだ。わかったかい？」

「ええ」

「何が見える？」

彼女は首を振った。「わたし、怖い」

「この時刻には、あなたは何をしているのかな？」

「さあ、わからない。きっと眠っているんだわ」

「何が見える？」

「何もかもぼやけていて、それに部屋がぐるぐる回ってる。画面が真っ黒よ」

観察室の全員が茫然《ぼうぜん》として黙りこんだ。コーラーは皆の顔を見まわした。それから、ふたたびマイクに向かって話しはじめた。

「ではね、キャロル、わたしが三つまで数えると、あなたは静かな眠りに戻っていく。あなたは今、トランス状態ではないけれど、たいがいの夢の場合のように、この夢のことも、この映画のこともまったく覚えていない。用意はいいかね……一つ……二つ……三つ……おやすみ……ぐっすりお眠り」

キャロルの頭が後ろに垂れて、こっくりこっくりしながら体が傾いていった。コーラーは彼女をふたたび紐で拘束するようにライリーにいった。

モニターはレム睡眠へのほとんど即座の移行を示した。

「彼女の睡眠発作はこれまでの年月でだんだん減っていました」コーラーはいった。「しかし、ご覧《らん》のように、今回の強烈な感情的な体験でふたたびその症状が出てきた」

アイリーンはたった今、見たり聞いたりしたことにショックを受けたが、感情を抑えた。「予後《よご》はどんなものになります？」

「彼女は、また日中でも不意に眠気に襲われるようになるだろうね。しかし、彼女は限定されたライフ・スタイルになんとか適応できるはずだ。乗馬をしたり、車の運転をしないように彼女に注意しておくよ」

ナッシュはいった。「これはすべてロジャーに対する嫌疑を裏づけるものです。これで目撃者が出てきたとなると、この事件はもうこっちのものだ」

アイリーンは、自分を抑えきれずに眉をひそめた。「あのね、彼女は〝類催眠状態〟と呼んでもいい特殊な状態にあったんですよ」

「彼女のあの自己報告を聞いたはずだ」コーラーが強い口調でいった。「彼女は催眠されてはいなかった」

ナッシュがうなずいた。「催眠ではなかったな」

「彼女はただ夢のなかで話していただけですよ」ストーンもいった。

アイリーンは立ち上がると、壁面のビデオテープがぎっしり詰まった棚を指さした。「先生は治療をすべて記録するといいますけどね。患者・医師間の守秘《しゅひ》義務はどうなるんですか？」

顔をこわばらせて、コーラーはいった。「キャロルは守秘義務解除の承諾書にサインしている」

「十五年も前にね」アイリーンはいった。「現行のものではないわ。それに、この治療に対するものでもない」

ナッシュが割って入った。「法律は、たとえば殺人のような重大な犯罪が関わるときには、守秘義務を破棄することを許していますよ」

「差し迫った危険を警告するために、だけね」アイリーンは譲《ゆず》らなかった。「今回の場合、殺人はすでに行なわれています。ご承知のように、守秘義務に背《そむ》いてもいいのは危害を未然に防ぐためで、警察の犯人逮捕を助けるためではないわ」

コーラーは彼女の顔をじっと見つめた。「きみは殺人犯を裁判にかけることにあまり熱心じゃないようだね」

「違います」アイリーンは彼を睨《にら》み返した。「ただ患者の秘密を守ることを神聖な義務と考えているだけです」

「わたしだってそうだ！」コーラーは嚙みつくようにいった。「しかし、もっと価値が高い事柄もある」

「たとえば……？」

「悪を罰すること」

〈睡眠センター〉からの帰り道、ふとアイリーンは思った。キャロルはあの恐ろしい夜の出来事をあんなにいろいろ思い出したが、ロジャーが実際にエレナとブーマーを撃つところはまったく見ていないのだ。その場面を見たのではなく、銃声を聞いたことを覚えているだけなのだから、ほんとうは彼女を殺人の目撃者と呼ぶことはできない。

それでも、この証拠はどんな陪審員でも納得させてしまうだろう。

第六章

1

ストーンはそのタブロイド新聞の記事を見て驚いた。ロジャー・クレイが自分には不思議な幻影が見える、と話していることを報じているのだ。目を閉じると狂った殺人犯の顔が見える、とロジャーは記者に語っていた。

「しめた」ストーンは同僚のフィル・グリーンにいった。「これを口実にしてクレイをここへ連れて来られる。モンタージュ作成器を用意しておいて、彼が見た顔の似顔絵を合成するのに彼の協力が必要だというんだ」

ロジャー・クレイは承知し、翌日、自分で署にやってきた。

犯罪者識別係の係員がモンタージュ作成器の画像を相手に苦闘していると、ロジャーは苛立ってきた。「ね、紙と鉛筆をください、ぼくが描いてあげますから」

ストーンが見守っていると、まるで見た顔を思い出そうとするかのように、画家はその悲しげな灰色の目をときどき上に向けながら、すばやくスケッチした。やがて彼は顔を三つ描きおえて、いった。「これがぼくが幻に見た三人の人間の顔です。これを使って作ればいい」

ストーンが彼と向き合ってテーブルにつき、テープレコーダーのスイッチを入れると、ロジャーはけげんそうに刑事の顔を見た。

「通常の背景的な情報収集ですよ」ストーンはいった。「手がかりを与えてくれる人には皆、こうしてるんです」

この通常の〝背景的な情報収集〟の面談は、三時間の尋問《じんもん》になった。

ストーンはロジャーの先祖が何世代にもわたってアメリカ軍の軍人だったことを知った。彼の曾祖父《そうそふ》のそのまた父親は独立戦争で戦い、タラハッシーに定住した曾祖父は、ロバート・E・リー将軍から勲章を授けられた。彼の祖父――〝大佐〟――は第二次大戦中、バルジの戦いでの英雄的行為に対して勲章を授けられている。そして、ロジャーの父は朝鮮で戦死した。

だしぬけに、ストーンは以前、どこでロジャー・クレイの顔を見たのか思い出した——ポニーテールの髪をとれば、彼は海兵隊のポスターに描かれたあのハンサムな士官そっくりだった。

経歴はすでに調べたのだが、ロジャー自身は軍隊に入った記録がないことをストーンが指摘すると、ロジャーは、徴兵カードを燃やしてベトナム戦争には行かず、カナダのモントリオールで絵を描いては売って暮らしていたことを認めた。恩赦《おんしゃ》のあと、彼は北フロリダに戻り、ときおり絵画の研究会を開催したり、絵画の個人教授をしていた。

ふつうストーンが誰かを怪しいと思うとき、相手の声の調子や身ぶりのどこでそう感じるのか、はっきりとは指摘できなかった。しかし、ロジャー・クレイがこんなに明るく、協力的なのは、どこか変だった。彼はあまりにもしゃべりすぎた。まるで相手から鋭い質問をされるのを防ごうとしているかのように。若い二人が行方不明になった当日はどこにいたのかとストーンが訊いたとき、ロジャーの態度は一変した。彼は頬の筋肉を引きつらせて、座りなおした。「これはまだ〝背景の情報〟なんですか、ストーン刑事、それとも、ぼくは弁護士を呼ぶべきなのかな？」

「なぜ弁護士が必要なんです？　何か隠すことがあるんですか？」

「むろん、ないですよ」

「ハロウィーンの夜、家を離れましたか？　あるいは、翌朝に？」

「いいえ」鉄灰色の目で傲然と見つめ返しながら、彼はいった。「断言できますよ。家にいました――絵を描いていた」

ロジャーは自分で有罪を主張していた。もし彼が家を離れたことを否定しなければ、犯罪への関与を認める結果にはならなかったのだ。新聞配達少年アンディの目撃証言は、家を離れなかったとロジャーが断言したことによって、初めて重要な意味を持ったのだ。

「あなたは継娘と自分の関係をどんなふうにいい表わしますか？」

ロジャーはしばらく黙って座っていた。そして、ストーンはロジャーがこっちの顔を見て手がかりを探《さぐ》っているように感じた。「ぼくは容疑者なんですか？」

「全員が容疑者ですよ、消去することで範囲を狭められるまではね。わたしは今、あなたを第一容疑者から消去しようとしているんです」

ロジャーはうなずいたが、その目は不安げだった。「いいでしょう。洗いざらい、はっきりさせましょう、何でも訊いてください。ぼくが犯人じゃないとわかるのが、早ければ早いほどいい」

ストーンは面食らった。ロジャーがこれほど冷静でいられるとは予期していなかったのだ。「あなたは、ブーマー・ウォードのことをどう思ってました？」

「ばかげたニックネームだけど、でも、好きでしたよ」

「で、エレナとの仲はどうでした？」

「うまくいってましたよ」

「エレナがたびたびブーマーの家に泊まるのを許したり、ハロウィーンの夜に彼をあなたの家に泊まらせたりしたのは、どうしてなんです？」

彼はまっすぐストーンの目を見た。「わたしは古い偏見《へんけん》は持っていないんです。エレナを信頼していいとわかっていましたし、ブーマーも紳士的にふるまうと信じていました」

ロジャーが今は明らかに動揺しているのを見て、ストーンは罠を仕掛けることにした。「ところで、わたしたちがお宅へ行って、家のなかを見せてもらっても、べつにかまいませんか？」

「エレナの持ち物を調べて、何か手がかりになりそうなものを探すためです。もちろん、何か見つけられては困るようなものがあるんなら……」

「何のために？」

「そんなもの何もないですよ。しかし、ぼくは弁護士に立ち会ってもらうべきなんじゃないですか？」

「ま、もし隠すべきものがあって、弁護士が必要だと思うんなら、むろん――」

「何も隠してはいませんよ。ただ、ぼくには勝手がわからないから――」

「それから、エレナの靴を見せてほしいんです、それに、あなたとキャロルのも」

「なぜ？」

「血痕が付着していないかどうか見るために」

「なぜぼくらの靴に血痕が付着しているんです？　血痕なんかついてませんよ」

「それなら問題ないですが」ストーンは川岸に残っていた靴跡に一致するブーツも探すつもりだったが、それはいわなかった。

「それだけですか？」

「ええ、もちろん。ざっと見てまわるだけですよ」

「わかりました。かまうもんか。今日さっさとやってしまってください」

ストーンはフィル・グリーン刑事をその場に呼んで、ロジャーが令状なしの家宅捜索許可書に署名するのに立ち会わせ、それから、グリーンと三人の刑事を帰宅するロジャーに同行させた。万一、これが証拠として認められない場合にそなえて、ストーンは今回の予備的な捜索には加わらないことにした。彼は自分自身が捜索令状をもらうまでは、あの家に入る気はなかった。

予備捜索のあいだに、刑事たちは川岸の靴跡から作られた石膏の型とロジャーのブーツを照合した。グリーン刑事はブーツはぴったり合致《がっち》したように見えたと報告した。家宅捜索令状を請求するとき、捜索対象に含める品物のリストを州検事に提出するのだが、そのなかにロジャーのブーツを忘れずに加えよう、とストーンは思った。今や彼はロジャー・クレイの家と敷地をくまなく丹念《たんねん》に捜索しようと決意した。

ストーンは保安官に電話をかけ、判事に家宅捜索令状を請求するつもりだと告げた。リーチ保安官は憤激《ふんげき》した。ここは自分の管轄だ、と彼はどなった。そして、ニューヨークから来た刑事《デカ》にこっちの事件を横取りされてたまるか、と。電話を切ったあと、ストーンはタラハッシーの州検察局に電話を入れ、リーチ保安官の態度が原因で自分は捜査を続行できないとポール・ナッシュに告げた。
ナッシュ州検事はストーンを州検察局に呼んだ。

2

ストーンが一時間後に到着すると、ナッシュは机の向こうで目を上げた。薄くなりかけた褐色の髪が、目のすぐ上のしわの寄った額《ひたい》の中ほどまで垂れ下がっている。彼の右目はらんらんと輝いていたが、左目はただまっすぐ前方を見つめていた。ストーンは、州検事がベトナムで対人地雷を踏み、その目を失ったことを知っていた。

ナッシュは数枚の書類に署名をしおえて、金の台座にのったゴルフボール型ペン立てにペンをさした。台座の飾り板にはこう記《しる》されていた、エメラルドグリーンズ・カントリークラブ——二位タイ《ティー》。かたわらにはゴルフのアイアンの形をした金のレターオープナーがおいてある。

「もし自由に行動できるとすれば」ナッシュは訊いた。「きみはこの事件の捜査を最後まで続けるか——たとえ何があっても?」

ストーンはナッシュの背後に目をやり、壁の名誉除隊証の額《がく》と、その横に並ぶナッシュの写真——胸に名誉負傷章を含む二段の勲章をつけた、若い歩兵連隊大尉の彼の写真を見た。ストーンはうなずいた。「最後までやりぬきます」

「では、この件がなぜわたし個人にとって重要なのか、わたしがなぜ事件捜査を、このリヴァーサイドに比較的新しく来た人間に任《まか》せたいのか、そのわけを話そう」

ナッシュは背後の戸棚《クリデンザ》からスコッチのボトルとグラスを二つ取り出し、ウィスキーをついだ。「わたしはリヴァーサイドで生まれた。そして、この殺人について情報を持っているかもしれない大勢の人間と一緒に小、中学校や高校へ通ったんだ」

「ちっとも知りませんでしたが——」

ナッシュは微笑した。「わたしたちはともに成長し、のちにはデートをして、おたがいの生活に関わるようになった。これは理解してもらう必要があるんだが、われわれ男の子はみんなキャロルに、いわゆる〝熱を上げた〟もんだ。彼女は美しくて、聡明だっただけでなく、少女のころから親切で、人の気持ちがよくわかり、思いやりがあった。

当時、中学の講堂で講義を聞いているとき、彼女が眠りこんだことが二、三度あったり、あるときなどクラスで上演した『眠り姫』のミュージカル版に出ていて、王子役のエド・リーチが彼女の百年の眠りをキスで覚ますためにやって来たとき、彼女がほんとうに眠ってしまっていても、わたしたちは誰もあまり気に留めなかった。

やがて、わたしたちはキャロルが治療のためにコーラー医師のもとに連れていかれ、ナルコレプシーと診断されたことを知った。彼女がどんなに傷つきやすいか、われらの〝眠り姫〟がどんなに簡単に危害を受けかねないかわかって、わたしたち四人は胸が張り裂けそうだった。そして、自分たちを〝イバラ姫の守護騎士〟と名づけ、彼女を常に大事にし、守ることを誓った」

「あなたが……」

ナッシュはウィスキーをすすった。「わたしは彼女に恋をしていた。たぶん、ある意味では、今でも。そして、今後もずっとそうだと思う」

「ほかには誰が?」

「エド・リーチもその一人だった」

「保安官の――?」

「ウェイン・リーチの息子だ。キャロルは彼がいちばん好きだったと思う。もし彼がオートバイで断崖から墜落死しなければ、おそらく彼と結婚していたろう。彼はあの子たちの遺体が上がった、まさにあのインディアン川の川岸を見おろす断崖から墜落したんだ。そこで彼女はエドではなくオスカー・キャメロンと結婚した――エレナが生まれる六カ月前にね。ペンテコスト派の牧師だったオスカーは、ベトナムで戦う兵役を免除されたんだ。法学部に進む前の学生だったわたしは、そうはいかなかった」

「そして、ロジャーが四人めの〝守護騎士〟なんですか？」

「彼はカナダに逃れることで戦争に抗議した。皮肉な話さ、彼の家は代々つづく軍人の家系なんだから。しかし、キャロルは彼の反戦思想と非暴力主義を賞賛した。そして、彼女がオスカーと離婚したあと、ロジャーが夫の座についた。当時、わたしはまだベトナムにいたが、もしそうでなければ彼女はわたしを選んでいたかもしれない」

「あなたたちのうちの誰がエレナの父親なんです？」

ナッシュは肩をすくめた。「彼女は誓って自分は処女だといった。彼女自身、それを信じているのは確かだったから、われわれは皆、彼女の言葉を信じたかったよ。わたしたちのほとんどの者はエド・リーチが彼女を性的に目覚めさせた王子さまだと思っていた——おそらく彼女が眠っているときにね——しかし、彼は否定した。だが、彼がオートバイであの断崖から墜落したのは、事故なんかじゃないとわたしはいつも感じていた。オスカーさえ、のちになって結婚式の夜まで彼女には指一本触れなかったと誓ったよ。わたしたちのお伽話《とぎ》は、めでたし、めでたしとはならなかった」

「エリカ・ウォードについてはどうなんです？」

ナッシュは鋭く目を上げた。「それはどういう意味だ？」

「彼女がほのめかしたんですよ、男の子たちはキャロルを崇拝したけど、寝たのは自分とだ、と」

ナッシュは赤くなった。彼はゴルフのクラブの形をしたレター・オープナーを取り上げ、ペーパークリップをパットした。「とにかく、証拠をつかむんだ。しっかり証拠を固めるんだ」

「さっきもいったように、リーチ保安官はわたしを追っ払おうとしているし、ポースト署長はあまり助けにならないし、積極的でもないんですよ」

「わたしにまかせてくれ。わたしから話しておく。だが、犯人の野郎を法廷に引きずり出す仕事は、きみを頼りにしているからな」

ストーンは事件の輪郭《りんかく》を明確にするために書類を系統だてて整理し、事件を注意深くまとめあげた。彼は数通の宣誓供述書が書かれるに至《いた》った経緯や、個々の供述書の重要性を説明し、現場検証の写真、犯罪の証拠となる物件の目撃証言、鑑識結果の報告、ブーツの靴跡の専門家でもある考古学者の鑑定結果を含むすべての証拠を結びつけた。

ストーンが個々の品目を宣誓供述書で裏づけ、探している物品の品目リストを作成すると、ウィンゲート判事は捜索令状を出した。

3

つぎの日曜の午前六時、ストーンは部下の警官を集めてグループを作り、出発した——四台の警察車が列を連《つら》ねて夜明けの田舎道を進んでいった。

ストーンが家の前に車を止めると、ジーンズとTシャツ姿のロジャー・クレイが飛び出してきた。「なにごとです？」

「お宅を家宅捜索しに来ました」

「でも、あなたの部下がもう調べたのに」

「あれは家宅捜索じゃなく、あなたの許可でやったことです。あのとき、彼らはここで〝相当な根拠〟を見つけたんですよ、判事からあなたの敷地に立ち入って証拠を押《おう》収《しゅう》する許可をもらうためのね」

「ぼくはペテンにかけられたんだ」

ストーンは令状を手渡した。「これが家宅捜索令状です、クレイさん。わたしたちは家のなかに入らなければなりません」

ストーンはすばやく石段を上りはじめた。

ロジャーが叫んだ。「ちょっと待った！　そんなに急ぐんじゃない。ぼくはまだこれを読んでいない」

ストーンは立ち止まった。「あなたに説明する必要がありそうだ。その法的文書はわたしにこの家屋と敷地を捜索する権限を与えている。わたしはその権限を行使します。そのことにもし何か問題があるなら、弁護士を呼んで彼に頼みなさい。しかし、あなたには妨害する権利はない。そして、もし少しでもわたしの邪魔をしたら、ただちにあなたを逮捕する」

「でも、まずこれを読む権利はある」ロジャーはいい張った。

「あなたは好きなだけ何度でも読むといい。わたしは家のなかの捜索を開始します」

ストーンは正面玄関からは入らず、遅れまいと必死であとを追うロジャーを尻目《しりめ》に、キッチンから家に踏みこんだ。ドアの蝶番《ちょうつがい》がきしんだ。「油を差さなきゃ」ストーンはいった。

ロジャーは令状を確認しながらストーンについてまわり、そばを離れなかった。ストーンがエレナの寝室に入って、カーペットの最近こすり洗いしたように見える個所に印をつけたとき、ロジャーは動揺したようだった。鑑識課員があとで切り取って血液を調べるはずだ。ストーンはまたベッドの頭板と壁にもルミノール検査で血痕を調べるようにラベルを貼った。

移動するにつれて、ストーンは家中が油絵や額縁で埋まっているのを知った。壁沿いに床に積み上げられ、かろうじて歩けるスペースしか残っていない。部屋の一つはアトリエだった。

ストーンは立ち止まって一群の油絵を眺めた。「これは皆この近くの場所ですね？」

「そう、ぼくは風景をその場所で描くのが好きなんだ」

「こういう絵もあなたが描いたんですか？」ストーンは灰色の顔をした地元の人たちの肖像画を指さして訊いた。

「ええ」

「あなたは例の〝現代〟画家の一人かと思ってた。こういう——絵なら、わたしにもわかる」

ストーンは一枚の未完成の油絵の前で足を止め、畏怖《いふ》の念に打たれて見つめた。場面は中世の城の室内で、金髪の長い髪の、信じがたいほど美しい王女が一本の薔薇《ばら》を手に寝椅子の上で眠っている。顔はキャロルの顔だった。

「眠り姫に似せて描いたんですね。これはぜひ完成させなきゃ」

「似せて描いたんじゃない」ロジャーはいった。「ありのままのキャロルを描いているんだ。カンバスに載《の》せる前に、ぼくは彼女の眠っている内面の美について、もっといろいろ発見しなければ」

「どういう意味です、内面の美とは？」

「彼女の魂《たましい》の美しさだよ。彼女の心は純粋で、愛情と思いやりに満ちている。彼女はいつも惜しみなく自分を分け与えていたものだ」

「というと、今は違う？」

「彼女はきわめて傷つきやすくて、きわめて鋭敏で、自分が目にする他人の苦しみに平気ではいられなかった。心身ともに参ってしまった。入院するほどね」

「彼女は今でも美しい」

ロジャーはうなずいた。「そして今でも内面の美を持っている。でも――」

「でも何です？」

「いや、何でもない」

「わたしは今まで絵を買ったことはないが、完成したらこの絵を買いたいな」

「この絵が完成することはけっしてない」

「あの『未完成交響曲』のように？」

「それに、この絵は売り物ではない」

ストーンは首を振りながらいった。「ほんとにこの『眠り姫』は完成すべきだと思うな。美術館が買い取るかもしれない」

4

翌日、ストーンはエリカ・ウォードに電話をかけて、事件について話しあいたいと告げ、いいニュースもあるからと夕食に誘った。彼女は大乗《おおの》り気で承知した。

ストーンは彼女の家まで迎えに行き、息を呑《の》んだ。エリカは目の色とマッチしたグリーンの、体にぴったりしたワンピースを着ており、コントラストで彼女の長い赤い髪はますます赤く見えた。

ストーンは彼女をリヴァーサイドとハヴァナの中間にある〈シェード・タバコ・レストラン〉に連れていった。世紀初めの赤煉瓦《あかれんが》の建物で、かつては、一九七〇年代初頭までこの地方の主幹《しゅかん》産業だったシェード・リーフ・タバコ産業の倉庫だったところだ。

「もうこっちのもんだよ、この事件は」カクテルを注文すると、彼はいった。

「話してもらえるの？」

「この話はむろん、内密にしといてもらわなきゃ困るよ。向こうの弁護士に何もかも知られてはまずいからね」

「裁判の前に、弁護側にも教える必要があるんじゃないの？」

「発見した事柄《ことがら》のこと？　そりゃ、もちろん、手持ちの証拠はすべて明らかにするけど、それを入手した方法については必ずしもぜんぶ教えるわけじゃない。こっちの戦略についてもね」

エリカは身をのりだして彼の両手をとった。ストーンは彼女に、早朝ロジャー・クレイが小型トラックに飼料袋を積みこんでいるのを新聞配達少年のアンディが目撃していること、そして、クレイの家のなかに血痕の証拠があったことを話した。

「そして、昨日の午後、部下の一人があの断崖の上のキャンプ場に埋めてあった殺人の凶器を――クレイの二二口径を――発見した。もっか、指紋を調べているところだ」

エリカは椅子の背にもたれ、ため息をついた。「わたしには、わかってた。感づいてたわ。あの男が電気椅子で死ぬところを見てやりたい――まず手始めに」

「もし死罪に相当する殺人事件があるとすれば、これこそ、まさにそれだ」

「それに、彼がなぜこんなことをしたのか、その理由を知らなければ」彼女はいった。

「おれはごく明白な動機を採《と》るよ。きみがいったように、彼はエレナに惹《ひ》かれていて、ブーマーに嫉妬《しっと》したんだ」

「エレナが実際にそう口に出したことはなかったけど、わたしには感じとれた。ちょうどあの子たちを殺したのは彼だと直感でわかったように。わたしは感度の高い人間だから……」

「どういう意味？」

「わたしには人の心がわかるの。みんなが発散するエネルギーに感応して、それを読みとることのできる回路にのせられるの」

「千里眼？」

「というより、むしろ直感的察知ね。ほかの人たちが気づかないことが、わたしにはわかるの」

「おれが今何を感じてるか、わかるかい？」

「この事件がもうじき解決するという、ものすごい興奮。あなたはエネルギーで脈打ってるわ」

彼は身をのりだした。「それだけじゃないぜ」

「せっかちにならないで、ジェイソン。そんな簡単に夢中にさせないで。わたし自身のことや、わたしの過去については、たくさん話したわよね。あなたのことがもっとよくわかるまで待って」

「何でも訊いてくれよ」

「あなたから聞いて、という意味じゃないの。あなたの物事のやり方、人の扱い方、ものの見方を知ってからでないと」

ストーンは笑った。「べつに一生の契《ちぎ》りを結ぼうといってるわけじゃない。ちょっとした友情と愛情の話だよ」

「ま、そのうちにね」彼女はいった。

エリカを家まで送っていったストーンは、ナイトキャップをやりに家のなかに誘われることを期待していたが、彼女は立ちはだかった。「今夜はだめ。わたし、とても疲れてるし、あなたにはまだやるべき仕事があるわ」

「幸運を祈ってくれるキスは？」

エリカは微笑して、彼の頬に触れた。それから彼の顔を自分の顔のほうに引き下げて激しく、深いキスをした。だがストーンが彼女の乳房を愛撫すると、彼を押しのけた。「ご褒美《ほうび》は仕事が終わってからよ」

「じゃ、いつ？」

「ロジャー・クレイに死刑判決が下ったら。そうなれば、あなたが約束を果たせる人間だとわかるわ」

「死刑には、いささかおよび腰なんだが」

「あなたが？　警官なのに？」

「以前、これも簡単に解決した事件に関わったことがあるんだ。新聞は犯人を〝ブルックリンの虐殺者《ぎゃくさつ》〟と呼んだよ、被害者の体の一部が町中のごみ収集箱に捨てられていたから。ニューヨークには死刑がなかったから、彼は仮釈放なしの終身刑になり、新聞のコラムニストたちはこの事件でニューヨークに死罪が必要なことが立証されたといった」

「わたしも同感だわ」

「ところが、のちに別の男がその殺人を自白して、おれは自分が自信過剰だったことを悟《さと》った。おれはかなり薄弱な証拠に頼り、二、三の矛盾に目をつぶってしまったんだ」

「でも、ほかの誰かが自白したんなら……」

「問題は、例の男が監獄で一生過ごすという考えに耐えられなかったことだ。彼は独房で首を吊った。無実の人間を死に追いやったこと、これをおれは一生忘れられないと思う」

「ま、別の人間がブーマーとエレナを殺したと自白することはないわよ。ロジャーが殺したのよ。あなたはそれを立証しなければならない。そして、そのときが来れば、ご褒美は苦労しただけの価値はあるわ」

「ほんと?」

「〝守護騎士〟の誰にでも訊いてごらんなさいよ——まだ生き残っている〝守護騎士〟に」

5

あの二二口径に付着していた指紋はロジャーのものだった。あのばかは指紋を拭《ふ》きとろうとさえしなかったのだ。

鑑識の結果が出るまでさらに二週間がかかった。カーペットからエレナの血液の痕跡が検出され、毛布から彼女のブリーチした金髪が見つかった。カーペットの断片から採取された黒い髪の毛のDNAは、ブーマーのヘアブラシから採取した小胞《しょうほう》とも、また数日前の捜索で森林地帯に埋められているのが発見された飼料袋から採取した小胞とも一致した。

「どう思います？」ストーンはポール・ナッシュ州検事に訊いた。

「何かが欠けてるな。キャロルはあの晩、家にいた。彼女はもっといろいろ見るか、聞くかしているはずだ、〈睡眠センター〉でわたしたちが聞いた以上に」

「どうやって探《さぐ》り出します？」

「コーラー医師には検察のために頻繁《ひんぱん》に証言してもらっているが、彼は自分の患者——犯罪が絡《から》んだ場合は被告になるが——の面接治療をビデオに撮ってつねに証言の裏づけを用意している。キャロルが〈睡眠センター〉に移される前に、レノックス病院に入院したときの治療を記録したビデオテープが必ずあるはずだ」

「証拠文書として提出命令を出せますか？」

ナッシュは肩をすくめた。「彼は抵抗するだろうね」

「〈睡眠センター〉に忍びこんで、かっぱらって来ましょうか？」

ナッシュは笑った。「その必要はないよ。ほかにも立件できるだけの強力な情況証拠がある」

「大陪審に持ちこめるぐらい強力な？」

「わたしの考えでは、公判を支えるには情況証拠が最善の証拠だよ。事実に反論するのは難しいからな。この事件はもうばっちりだと思うね。悪賢い弁護士が技術的な問題で法の裁きにいちゃもんを付けないかぎりは」

ストーンはうなずいた。

「もう一つだけ」

ストーンは待った。

「万一、上訴で破れたり、わたしの身に何かあった場合にそなえて——選挙に落選して州検事の地位を去ったり、心臓発作で死んでしまった場合にそなえて——約束してほしいんだ、わたしの後継者と協力して、ロジャーを電気椅子に送るまでやりぬくと。あの子たちをあんな目にあわせて逃げおおすことは断じて許せない」

ストーンはナッシュの右目に強い決意を読みとった。「イバラ姫に対して、ということですね?」

ナッシュは目をそらした。「高校時代、キャロルを守ると誓ったとき、われわれの一人が彼女の信頼を破るなんて夢にも思わなかった。彼が処刑されるまで、わたしはけっしてあきらめない」

ストーンはあの川岸で若い二人の遺体を見た日のこと、そして死んだ少女の目をのぞきこみながら自分が誓ったあの約束のことを思った。

「ええ、あなたに約束しますよ」彼はいった。「あなたと、ブーマーと、エレナに」

第七章

1

ロジャー・クレイが逮捕され、告発され、大陪審に正式に起訴されたあと、アイリーンはポール・ナッシュから州検事の戦略会議に参加するよう招待されて驚いた。彼は被告側弁護人が〝精神異常に基づく弁護の予告〟を提出すると予想しており、検察側はアイリーンを精神科の専門家として証人に呼ぶかもしれない、と彼女に告げた。

「ロジャーが奥さんを病院に運びこんだときには」アイリーンはいった。「それに、そのあと彼女に付き添《そ》ってベッド脇で一夜を明かしたときには、完全に正気のように見えましたけど」

「それは結構」ナッシュはいった。「しかし、向こうは戦術を変えて、彼の精神状態が悪化して、現在では裁判を受ける能力がなくなったと主張するかもしれない」

「わたしは何をすればいいんです？」

「法廷にいてほしいんです。できるだけ被告側の机のすぐそばに陣取ってください。クレイの態度を観察してください――特に弁護人たちとどんなふうに意思を疎通《そつう》させるかを」

「ああ、なるほど」彼女はいった。「彼には自分の弁護に協力する能力がなくなったと主張してきたら、それに反駁《はんばく》するためね」

「そのとおり。あらゆる手を予想して、それに対抗する手を考えておかねばならない」

「公選弁護人をずいぶん高く買ってるんですね。そんなに凄腕《すごうで》なんですか？」

「フランク・ディクソンは北フロリダ随一の法廷専門弁護士ですよ」

アイリーンは相手方に対するこれほど率直な賞賛を聞いて驚いた。彼女はディクソンを――顎《あご》ひげをたくわえ、背が高く、痩《や》せてひょろっとしたレノックス郡の公選弁護人を――裁判所で数回、見かけたことがあり、弁護人たちから非常に尊敬されているのを知っていた。だが、ナッシュが、自分を法廷で何度も打ち負かした男を賞賛しようとは思ってもみなかった。

彼女は顔をしかめた。「わたし、彼があいうタイプの人たちを弁護するのが感心できなくて」

「ま、ディクソンは人気のない事件を助手たちに押しつけないからね。自分自身で担当する」

「そうらしいですね」アイリーンはいった。「ぞっとするような連続殺人犯、大量殺人犯、子供相手の性犯罪者」

「そういう被告に対するあなたの嫌悪感は理解できますがね、しかし、憲法は――」

「ええ、むろんそうですけど、ああいう連中を無罪放免にするために、ぺてんを使ったり、細かい専門的なことを問題にするのはどうかしらね。それが頭に来るの」

「ああした勝ち目のない、世間の注目が集まる事件では、被告側弁護人はいつもマスコミの批判の的《まと》になるんですよ。北フロリダの弁護士仲間では、その種《しゅ》の被告のことを〝ディクソンの被告〟と呼んでますよ」

「ニュースによると、若い弁護人もつくそうね――マイク・パウエルという名の。こんなに著名な主任弁護人がいるのに、どんな役割があるっていうんです？」

「殺人事件では次席弁護人は非常に重要なんです。もしわたしたちが勝ち、クレイが有罪になったら、すぐ対策をとるのはマイク・パウエルです。クレイと彼のやりとりも、よく観察しておいてください。ロジャーが有罪になったら、量刑《りょうけい》を決める段階ではきっとパウエルが裁判を引き継ぎますよ。そのあと、もし死刑判決が出たら、上訴を手がけるのもパウエルでしょう」

「でも、ディクソンはなぜ無名の者に事件をまかせるの？」

「ま、陪審員の身になって考えてごらんなさい、有名な弁護人が、裁判の最初の段階であらんかぎりのことをいう。『これは〝犯人は誰か〟を推理する事件です。ロジャー・クレイがこれらの殺人を犯すことはあり得ません。したがって、犯人は絶対に誰かほかの人間でなければならない』と。それから、裁判で負けたあと、量刑を決める段階でふたたび法廷に出てきて、こういう。『あ、そうそう、ロジャー・クレイが殺人を犯したのは、ひとえに彼が極度の精神的ストレスで精神に異常をきたしていたからなんです。ですから死刑判決を受けるべきではないんです』と。もしあなたが陪審員だったら、どう思います、この弁護を？」

「かなりお粗末《そまつ》、だと」

「大失敗もいいとこだ！　彼は完全に信用を失い、陪審員が情状酌量《じょうじょうしゃくりょう》についての彼の主張を無視するのは、火を見るより明らかです。そう、もしロジャーが死刑判決を受けたら、ロジャーの命を救うのはマイク・パウエルの仕事になりますよ――そして、このわたしの仕事は、ロジャーを処刑させることだ」

アイリーンは早めに法廷に着き、被告側の机の真後ろに席をとった。痩せて背の高い、顎ひげを生やした公選弁護人が入ってくるとすぐ、アイリーンには彼がわかった。ディクソンはとても背が高く、アイリーンは新聞で、周囲の者より一人だけ飛びぬけて長身の彼の写真を何度か見たことがあった。そして、その写真のなかにも写っていた青年がディクソンのあとに続いた。重そうな書類鞄《かばん》をさげ、腕一杯の本を抱《かか》えていたが、それを彼女の目の前の机にどさっと置いた。パウエルはそのすらっとした体つき、縮れた砂色の髪、そして童顔のおかげで――難点といえば鼻を骨折した跡のかすかな隆起だけで――新聞に出ていた三十五歳という年齢よりずっと若く見えた。そして写真よりずっとハンサムだった。

廷吏《ていり》がロジャー・クレイを法廷に連れてきたとき、ロジャーは油断のない目つきだったし、周囲の状況もよくわかっているようだった。彼は微笑して二人の弁護士と握手した。彼は机についた二人の左側に腰をおろそうとして振り向いたが、アイリーンが目に入ると微笑が消えた。彼は短くうなずき、彼女に背を向けて腰をおろした。

陪審員の選定が行なわれるあいだ、弁護人たちがロジャーに積極的な役割を演じるよう仕向けているのに彼女は気づいた。彼の注意をつなぎとめ、審理に参加させておこうとしているかに見えた。ロジャーはこれから陪審員になる者たちの顔をしげしげと眺め、彼らをスケッチしていた。

ロジャーは鉛筆を走らせながら、繰り返し何度も大きな声でいった、「彼女は嘘をついてる!」あるいはまた、アイリーンに聞こえるほど大きな声でささやいた、「彼は合意ずみの陪審員だ」

ニューベリー判事が静粛《せいしゅく》にするよう注意すると、ロジャーはいった。「これはぼくの命に関わる問題だ、だから、ぼくはぼくの美の神《ミューズ》の声に耳をかたむけなきゃならない」彼は判事を描いたスケッチをさし上げた――二本の角《つの》、とがった尾、そして、目から稲妻が走る判事の絵を。

アイリーンには聞こえなかったがマイク・パウエルが何かささやいた。だが、ロジャーは大きな声でいった。「見たままを描いたんだ！」

こんなふうに支離滅裂《しりめつれつ》にふるまうようにロジャーは指示されたのだろうか、とアイリーンは思った。判事にだけでなく、彼女にも見せるための演技なのだろうか、と。

三日めが終了するまでに、十二人の陪審員と四人の代替《だいたい》要員が選定され、宣誓もすんだのでアイリーンはほっとした。

彼らは有罪判決が下った殺人犯に死刑評決を出すことに抵抗はない、と判事に告げて、死刑評決の可能なグループとして選ばれた陪審員だった。だが、予備尋問での返答や、その表情、態度からすると、彼らは電気椅子による死刑よりむしろ終身刑の評決を出しそうだ、と彼女は感じた。

つぎの戦略会議のとき、ナッシュ州検事は、ディクソンが精神異常に基づく弁護の予告を正式に提出した、といった。

アイリーンは肩をすくめた。「無理だわ、そんな弁護は。クレイは精神異常じゃないんですから」

「いや、それは問題外でね」自分のオフィスのなかを行きつ戻りつしながら、ナッシュはいった。「もし今あの予告を提出しておかなければ、もうそのチャンスはない。クレイの法廷での奇異《きい》な行動から判断して、じつはディクソンは、クレイには裁判を受ける責任能力がないと主張する気にちがいない」

アイリーンは顔をしかめた。「わたしもそうじゃないかと」

「そして、〝裁判を受ける責任能力の有無〟と〝犯行時に精神異常だったか否《いな》か〟とはまったく無関係だ。だから、彼らはクレイが自分の弁護のために弁護人に協力する責任能力がない、と主張しようとして、その準備工作をしているのかもしれない」

「法律の専門家でなきゃ、とても気がつきませんね。それで、当方としては、どうするんです？」

「主導権を握るんです。検察側からも精神鑑定と審問を申し立てられるんですよ。そうやって、専門家がロジャーは裁判を受ける能力があると言明してしまえば、もうパウエルはそういう根拠で上訴することはできなくなる」

「火で火を制するというわけね？」

「そう、というか、あなたをわたしの消火器として使うわけだ。観察メモをしっかり頼みます」

ナッシュは検察側からの申し立てとして精神鑑定を正式に申請《しんせい》した。

フロリダ州の法令は、二名、ないし三名の専門家による鑑定を行なうよう規定していたので、ニューベリー判事はアイリーン・モーガン医師と、フロリダ州立病院の精神科医、ランドール・ウオッシュバーンを任命した。

2

鑑定は裁判所の向かいにある州検察局で行なわれた。被告側からはディクソンとパウエルが立ち会い、州側を代表する不関与《ふかんよ》のオブザーバーとしては、ジョージ・コーラー医師とストーン刑事を、というナッシュの申し出は異議なく了承された。

鑑定の一部始終は正式に録音されていたが、コーラーが書類鞄から自分のカセットレコーダーを取り出すのにアイリーンは気づいた。

廷吏がロジャー・クレイを連れてきた。ロジャーはまるで肖像画のための品定めのように一人ひとりの顔を眺めまわした。

「おはよう、クレイさん」アイリーンはいった。「わたしのこと、覚えてます？」

ロジャーはうなずいた。「病院でキャロルがお世話になりました」

「こちらは州立病院の同僚、ランドール・ウオッシュバーン先生。彼も精神科医です」

「キャロルはどうしてます？　入院させてから、彼女とぜんぜん話をしてないんですが」

「ちゃんと面倒をみてもらっていますよ」

「彼女はこの裁判のことを知っているんですか？」

「いいえ」アイリーンはいった。「彼女の病室にはテレビがないし、新聞を読むことも許されていませんから」

「彼女は何が起こったのか、少しは覚えているんですか？」

ナッシュが口をはさんだ。「わたしたちがここに集まっているのは、きみのことを話すためなんだ、ロジャー」

ロジャーはうなずいた。「やあ、ポール。ぼくがどんなことになっても、イバラ姫を守るという誓いを忘れないでくれ」

「今していることが、まさにそれだよ、ロジャー。彼女を裏切った男から、彼女を守ろうとしているんだ」

ロジャーは首を振った。「いつの日か、きみにもわかる。なぜ、ぼくがこんなことをせざるを得なかったか」

ウオッシュバーンが言葉をはさんだ。「わたしたちは、あなたが理解している事柄《ことがら》を査定するためにここに来ています、ロジャー。ロジャーと呼んでもいいですか？」

「ええ」

「あなたは裁判の仕組みを理解していますか？」アイリーンはたずねた。「あなたの弁護人と、ナッシュ州検事が果たす異なる役割がわかっていますか？」

「フランク・ディクソンとマイク・パウエルはぼくの弁護をしています。ポール・ナッシュ、ジェイソン・ストーン、それに彼らの一派はぼくを有罪にするためにここにいる」

『刑事手続き規則』の手順にそって、アイリーンとウオッシュバーンは交互にロジャーの精神状態を調べた。彼が弁護人たちと意思を疎通《そつう》する能力、弁護計画の立案に協力したり、もし彼が事件に密接に関連した事実を知っている場合は、それを彼らに伝える能力、あるいは、検察側の証人に反駁《はんばく》する能力に支障をきたしていないかどうかを。

ロジャーはものうげで、ほとんどの質問にうわの空《そら》の単調な口調で答えた。

最後にアイリーンはたずねた。「拘置所の生活は、どうですか？」

ロジャーはうなずいた。だが、彼が窓のほうへ視線を移すのを見て、彼の注意が質問から離れたのにストーンは気づいた。

「拘置所の窓から見ると、空がどんなに違って見えるか、気がついたことがありますか？」ロジャーが訊いた。

「いいえ、一度もないわ」彼女はいった。

「〝自由なブルー〟色をしている。あの色をカンバスに再現できるかどうか、いろんな色調で実験してみたいな。独房で絵を描かせてくれるでしょうかね？」

「だめだと思うわ」アイリーンはいった。「でも、訊いてみましょう」

「そうしてもらえると、ありがたい。ぼくにとっては、それが唯一の逃避法なんです」

「あなたは自分がどういう罪で告発されているか、わかっていますか？」ウォッシュバーンがたずねた。

ロジャーはうなずいた。「殺人罪で」

「そして、もし陪審があなたを有罪と認めたら、あなたはどうなるか、わかっていますか？」

「終身刑か、死刑に」

ナッシュはほかの者に聞こえるほど大きな安堵《あんど》の吐息を漏《も》らした。

「そして、ぼくは告発どおり有罪です」

アイリーンはしげしげと彼を見た。「どういう罪で有罪なんです？」

「ぼくの弟と母を殺した罪で。あの赤いドラゴンはけっしてやめない、ぼくが死ぬまでぼくを責めさいなむんだ」

彼女は身をのりだした。まるで精神異常のふりをするよう教えこまれ、それをふいに思い出したかのようにあまりにも唐突だった。

アイリーンは立ち上がった。「ありがとう、クレイさん、ご協力を感謝します」

ロジャーは応答しなかった。そして、まるでほかの者には聞こえない何かに耳を澄ますように顔を少し横に向けた。

ニューベリー判事へ提出する報告書で、ロジャーは裁判を受ける責任能力がある、というのがアイリーンとウォッシュバーン双方の一致した意見だった。しかしながら、アイリーンは、ロジャーの精神状態は悪化しているように見え、精神的に苦しめられる長い裁判のあいだに、あるいは刑務所で暮らすうちに正気を保てなくなるかもしれない、とつけ加えた。

ニューベリー判事は報告書を受理し、ロジャー・クレイには裁判を受ける責任能力があると認め、検察側に対して月曜の朝に弁論を始めるよう指示した。

3

冒頭陳述のあと、ジェイソン・ストーン刑事が最初の証人として呼ばれた。ナッシュは直接尋問《じんもん》のもとに、ロジャーを逮捕するに至った経緯《いきさつ》をストーンに証言させたが、そのなかには、彼に対してエレナが死んだことを知っていると述べたロジャーの言葉も含まれていた。

ストーンはロジャーの事情聴取をしたときのこと、令状なしの予備捜索のこと、ロジャーの家の正式な家宅捜索を彼自身が指揮したときのことを述べた。提示物はどれも証拠として受理された。飼料用ポリ袋についていたロジャーの指紋、このポリ袋は同時に両被害者の血液の痕跡も示していた。人血反応の出た、こすり洗いしたあとのカーペット、川岸にあったブーツの靴跡と一致したロジャーのブーツ、そして、有罪のもっとも決定的な証拠となる、ロジャーの指紋が付着した殺人の凶器。

何度か、ディクソンはナッシュの誘導尋問に異議を申し立てず、アイリーンを驚かせた。そして、ディクソン自身がした反対尋問はまったく迫力に欠けていた。

検察側の主張のハイライトは、専門家証人としてのコーラー医師の証言だった。コーラーのビデオテープ――〈睡眠センター〉でキャロル・クレイが殺人当夜のことを思い出したときの、あのビデオテープ――を提出するために、ナッシュはあざやかな手腕《しゅわん》を見せた。

ナッシュはコーラーの信頼性を証明するのに、彼がバクスター医科大学の博士号を持つ、専門委員会によって正式に認可された医師であり、レノックス記念病院で精神科の専門医学実習を行なう資格を持ち、同病院で二十五年以上にわたり睡眠障害を専門に治療してきたのだと述べた。また、彼はチャタフーチの州立精神病院の顧問《こもん》医でもあり、リヴァーサイドとタラハッシーの中間に、個人で開業した医療施設〈コーラー睡眠センター〉を持っていると。

「医師として、これまでにどれぐらいの睡眠障害の患者を治療してこられましたか？」

「約二百五十例……前後です」

「北フロリダのこのパンハンドル地域では何例ぐらいですか？」

「三十、ないし四十例です」

「陪審員のために、あなたが治療してきた異なるタイプの睡眠障害について、その違いを明確にしていただけますか？」

コーラーはヴァンダイクひげを撫《な》でて、陪審員とは目線を合わせずに法廷の後ろのほうに目を向けた。

「睡眠障害はさらに睡眠異常《ディスソムニア》と睡眠時随伴症《パラソムニア》の二つに分類されます。ディスソムニアは睡眠と覚醒の量と質、あるいはリズムに障害があるものをいい、これには原発性不眠、原発性過眠、ナルコレプシー、睡眠時無呼吸症候群、それに睡眠覚醒スケジュール障害などが含まれます」

「あなた自身、そういう症例を治療したことがあるのですね？」

「ええ、たくさん」

「それで、もう一方のカテゴリーは？」

「パラソムニアは睡眠時異常行動、もしくは神経系統の活性化を含む生理的現象の発現を伴《ともな》うものをいいます。この睡眠障害は夢不安障害——わたしは、むしろ悪夢障害と呼んでいますが——、それに睡眠時驚愕《きょうがく》症、睡眠時遊行《ゆうこう》症を含みます」

「こういう異なる睡眠障害が同一人《どういつにん》に起こるのを、あなた自身、見たことがありますか？」

アイリーンは、ロジャーが夢中で聞き入り、まるで答えをすでに知っているかのようにうなずくのを見た。

「まさに、そういう体験をしました」コーラーはいった。「そして、いくつかの研究がこれを裏付けています」

「陪審員に、あなたがキャロル・クレイを治療するようになった経緯、そして、彼女に対するセラピーをいつ始めたかを話していただけますか?」

コーラーはファイルを開き、つかの間《ま》、それに目を通した。「キャロルの両親が初めて彼女を連れてきたのは一九六六年で、彼女が十五歳のときでした。それはみんなをとりわけ当惑させる出来事があったあとのことで、彼女は高校の演劇に出演中、場面転換のあいだに眠りこんでしまい、代役のエリカ・ウォードが彼女の代わりを務めなければならなくなって……」

声がとぎれ、彼はじっと宙を見つめた。

「だいじょうぶですか、コーラー博士?」

「ああ、だいじょうぶ。失礼」声がしゃがれていた。「あれは、思いがけずわたしの母が急死して一年たらずのことで、それを思い出してしまって。母は女優だったものだから――ギリシャで――以前……失礼。キャロルが劇に出たことを考えていたら、つい……」

「ちょっと中断しましょうか、コーラー博士」

「いや、わたしは、だいじょうぶ。キャロルの話をつづけますが、彼女は学校長と話している最中に眠ってしまったこともあるし、じつをいえば、わたしの診察を受ける前にも待合室で眠ってしまったんです」

「それで、その診察では、どんなことがわかりました？」

「彼女は、疲れやすい、だるい、常に眠気を感じる、それに不適切な場面で意志に反して眠ってしまうといった症状を訴えました。そしてさらに睡眠麻痺《まひ》の症状、すなわち動きたいと思っても動けず、パニックを感じたことも報告しました」

「ほかには？」

「脱力発作《ほっさ》の症状がありました」

「それを陪審員に説明していただけますか？」

「脱力発作はしばしば年齢が進んでから出てくる症状で、ナルコレプシーの患者の七十パーセントにあらわれます。ストレス、あるいは強烈な感情に襲われたとき、筋肉の緊張がとつぜん、しかし、ごく微妙に失われて、瞼《まぶた》が下がったり、顎が下がったりします。もっと劇的なケースでは、手に持っているものを落とすこともあります。膝がゆるんで、倒れることもあります」

「キャロル・クレイの場合、あなたが下した診断はどういうものでしたか、先生」

「ナルコレプシーです。入眠《にゅうみん》時幻覚、悪夢と恐怖感、睡眠時遊行症すなわち夢遊病、そして、ときどき脱力発作の症状を呈《てい》するものです」

「この疾患《しっかん》の患者はどれぐらいいるんですか？」

「全米ナルコレプシー協会によれば、アメリカ合衆国におよそ二十万人の患者がいます」

「この疾患の原因はわかっているんですか？」

「原因は不明ですが、家族内で発症《はっしょう》することがわかっており、遺伝的な要因があるようです」

「つまり、遺伝するということですか？」

「研究によれば、血縁関係の一親等の親族の二十五パーセントから五十パーセントが睡眠障害だと診断されています。しかも、こうした親族の五パーセントから十五パーセントはナルコレプシーの患者なのです」

「彼女のこの障害は、現在の昏睡《こんすい》にどんな関係があるんですか？」

「キャロルの昏睡状態は、おそらく、重大な感情的刺激が引き金となって起きた脱力発作から始まったものでしょう。睡眠の欠如《けつじょ》によって症状が重くなります」

「博士、それは肉体的なものなんですか、それとも心理的なものですか？」

「両方です。わたしは最近行なわれているナルコレプシー患者の脳組織の研究に関わっています。こういう症例では、予備研究が示すところでは、扁桃核《へんとうかく》のドーパミン受容体《レセプター》が過剰になっています。脳のなかの、この扁桃核という場所は、感情をつかさどる部位です。そして、脱力発作を起こすのはこの感情的な側面なのです」

「てんかんの発作のようなものですか？」

「類似していることは確かですが、しかし、神経化学的にいえば、オルガスムにもっと近いでしょう」

　目がとろんとしていた数人の陪審員が、にわかに注意を集中した。

「それについて、もう少しうかがいましょう」陪審員をちらっと見ながら、ナッシュはいった。「なぜそれを性的なオルガスムと比較するんですか？」

「それはですね、今年フランスで発表された研究が指摘しているんですが、二人の被験者、男性と女性ですが、そのオルガスムの最中に行なった、珍しい電気生理学的な記録があるんです。男性では、棘波《スパイク》と振幅の大きいゆっくりした波が、大脳辺縁系《へんえんけい》と脳の隔膜《かくまく》にあらわれた。ところが、女性では、それが扁桃核にも広がったんです。一九七二年には、別の研究者が、女性の被験者の脳隔膜に神経伝達物質、アセチルコリンを注射したところ、繰り返しオルガスムを起こしたと記《しる》しています。忘れてならないのは、情動をつかさどるこの扁桃核は、また、明白な動機のない激怒を引き起こす、ということです」

「どうして、それがわかるんです?」

「これも、科学的な実験からです。ふつうのときは乱暴で、怯《おび》えていたサルの大脳辺縁系――ここに扁桃核が含まれているんですが――その大脳辺縁系の大きな部分を取り除いたところ、奇妙な行動を示すようになったんです。過食《かしょく》になった――嫌いだった食べ物まで食べた――だけでなく、絶え間なくマスタベーションを行ない、目に入るどんな相手とも交尾したんです、同性であろうと、種の異なる動物であろうと」

「これに類したことが、人間でも観察されているんですか?」

コーラーは両手の指先を合わせてピラミッドを作った。「同様の徴候《ちょうこう》が人間でも認められています、ふつう扁桃核の損傷、あるいは病変に関連してですが」

アイリーンは陪審員たちがちらっとロジャーのほうを見たのに気づいた。

「娘が殺されるのを目撃したことで生じた激しい感情で、キャロルはこういう脱力発作を起こしたのでしょうか?」

「異議あり」ディクソンが大きな声でいった。「証拠のない推定です」

ニューベリー判事は異議を認めた。

アイリーンは微笑した。コーラーは返事をするにはおよばなかった。質問そのものが——オルガスムや、異常な性行動と関係づけられて——陪審員たちの心に残るだろう。

「あなたは最近、キャロルを治療しましたか？」

「しました」

「どんな具合でしたか？」

「わたしとしては、昏睡の根底にある脱力発作の引き金になった感情を、意識の表面に浮かび上がらせたいと思ったんです」

「あなたは彼女の治療の様子をビデオテープに録画しましたか？」

「はい、しました」

「なぜですか？」

「研究と参照の目的で、わたしは自分が行なう治療を必ず録画します。患者の様子や挙動の永久的な記録をとっておくためであり、また、法廷で証言を求められたときの証拠としても」

「そのときの治療、および録画には、誰か目撃証人がいましたか？」

「はい。アイリーン・モーガン医師、ジェイソン・ストーン刑事、それに、あなたです」

「あなたはその治療の録画記録を州検察局に提出しましたか？」

「はい、提出しました」

ナッシュは判事のほうに向きなおった。「法廷の許可を得て、州はキャロル・クレイの治療のビデオテープを証拠として申請《しんせい》したいと思います」

ディクソンが異議を申し立てるために立ち上がった。「裁判長、そのビデオテープは医療上の守秘《しゅひ》義務で守られた個人的な事柄であります。ミセス・クレイは昏睡状態にあり、この医師に守秘義務の免除を許可することはできません。したがって、このような義務免除の権限は夫である被告に帰属するものであります」

「異議を認める」

ナッシュは検察側の机に戻り、部下の書記が一枚の紙を彼に手渡した。

「証人に近づいてもよろしいでしょうか、裁判長」

ニューベリー判事はうなずいた。

「あなたに一九六九年三月五日付けの文書をお見せします。よくご覧《らん》になったうえで、それがどういう文書か陪審員に告げてください」

コーラーはその紙を受け取り、ちらっと目をやった。「これは医療上の守秘義務に対する権利放棄証書で、キャロル・キャメロンの署名があります――これは彼女が最初の夫、オスカー・キャメロンと離婚する前の名前ですが――そして、医師という職業上の目的、つまり、講義や、精神医学の研究集会、等々のために、彼女の症例についてわたしが論じることを許可したものです」

「なぜ署名したのはこの日付けなんですか、もっと以前ではなく？」

「これもまた、わたしの標準的なやり方なんです。一九六九年の三月に彼女は十八歳の誕生日を迎え、こういう権利放棄をできる法定年齢に達したわけです」

「裁判長」ナッシュはいった。「ただいまの証言により、このビデオテープの本人が守秘義務の権利放棄をしたことが示されましたので、検察側はこれを証拠として申請し、陪審に見せたいと思います」

ロジャーがぱっと立ち上がった。「だめだ！　彼女が眠っているところを見せてはだめだ。ぼくが禁止する！」

ディクソンとパウエルが彼の袖《そで》を引いて席につかせ、彼をなだめた。それから、ディクソンがテープを証拠として認めることにふたたび異議を申し立てた。

「異議の根拠は？」ニューベリー判事がたずねた。

「これは伝聞《でんぶん》です！」

ナッシュが応酬した。「フロリダ州法の証拠に対する規定によれば、〝興奮状態の発言〟は伝聞の例外として認められています。専門家証人は、ヒステリーのような状態で発言されたことを伝聞証言として提供することができるのです。これはそのようなカテゴリーに入るものです」

判事はうなずいた。「異議を却下《きゃっか》する」

ディクソンは力なく腰をおろした。

陪審員たちに見せるためにテレビの受像機が設置されると、ロジャーがふたたび席を蹴って立ち、叫んだ。「異議を申し立てる！」

「依頼人を静かにさせなさい、弁護人」

ディクソンとパウエルはロジャーを引っぱって座らせ、懸命になって彼の耳に何事かささやいたが効果はなかった。ロジャーは叫んだ。「あれを黙って許すんなら、この法廷でもう二度とあんたたちとは口をきかんからな！」

アイリーンは自分がストーン刑事やナッシュと一緒に見た、あの治療のテープを見る陪審員たちの反応を注視した。コーラーに誘導されて、キャロルが殺人があった夜の記憶をたどると、女性陪審員の一人が息を呑んだ。二、三人の陪審員はちらっとロジャーを見やったが、その彼は今は両手に顔を埋めていた。

テープの再生が終わると、ナッシュはいった。「この証人への質問は以上です」

アイリーンは、ディクソンが反対尋問のために立ち上がるのを見守ったが、まるで重い荷でも背負っているような鈍重《どんじゅう》な動きだった。

「コーラー先生、あなたの証言によれば、あなたはキャロル・クレイの疾患を入眠時《ヒプナゴジック》幻覚《ハルシネーション》を含むものだと診断しましたね。この入眠時幻覚とは、どういうものですか？」

「すべての感覚が動員される幻覚です」

「そして、それは催眠《ヒプノティック》による幻覚なんですか？」

コーラーは当惑したように体をもぞもぞさせた。「いいえ、〝催眠《ヒプノティック》による〟ではありません、〝入眠時の《ヒプナゴジック》〟です」

アイリーンは身をのりだした。〝ヒプノティック〟と〝ヒプナゴジック〟とはあまりにも近似した言葉だ。彼女にはマイク・パウエルがこれを上訴に使うのが、目に見えるようだった。

「で、催眠によるのとどこが違うんですか？」

「この幻覚は催眠術者がトランス状態に導くことによって起きるのではありません。睡眠期間の初め、あるいは終わりに自然に起きるんです」

「そして、患者本人にとっては、非常に真《しん》に迫ったものなんですね？」

「ええ」

「患者は幻覚と現実の見分けがつかない、じつは、そういうことなんじゃありませんか？」

「そういう可能性はあります」

「あなたはまた、トランス状態への誘導に非常に熟練した、正規の訓練を経《へ》た催眠分析の療法家ですね？」

「ええ、それもわたしの専門領域の一つです」

「催眠分析では、客観的な後ろ盾《だて》となるほかのセラピストを同席させるんですか——〝統制分析〟と呼ばれることもあるようですが——精神分析でやっているのと同じように？」

「大部分の者はそうしています。わたしはそうしています」

「で、あなたの統制分析医は誰ですか？」

「マルセル・ヴェイユー医師です。パリの出身で、現在はタンパに住んでいます。彼は世界的に有名な催眠療法家で——年齢退行療法が専門ですが——以前はこのわたしの催眠分析の訓練教官でした」

「ここへ出廷する前に、彼に確認してもらいましたか？　つまり、あなたがこのテープを録画したとき、キャロルは入眠状態にあったのであり、催眠されていたのではないということを」

「いえ、してもらいません」

「なぜですか？」

「それはですね、現在のわたしの専門知識はムッシュー・ヴェイユーよりはるかに進んでいますから——教え子が師を越えた、というわけで——その必要を認めなかったんです」

ディクソンがその問題をそれ以上は追及せずに「現時点では、当証人への反対尋問は以上です」というのを聞いて、アイリーンは驚いた。

ナッシュは微笑した。「検察側は以上で終わります」

4

翌朝、ディクソンは被告側の最初の証人としてポースト署長を呼び、ジェイソン・ストーン刑事の捜査のやり方についてたずねた。

「ほかにも、犯人の可能性のある容疑者として尋問された者はいましたか？」

「うーん、二、三人は」ポースト署長はいったが、テレビカメラを見て背筋《せすじ》を真っ直ぐに正し、腹をぐっと引っこませた。

「で、それはどんな人たちでしたか？」

「川とキャンプ場のあいだで野宿している頭のおかしい老人と、当時、仮釈放されていた農場労働者です」

「その人たちについても精力的に捜査をしたんですか？」

「はい、しかし両者ともアリバイが確認されました」

ディクソンは口のなかで唸《うな》り、背中で手を組んで法廷を行きつ戻りつした。

この迫力のない尋問に、アイリーンはまたもや驚きを禁じえなかった。ばらばらな点をつないで明確な線にして、陪審員たちが被告側の主張についていけるようにすべきなのに、ディクソンは論理的に筋《すじ》の通った弁護をまったく展開していなかった。まるで準備をせずに弁護士試験にのぞんだ出来の悪い法科の学生のように、場当たりでやっている。彼は明らかに陪審員の信頼を失いかけていた。

被告側の席に戻るたびに、背負った荷がますます重くなっていくかのように、もはや力強い弁護をつづける元気がないかのように、彼はどさっと腰をおろした。

ディクソンの最終弁論は、彼が見せた弁護ぶりとあまり大差がないとアイリーンは感じた。彼は陪審員席の前を行ったり来たりしながら、検察側はその論拠を〝合理的な疑い〟の域を越えるほどには証明できなかったと、腕を振りまわして力説した。だが、彼が必死で努力しているのは明らかで、無理をして演技をしているように見えた。

陪審員たちの顔は、彼らが心を動かされていないことを物語っていた。

六時間の審議のあと、陪審員は評決をたずさえて戻ってきた。「最初の訴因、第一級謀殺《ぼうさつ》については――有罪。第二の訴因、重罪の犯行における小火器の使用については――有罪」

ニューベリー判事は法廷のざわめきを静めるために槌《つち》を打った。

「ありがとう、陪審のみなさん。みなさんがたはこの複雑な裁判のあいだ、フロリダ州によく尽くしてくださいました。次回は月曜の午前九時に、量刑《りょうけい》の審理のために出廷してください」

ロジャーに手錠がかけられ、係官が法廷から連れ去ったあと、ディクソンが青ざめ、まるで苦痛に襲われたように体を二つ折りにするのが、アイリーンの目にとまった。

彼はのろのろとメモ類を集め、書類鞄に詰めた。そして、通路を進みかけたとき、つまずいた。アイリーンは彼の腕をつかんで転《ころ》ぶのを食い止めた。

ディクソンは彼女の顔を見た。「おめでとう、モーガン先生。あなたとコーラー先生は、わたしの依頼人にたいしたことをしてくれましたよ」

アイリーンは首を振った。「ロジャーが自分でしたことだと思いますよ」

ディクソンの共同弁護人、マイク・パウエルが彼のかたわらにやって来た。「だいじょうぶですか、フランク？」

「なんでもない。なに、じきに気分がよくなる」

アイリーンは一歩退《ひ》いたが、いやでも彼らの会話が耳に入った。

「あまり顔色がよくありませんよ」パウエルがいった。

「おいおい、わたしは毎日、死刑の事件で負けてるわけじゃないぞ」

「負けたんじゃありませんよ」パウエルはいった。「最初からナッシュに勝ち目があったんです。証拠が圧倒的でしたからね」

「わたしがやるべきことはやった。あとはきみの双肩《そうけん》にかかっている。刑罰の加重《かじゅう》要因より軽減要因のほうが大きいことを立証して、ロジャーを電気椅子から救うんだ」

「すでに準備したものはありますが、ほかにはあまり主張できるものがなくて」

「いや、あるとも」ディクソンは歩きだそうとしてよろめいた。「もし死刑判決が出たら、きみは最初の上訴請求で、このわたしはクレイの裁判で無能な弁護人だったと主張するんだ」

「そんなこと、口が裂けてもいいませんよ」

「いや、いうんだ。必要なことは何でもやり、持っているものは何でも使うんだ。彼の命はきみが握っているんだ」

そして、アイリーンは、彼が自分の書類鞄をパウエルに押しやるのを見た。ディクソンは通りすぎながら彼女にうなずき、あとも振り返らずに重い足どりで法廷を出ていった。

第八章

1

陪審員がふたたび席に着くと、ニューベリー判事は彼らが第一級謀殺の有罪評決を下した男に対して、刑罰を決定するように説示した。

「みなさんは刑罰の加重と軽減、両方の要因をはかりにかけて、二つの決定のうちの一方を選んで戻ってきてください」判事はいった。「すなわち、仮釈放の可能性のない終身刑か、あるいは電気椅子による死刑か、です。フロリダ州法のもとでは、みなさんからの刑罰の勧告は、非常に重要な意味を持つことを指摘しておきます。ただし判決を下すのは本官です」

ポール・ナッシュの刑罰に関する最初の証人はコーラーで、彼はロジャー・クレイの能力を問う審問のあいだ独自に彼を観察した結果を証言した。それによると、コーラーの意見では——〝合理的な医学的確信〟のある意見では——ロジャー・クレイは社会病質者《ソシオパス》である、というものだった。ソシオパス、すなわち、他人の権利を無視し、法律に従わず、人を騙《だま》し、攻撃的で、絶えず無責任な言動を示す人間である、と。

「以前はこの種《しゅ》の人間を精神病質者《サイコパス》と呼んでおり、個人的には、わたしはこの呼び方のほうがいいと思っています。この種の人間に見られる基本的な要素は、良心の完全な欠如《けつじょ》と、社会の価値観に従えない、その能力が欠けているということです。彼らは他の者たちにとって絶えざる脅威《きょうい》であり、刑務所の受刑者たち、あるいは矯正《きょうせい》施設職員たちにとっても脅威でしょう」

「治療とか、リハビリについてはどうですか？」

「この種の人間はセラピーには適していません。わたしの経験では、他人に対する共感に欠けている者、悔悟《かいご》の感情のない者、過去の反社会的行動から学ばない者を変えるのは困難です」

刑を軽減する根拠を示すためにマイク・パウエルが呼んだ最初の証人は、有罪を立証するコーラーの証言に反論する心理学者だった。

ハリエット・バーグマンは白髪の、母親のような柔和《にゅうわ》な表情の女性で、分厚い眼鏡をかけ、顔にはいつも微笑を浮かべていた。パウエルは郡の拘置所で彼女がロジャーに対して行なった一連の検査内容をざっと述べてから、彼女にロジャーの性格評価を聞かせてほしいといった。

「ロジャーの活力は、消極的というより積極的な人物であることを示しています。彼の内気さを、冷淡さや、他人に対する共感の欠如と誤解する者もいるかもしれませんが、実際には、彼は他人と心を通わせたいと望んでいます。彼はそれを自分の芸術を通じて行なっています。芸術家の作品はしばしば彼の感情を投影し、また、常に彼の世界観をある程度は示しています——彼が他者にどう反応するかを」

「それで、彼の絵画はどういうことを示していますか?」

「ロジャーは、一方で、愛情の強い波に圧倒されていて、同時に、もう一方で心の奥底にひそむ恐怖の底流に苛《さいな》まれているように思われます」

パウエルはこの証言が陪審員の心に刻みつけられるのを待つように、しばらく間をおいた。それから彼はたずねた。「専門家として、あなたのご意見では、ロジャー・

クレイに二人の人間を射殺することが可能だと思いますか？」

「いいえ」

「あなたは暴力的な行動を予測できるような検査を何か行ないましたか？」

「行ないました。数種の検査を。こういう検査では、被験者がどう表現するかに彼の世界観や対応のしかたが投影するようになっています。ミネソタ多面人格テストや、ロールシャッハ、それに手の検査をしました」

「その〝手の検査〟というのは、何を調べるんですか？」

彼女は陪審員席のほうを向いて、拳をつくった。「いろいろな位置の手のイラストを彼に見せて、その反応を分析することで攻撃的行動についての潜在能力を予測できるんです」

「で、その検査で、ロジャーの判定はどう出ました？」

彼女は指を広げ、手のひらを見せた。「非攻撃的、と。この検査は、彼が暴力をふるえない人間であることを示しているといえましょう、暴力では自分自身を守ることさえしないほど――一時的に精神に異常をきたしていないかぎりは」

「異議あり！」ナッシュが叫んだ。

「異議を認めます。〝暴力では〟以下の言葉を削除してください」

「質問は以上です」パウエルはいった。「被告側の証人喚問を終わります」

最終弁論が終わると、判事は、終身刑か死刑かを決定するために翌朝ふたたび出廷するよう告げて、陪審を解散した。

2

翌朝の法廷で、陪審員たちが一列になって席に戻ったとき、そのなかの一人としてロジャーや彼の弁護人の顔を直視しようとする者はなく、ストーン刑事にはそれが何を意味するかわかっていた。陪審長が書面に記した決定を書記官に渡し、書記官がそれを判事に渡した。

ニューベリー判事は告げた。「陪審の助言的評決は、終身刑です」

法廷のざわめきを静めるために、判事は数度、槌を打った。

「被告人は起立しなさい」

ロジャーは体をこわばらせたが、マイク・パウエルが引っぱり立たせた。

「判決がいい渡される前に、何かいうことがありますか？」

「空が血に染まっている、赤いドラゴンがぼくを苦しめる」

「すでに指摘したように」ニューベリー判事はいった。「フロリダ州民は、死刑が求刑されている事件では、陪審の勧告する評決をくつがえす権限を判事に与えています。本官はその権限を行使します。本官は陪審の決定に同意しません。刑を軽減する事情より、加重する事情のほうが大きいと判断しました。したがって、本法廷は陪審が勧告する評決をくつがえし、被告人に電気椅子による死刑をいい渡します」

ロジャー・クレイは反応を示さなかったが、マイク・パウエルは蒼白《そうはく》になった。

「あなたはこの場からスタークのフロリダ州立刑務所に連行されます」ロジャーを見おろしながら、判事はつづけた。「そのあと、知事が死刑執行令状を出します。どうか神があなたの魂に慈悲《じひ》を垂れたまうように」

第九章

アイリーンは判事が陪審の評決をくつがえしたことに唖然《あぜん》とした。彼女は終身刑を予想していたので、判事の決定に鳥肌の立つ思いだった。自分の専門知識が人を癒《い》やすためでなく、殺すために使われたかと思うと、吐き気をもよおしそうだった。ロジャー・クレイがしたことは恐ろしい、弁解の余地のないことであり、彼は刑罰を受けるべきだった。しかし、犯行時、彼の精神的能力は完全な状態とはいえなかったと、彼女は信じていた。今、州に殺人の道具として自分を使わせてしまったことで、自分はヒポクラテスの誓いを破ってしまったのだ、と彼女は感じた。

老人ホームの父を訪ねたとき、アイリーンの心を占めていたのは、死と、死んでゆくということだった。彼女は父の主治医から、多発性骨髄腫《こつずいしゅ》が進行しており、もう長くはないと警告されていた。そして、判決が出た翌日、老人ホームの所長から電話があり、死期が迫っている、と告げられたのだ。

最悪を予想はしていたものの、一週間前に訪ねたときと比べて父のあまりの変わりように彼女はびっくりした。

彼の銀色に輝く白髪は、白い房の小束となって頭から突き出していた。目はあの探《さぐ》るような生き生きした黒い目ではなく、かすみがかかり、遠くをじっと見つめていた。彼女は、退役軍人たちが戦友の死の直前の目にそういう表情を見た、と語るのをたびたび聞いたことがある——彼らはその目つきを〝千ヤードの凝視〟と呼んだ。

それが父の目つきだった。

彼は娘の顔をそれと知らずに凝視しており、彼女は一瞬安堵《あんど》を感じた。もし父が記憶を喪失していれば、もっと簡単に死ねるかもしれない……もしアルツハイマーになっていれば……もし……もし……もし……頭をよぎるこういう思いに、彼女は強烈な後ろめたさを感じた。父は過去を失うことを常に恐れていた。「けっして忘れてはいけない」彼はいつもいっていた。「過去を無視することは、それを繰り返す運命になることだ」

彼は自分が死にかけているのを知っていたが、簡単にこの世を去ることを望まなかった。まるで長く苦しむことによって、何か自分がしたことに対して――あるいは、しそこなったことに対して――自分を罰しているかのように。

「アイリーン……」彼がささやいた。

そして、現実が一気に押し寄せた。「こんにちは、デイヴィッド。気分はいかが？」

「今夜はダンスに行くのはやめておくよ」

彼女はこみ上げるものを懸命にこらえた。涙を見せてはいけない、陳腐《ちんぷ》な言葉を漏《も》らしてはいけない。父はまだその機知《ウィット》を失っていない。だから、父の死に際して安易な、センチメンタルな態度を示して彼を侮辱《ぶじょく》するようなことはするまい。

彼はいった。「テレビで見たよ、クレイに死刑判決が出たのを」

彼女は父のかたわらのベッドの端《はし》に腰をおろした。「検察側にこのわたしを利用させて彼を死刑囚にしてしまって、わたし、良心の呵責《かしゃく》を感じてるわ。わたしは医師よ。間違ってたわ――」

「自分を責めてはいけない」彼はいった。「おまえに選択の余地はなかった」

「検察側の道具として使われるのを拒絶することはできたわ」

彼は左手で彼女の手首をつかんだ。「自分を責めてはいけない。自分を許すんだ……」

痩《や》せて、ほとんど骸骨《がいこつ》のような前腕、その太く浮き出た静脈のあいだの12372 1という青い刺青《いれずみ》の数字は、今でも彼女を動揺させずにはおかなかった。彼女はそれを消したらどうかと何度か父にいってみたのだが、彼の返事はきまってぶっきらぼうな拒絶だった。自分はこれを覚えていなければならないのだと、アウシュヴィッツで起こったことの証人であらねばならないのだと彼はいった。そして、今この瞬間も、父を見てアイリーンはかつて見た強制収容所の被害者たち——骨と皮の人々——生ける屍《しかばね》の写真を思い出していた。

「……おまえは生き残らなければならない」震える声で彼はいった。「ほかの人たちが生き残れるように、おまえにはなすべき仕事がある」

「興奮しないで、デイヴィッド。体によくないわ」

「恐ろしい記憶が心に浮かぶんだよ」

「どんな記憶が？」

彼はアイリーンの手を放して顔をそむけた。

「おまえは知らんほうがいい」

「もしお父さんが話したいのなら。もし心から吐き出してしまいたいのなら」

「話せない」彼はいった。「だが、わしに関してどんなことがわかっても、わしが何にもましておまえのお母さんを愛していたことを忘れんでくれ」

「ええ、もちろん」

「そして、何にもましておまえを愛している」

「わかってるわ、パパ……わたしもパパを愛してるわ」

「サム・ゴールデンに訊きなさい」

「何を訊くの？」

「わしが死んでから——生きているうちはだめだ——彼に訊きなさい。彼が何もかも知っている。母さんとわしがこの国へやってきたとき、彼がわしを治療してくれた。当時はPTSD、心的外傷後《しんてきがいしょう》ストレス障害とは呼んでいなかったが、同じものだ。彼は単なる精神分析医以上の存在だった。わしの友達だった……」

「今まで一度も話さなかったわね、パパ」

「いいか、わしが死んでからだぞ。それ以前には、この件について訊かないと約束してくれ」

「それで、彼をわたしの統制分析医にするように勧《すす》めたの？　それで彼はわたしを引き受けてくれたの？」

「約束してくれ！」

「約束するわ、パパ」

彼は歯を食いしばった。「わしは死にたくない！」

「誰でもそうよ」

「いや、違う。強制収容所では大勢の者がみずから命を絶《た》った、自分の命を自分で操作した。ナチス親衛隊の医者やドイツが、われわれの実験で利益を受けないように」

アイリーンはびっくりした。こういう話を聞くのは初めてだった。「われわれの実験？　それ、何のこと？」

「サム・ゴールデンに訊きなさい。彼は誰が記録を持っているか知っている」

「何の記録を？」

「適切なときが来れば、彼が教えてくれる。しかし、肝心《かんじん》なのは、やむを得ずしたことについて自分を許すことだ」

「パパはいつもいってたわね、選択肢が二つしかない事態に直面したとき、常に第三の選択肢を探したって」

彼は振りしぼるようにすすり泣いた。「だからこそ、わしらは自分を許すことを学ばなければならんのだ。忘れてはいけない」

「忘れないわ」

「もうお帰り」

「わたし、今来たばかりよ」

「とても疲れた。これ以上、話したくない。これ以上、過去のことを考えたくない」

「話をせずに、ただここに座ってるわ、そばに。パパは思い出す必要はないわ」

彼は目を閉じ、荒い息をした。「おまえに眺めていてほしくない。おまえに見せたくない」

「もう考えなくてもいいのよ、パパ……」

「いや、よくない。考えないのは卑怯だ。わしは自分がしたことに対して苦しまねばならないのだ」

「でも、自分を許すことが肝心だっていったじゃないの」

彼の熱にうるんだ目が彼女の凝視をとらえた。「そうだ、しかし、それが簡単だとはいわなかった」

「今によくなるわ、パパ。パパは生き残る人間よ」

「わしに嘘をつくんじゃない、アイリーン。こんなときに。わしは死にかけていて、それは二人ともよくわかっている。そして、わしは死ぬのが嫌でたまらないんだ」

「いったい何といえばいいのか、わたし、わからないわ、パパ……」

「いうべきことは何もない。死については、おまえもわし同様に知らないんだ。死について何も知らない二人の医者さ」

「死について、わたしが知っていることもあるわ。死は、わたしたちみんなにやってくることを。第三の選択肢はないと思うわ」

「ばかばかしい」彼は弱々しくささやいた。「すべての宗教はその信者たちに第三の選択肢を与えているよ」

「じゃ、なぜ……？」

「アウシュヴィッツにいたとき、わしは信仰を失った。そして、それ以来ずっと地獄にいるんだ、もう恐れるものは何もない。だが、わしは死を拒否する」

「いいわ、パパ。じゃ、闘ってよ。〝あの安らかな夜のなかに、おとなしく入っていってはいけない〟わ」

「はっきり心を決めなさい。おまえは最初は〝がんばるな〟といい、今度は〝闘え〟という。死と面と向き合ったとき、偽善者になってはいけない。死はそれを見抜いてしまうぞ」

「わたしに何をいってほしいの？」

「真実を」

「真実なんてないわ」

「それこそ、おまえの口から聞くのを待っていた言葉だ」

彼は寝返りをうって壁のほうを向いた。

アイリーンはもはや涙をこらえきれなかった。父はこれまで常にしてきたことを今もしていた。彼女をあっという間に議論に巻きこみ、彼女に事実を、現実を見つめさせ、けっして感傷や言いわけに逃げこむことを許さなかった。父は彼女の心を強くし、精神を鍛《きた》えるためにそうしてきたのだと、彼女にはわかっていた。そして、こんなときになっても彼はまだそれをやっていた。

「もう帰ったほうがいい?」

「好きなようにおし、だが、わしを見るんじゃない。おまえにこれを見せたくない」

「けっして目を背《そむ》けるな、とパパは教えたわ」

「目を背けなさい」

彼女はうなずいた。「いうとおりにするわ、パパ」しかし、彼女が背を向けると、薬戸棚の鏡に映る父が見えた。そして、命じられたとおり背を向けたまま、彼女は死にぎわの父のあがきを見ることができた。見るも恐ろしい光景だった。臨終まぎわの喉《のど》がぜいぜい鳴る音は聞いているだけで苦しかった。

「わしの負けだ!」彼は叫んだ。「負けた!」

アイリーンは振り向いて父を抱きかかえたかった。だが、父がその種の感傷を望まないのを知っていた。

「ああ、わしのために死者の祈り《カーディッシュ》を唱えてくれる息子がいてくれさえすれば……」

その言葉はだしぬけに切りつけた。まるで剃刀《かみそり》の刃のように最初は痛みを与えずに。それから、しびれるような痛みが燃え広がった。

「……わしの名前を継いでくれる息子が……」

父は、これまで一度もこんな嘆《なげ》きを匂わせたことさえなかった。

「ごめんなさい、パパ。わたしがパパの名前を継ぐわ。わたしがパパのために死者《カーディッ》の祈《シュ》りを唱えるわ……」

「あの記録を、息子よ。サム・ゴールデンに誰があの記録を持っているか訊くんだ」

「はい、パパ……」

彼は目をかっと見開いた、そして、叫んだ、「ユダヤの葬式を。……簡素な松の棺《ひつぎ》で……火葬にはするな、息子よ！」

それから彼は動かなくなり、左手が力なく脇に落ちた。彼女は父のそばにいき、心臓の鼓動に耳を澄ました。そして、何も聞こえないのがわかると、父の両目を閉じ、頬にキスをして、シーツで顔を覆《おお》った。

「さようなら、パパ」彼女はささやいた。「もし来世と天国があるのなら、おばあちゃんと、おじいちゃんと、ママによろしく伝えてね」

部屋を出ていきながら、彼女はシーツに覆われた父を振り返り、すすり泣いた。

「息子でなくて、ごめんなさい」

第二部　一九八五年

第十章

1

新しい仕事につく最初の朝、それはニューヨークからこの北フロリダに帰ってきて一週間後のことだったが、アイリーン・モーガン医師はタラハッシーからジョージア州境に近いチャタフーチの起伏に富む丘陵《きゅうりょう》地帯へと車を走らせた。

彼女はフロリダ州立病院の広大な敷地のなかに離れて建つフロリダの新しい刑務所付属司法精神病院（CFMH）の広い車道に乗り入れ、職員用駐車場に向かった。四階建ての煉瓦《れんが》造りの建物は、上部に蛇腹形鉄条網のコイルのついた二重の波形鉄網《サイクロン》フェンスで囲まれていた。

小さな入院受付ロビーに入ると、小さな机の向こうに微笑を浮かべた金髪の受付係が座っていた。名札にはミス・ピーチトリーとある。彼女はマスカラでふちどられた目を上げた。「誰にご面会ですか？」

「アイリーン・モーガン医師ですが、ウォーレス局長に」

ピーチトリーは微笑を絶やさなかった。「座ってお待ちください、案内の者がじきに来ますから」

アイリーンは雑誌をとってミス・ピーチトリーの向かい側に腰をおろすと、くつろごうと努めた。だが、監視所のなかの看守の一人がじっと見つめている。彼女は組んだ脚をおろして姿勢を変え、彼の凝視を避けて雑誌に意識を集中した。そのとき、聞き覚えのある声がしたので彼女はびっくりした。

「モーガン先生。久しぶりだね。お帰り、フロリダへ」

見上げた彼女の前に、尖《とが》った顔立ちの見慣れた顔を——なめらかに撫《な》でつけた黒髪のV字型の生え際から黒いヴァンダイクひげの先端まで一筋《ひとすじ》の乱れもない顔——があった。

「コーラー先生、まあ、驚いた！　ここでお会いしようとは夢にも思わなかったわ。先生は今はもっぱら〈睡眠センター〉で診療していらっしゃるのかと」

「睡眠障害は相変わらずわたしの個人診療の主要な分野だよ」彼はいったが、その正確な発音はまだかすかなギリシャなまりを残していた。「だが、専門領域を広げて、年齢退行から脳の記憶蓄積および回復系統まで含めたんだ――特に反社会性人格障害と診断された犯罪者のね」

「睡眠、記憶、それに年齢退行。面白い組み合わせですね」

「非常に筋の通った結びつきだよ」

「ええ、もちろん」

「ウォーレス局長は今、手が離せなくてね」彼はいった。「きみに新しい職場《ホームグラウンド》を案内するよう局長から頼まれたんだよ」

保安用の出入り口を迂回《うかい》して、コーラーは先に立って狭い廊下を通り、病院の管理部門へと彼女を案内した。机についていた数人の事務職員が好奇心にかられたように目を上げ、コーラーがおざなりな紹介をすると、微笑しながらうなずいた。

コーラーが刑事施設局に進出したのは、きわめて筋の通った動きだと彼女は判断した。司法精神医学の狭いながら成長しつつある分野で、彼は検察側のためにだけ証言する〝雇われ仕事人〟として名を上げていた。

最近まで、彼はどの事件でも被告を社会病質者《ソシオパス》と診断した。そして、ソシオパス——記憶に欠陥があり、したがって過去のあやまち、あるいは罰から学ぶことができない——は良心がなく、矯正《きょうせい》不能で、社会にとって危険な存在であると。死刑が問われる事件で、彼は常に死刑を勧告し、彼が証言した事件の九十パーセントにその判決がおりている。彼の評判はフロリダ州境をはるかに越えて広がり、アイリーンは北部の同僚が一人ならずコーラーのことを〝フロリダの死神博士〟と呼ぶのを聞いていた。

「先生が最近ではレイプ事件でも証言されると聞いて、ちょっとびっくりしました」

「連続レイプ事件や、いわゆる性的サディズムが関わっている事件でね」

「それは先生の専門からはるかに離れているようですけど」

「とんでもない、論理的な発展さ。睡眠障害の診療から、わたしは扁桃核《へんとうかく》がナルコレプシーの脱力発作《ほっさ》に役割を果たしていることを学んだ。新しい研究は、扁桃核がまた、心的外傷後ストレス障害に関連する激しい恐怖をつかさどることを示唆《しさ》している」

アイリーンは眉間《みけん》にしわを寄せた。「でも、それが連続レイプや性的サディズムとどう結びつくんですか？」

「ああ……〈睡眠センター〉でもっか行なっている研究で、わたしは扁桃核がさらに、脳の強力な麻痺《まひ》作用——これはその化学的な親戚である麻酔薬と似た働きをするんだが——の指令にも関わっていることを、ますます確信したんだ」

「エンドルフィンのことですね」

「そのとおり。これは苦痛を鈍化《どんか》するだけでなく、大脳辺縁系《へんえんけい》の重要部分であるほかの感情も——性的な感情も含めて——鈍化するんだよ。こうして、感情の欠如《けつじょ》が、より強烈な刺激の必要をもたらし、一部の男性を危険を冒《おか》して、サディスティックな色合いの濃い性行為に走らせるわけだ」

「ちょっと待ってください。ご自分が何をしてるかわかってます？　レイプ犯の犯行を女性を支配し、辱《はずかし》めようとする意思によるものではなく、生物学上の性的必要によるものだとすることで、犯人の責任を問えなくしてるんですよ」

コーラーはびっくりしたようだった。「いや、そんなことはない。わたしがいってるのは、性的サディズムは未発達の扁桃核の作用かもしれないということだよ。じつは、わたしは人間の良心は——というか、人によっては魂《たましい》と呼ぶものは——この扁桃核に宿っていると思っている」

「かなり大胆な説ですね」

「で、きみのほうはどうなんだね？　新聞で読んだが、ニューヨークで、きみは個人的にも影響をこうむった第一級殺人の事件で、検察側のために証言したそうだね、そして、きみは――」

彼女は鋭い声でいった。「その件は今、話したくないんです」

「わかるよ。じゃ、また別の機会に」

「いえ、永久に触れないでもらったほうが」

彼女は反撃に出て、自分が耳にした噂についてコーラーにたずねてみようかと思った。コーラーが、前世療法という周辺領域にも手を広げ、現在の心的外傷《トラウマ》は前世における生まれ変わりの結果だという説をさかんに唱えている、という噂である。だが、彼女はやめておくことにした。

「きみのオフィスに案内するよ」彼はいった。

大きな声がして、屑籠《くずかご》の列が乱れている、管理の仕方がだらしないと誰かを叱りつけていた。局長室の開け放しのドアの前を通りすぎるとき、茶色と薄茶の刑務所の制服姿の男が三人、直立不動の姿勢をとっているのが、ちらっとアイリーンの目に入った。

コーラーが身ぶりで彼女のオフィスを示したとき、ドアにまだ彼の名札がついているのを見て彼女はちょっといやな気がした。

「ここは先生のオフィスだったんですね」彼女はいった。

「ウォーレス局長の部屋のとなりに引っ越したんだ」コーラーはいった。「管理部はしょうがないな、まだきみの名札にしてなくて」

室内に入ったアイリーンは、彼がまだ完全に部屋を引きはらっていないのに気づいた。掲示板には、縦横《たてよこ》にきちんと並んだメモが張り付けられたままだ。机の後ろの本箱には、サイズの順に並べた書物がぎっしり詰まっていたが、カバーが裏返しになっていて、棚は白一色の本の列で埋まっていた。

「二年前に先生があんなに急にレノックス病院をお辞めになったときにも、先生は持ち物を残していかれましたね」彼女はいった。「きっとご自分の一部を、痕跡だか臭跡だかを残していくのがお好きなんだわ」

コーラーは面白くもなさそうに笑った、脅《おど》すような笑いだった。「きみはわたしの足跡をたどっているようだね」

彼女は、とんでもない、といいそうになったが、自分を抑えた。

「わたしたちにはみな、ちょっとした癖があるもんだよ」彼はつけ加えた。

「ええ、そうですよね」

だが、彼女にいわせれば、自分の書物のタイトルを職員や同僚に隠すという精神科医は、〝ちょっとした癖〟の域をはるかに越えている。

「タラハッシーに住むところは見つかったのかね？」

「町の中心部の大学の近くに、家具つきの立派な古い家を借りました。寄せ木の床で、使い古したヴィクトリア朝風家具と住み込みの幽霊つきの家を。二階で生活して、階下の三部屋を書斎と、待合室と、診察室に使うつもりです」

「こんなことをいって気を悪くしてもらっては困るんだが、きみもレノックス記念病院で実習をしていた若い医者のころは借家《しゃくや》でもよかったかもしれないが、今や自分の専門分野のトップクラスになったんだから、持ち家にしたほうがふさわしいと思うがね。ここでは借家に住むのは、渡りの労働者階級だよ」

「二年間の顧問《こもん》医契約では、わたしはまだ渡り者に分類されるかも」アイリーンはいった。「それに、わたしは自分のことをずっと労働者階級だと思ってきましたから」

コーラーはその太く、黒い眉をかすかに吊り上げた。

彼女は自分の人生がぐらついているこの時期に、巨額の住宅ローンの重荷を背負いこむことだけは避けたかった。それでなくとも過去一年のあいだにかさんだ借金があるのだ、というのも……彼女は苦痛を伴《ともな》う思い出をすばやく遮断《しゃだん》した。

「施設のなかを案内してまわるよ」彼はいった。「ウォーレス局長の用がすむまで」

2

コーラーは先に立って管理棟を出ると、自分たちを通過させるよう管制室のなかの刑務官に合図した。

「すべての出入り口はここで監視《モニター》されているんだよ、エレベーターも含めてね」彼は説明した。「係官に行く先を告げると、目的の場所へ行けるように彼が操作するんだ」

二人は重警備棟の四階に上がった。

「ここがいちばん警備の厳《きび》しい場所でね」コーラーはいった。「新しく来た受刑者が環境にどう適応するかを観察するんだ。もし仮病《けびょう》を使ってここへ入ってきたのなら、われわれにはすぐわかるし、刑務所に送り返す」

コーラーは階下の監視センターに電話をかけ、空室の一つに入るからと係官に指示を与えた。即座にかちっと音がして錠が開き、二人はなかに入った。

「この棟では、どの病室も部屋の中央にベッドが一台、床に固定してある」コーラーはいった。「受刑者を拘束する必要が生じたとき、職員たちが取り囲めるようにね」

アイリーンは微笑した。「じゃ、ここの患者は〝受刑者〟と呼ばれるけど、病室のことは〝独房〟とはいわないんですね」

コーラーは彼女の非難めいた口調に気づいていたかもしれないが、おもてには出さなかった。

「名前が態度をつくり出す」コーラーはいった。「この施設が三カ月前にオープンしたとき、どういう用語を使うかは〝精神保健〟側と〝刑事施設〟側のあいだの厄介《やっかい》な問題の一つでね。われわれの側もいろいろ妥協《だきょう》せざるをえなくて、受刑者たちの〝独房〟は〝病室〟と呼ぶことになった。そのかわり、〝看護人〟は当方の〝刑務官〟になった――ふつうは〝係官〟と呼んでるがね。そうそう、彼らは〝看守〟と呼ばれるのを嫌うから気をつけて」

その棟のなかを先へ進みながら、彼はとあるドアの前で足を止め、アイリーンに身ぶりで小窓から室内をのぞかせた。簡易寝台に裸で座った受刑者が巨大なペニスを自慰していた。彼女は自分を励《はげ》まして平静をたもった。コーラーは彼女にショックを与えようとしたのか、あるいは故意に彼女を男性扱いにしたのだ。

「ああやってルイージ・スカルラッティは一日中、それに夜も大半は過ごしているんだ」彼はいった。「彼は昼間の商売は押し込み強盗だったんだが、すっかりポルノビデオの中毒になっていた。今はしじゅう映画スターの名前を叫んでいる、心のなかで異常性行為の相手にしてるスターの名前をね。よく見るとわかるが、エポキシ樹脂の床の中央に排水孔があって、スカルラッティが今やってるように受刑者が周囲を汚したとき、係官がホースで独房を洗い流しやすくなっているんだ」

「きっと彼は巨大な扁桃核の持ち主なんだわ。万一、治癒《ちゆ》すれば、彼はポルノスターとして成功するかも」

コーラーはショックを受けて目をぱちくりさせたが、やっと冗談と気づいた。「ああ、なるほど……面白い。きみにもきみ流のブラックユーモアがあるというわけだ。たぶん、これは〝精神病的ユーモア《サイコ》〟と、いやそれどころか、おそらく〝病的ユーモア《シッコ》〟と呼んでもいいかもしれないね」コーラーは自分で自分のジョークに笑った。「スカルラッティには気をつけたまえ。錠も彼を閉じこめてはおけないらしい。階下の女子病棟へ行こうとして、降り口を探してオフィスをうろついているところを数回発見されている」

「当然だわ」アイリーンはいった。「先生が指摘したように、それは単に生物学的要求にすぎませんもの」

彼は受け流した。「万一、彼がうまく行きついても失望するだろうね、まだ女囚は一人も入っていないから」

その二つ先の独房では、受刑者が体中に新聞紙を巻きつけてベッドの上に脚を組んで座っていた。

「ラリー・ローガンは、自分は通風孔から入ってくる殺人光線で攻撃されていて、新聞紙で防いでいるおかげで野菜に姿を変えられずにすんでいると思っている」

「彼は何をやったんですか？」

「タイヤレバーで両親を殴り殺して、親の金を盗み、家財をすべて売り払った。二週間後、ラスヴェガスで逮捕されたときは一文なしだった」

コーラーは誰もいない女囚病棟、作業療法棟、治療棟、そして娯楽室を彼女に見せてまわった。さまざまな部門に出入りしながら、コーラーは受刑者たちのこと、彼らの犯した犯罪を語るにつれて活気づいていった。

二人は芸術療法室《アート・セラピー》の前で足を止め、一人の受刑者が絵を描く様子を見守った。そこに描かれていたのは血まみれの短剣を持つ手が、現実性のない肉片を突き刺している光景だった。

「きみは存続支持者だと思うが」コーラーはいった。

「え、なんですって?」

「われわれは、死刑は殺人の抑止力になると信じている者を〝存続支持者〟と称しているんだよ、死刑に反対する者を〝廃止論者〟と呼ぶのに対してね」

「あら、そういう用語の意味は知ってますよ」アイリーンはいった。「でも、あまり早く、わたしのことや、わたしが何を信じているかとか、どういう主義の味方かとか、わかっていると思わないでいただきたいわ。先生がわたしの過去を少し知っているからといって」

彼女は絵を描いている男が絵筆をカンバスに叩きつけるようにして、赤い色をどんどん加えていくのを見守った。「大学時代、わたしは死刑には強く反対してました。でも、個人的に殺人の影響がおよぶと、人は変わるものだわ。今では処刑は正当化できると信じています。だけどレッテルを貼られては困るし、自動的にいつも同じ反応を示すつもりもありません——どちらの側に対しても」

コーラーはヴァンダイクひげを撫《な》でた。「モーガン先生、さしでがましいかもしれないが、これだけはいっておかないと。局外者でいるわけにはいかないんだ——必ずどちらかに加担《かたん》することになる」

「それなら問題ないわ」彼女はいった。「避けるすべのないことは、わたし、優雅に受け入れます。困るのは選択肢があるときで、すっかり〝あばずれ〟になっちゃうの」

彼女は自分が使った言葉にコーラーがかすかに戦慄《せんりつ》したのを見てとった。

彼はたずねた。「それはどういう意味なんだね？」

「亡《な》くなった父から、こういわれたことがあるんです。『問題の解決法がたった二つしかないとか、ある問題点に二つの側面しかない、あるいは、とるべき行動の選択肢が二つしかないように見えるときには――常に第三の道を見つけるべきだ』と」

コーラーが顔をしかめているのを見て、彼には理解不能だったのがわかった。

「もうウォーレス局長の用事もすんだにちがいない」彼はいった。

3

コーラーは先に立ってとなりのオフィスに行き、開けたままのドアを軽くノックした。白髪《しらが》まじりの柔和《にゅうわ》な顔つきの男が巨大なマホガニーの机の向こうで立ち上がった。机の両側には天井までとどく旗竿《はたざお》が立ち、一方にはフロリダ州旗、もう一方にはアメリカ国旗が掲げられている。

アイリーンは左手の壁の掛け時計が十分進んでいるのに気づいたが、何もいわないことにした。

「ようこそ、モーガン先生」

軍隊風にぱっと敬礼したい衝動をこらえて、彼女は手をさし出したが、骨が砕けそうな握手を返されて驚いた。局長は身ぶりで二人に革張りの椅子を勧《すす》めた。

彼の背後には州の紋章の巨大な複製がかかっていた。一本の棕櫚《しゅろ》の木が風景を二分している。左側にはセミノル族の女性が水面に花を撒《ま》いている図、右側には外輪船の二本の煙突から煙が立ちのぼっている図。上部には弧を描いて〝フロリダ州の印章〟という語句、底辺には〝神にすべてを託する〟という語句が記《しる》されている。

ウォーレス局長は椅子にゆったり座って腕組みをした。「お会いするのを楽しみにしていましたよ。あなたのことはコーラー先生から最大級の推薦を受けていたのでね。先生からあなたのいろいろな論文のコピーや――フロリダに帰ってからのものでは――最近フロリダ州立大での司法精神医学についてのすばらしい講義のコピーをもらいましたよ。〝回復された記憶〟と〝偽の記憶症候群〟について、それに〝変性意識〟についての非常に洞察《どうさつ》に富む論文のコピーを」

彼女はコーラーのほうを見た。「ご親切にどうも」

「いや、親切だっただけじゃない」局長はいった。「あなたの任命には、彼の熱心な後押しがあったんだ」

「ちっとも知りませんでした」彼女はちらっとコーラーを見た。「感謝しますわ」

「ま、あとでゆっくり感謝してください」ウォーレス局長は大きな革の椅子の背にもたれた。「まず最初に、はっきりさせておく必要があるんだが、この刑《C》務所付属司法《F》精《M》神病院《H》は準軍事的な方針で運営されています。軍事的な能率、最高の警備態勢ということだが。肝《きも》に銘《めい》じておくべきもっと重要な点は、この施設は二つの性質を兼《か》ね備えているということです。むろん、名前のとおりＣＦすなわち刑務所付属という側面が最初にきて、ＭＨすなわち精神病院はそのあとです。この二つの機能は敵対的なものだと見なす者が大勢いますが、ここでは両者を調和させています。われわれの任務はレイプ犯や殺人犯を甘やかすことではなく、彼らを治療して刑務所に送り返すことです」

　彼はちょっと間をおいて、自分の言葉をしっかり相手の心に根づかせようとした。

「ここではこの先にある姉妹施設ではできない仕事をしています」彼は椅子を回転させて窓のほうを身ぶりでさした。「去年の七月までは、フロリダ州立病院では一般市民の患者も犯罪者の患者も、ぜんぶ治療していました。現在は囚人の精神科の治療は刑務所が引きつぎ、自分たちの組織のなかで行なっている。ずっと適切だと思いますね。合衆国内には、州の刑務所と州の精神保健当局が共同で運営する重警備の司法精神病院が四つあるが、ここはその一つです。男女双方を収容する州立刑務所は唯一ここだけです。もちろん、ここにはまだ精神病の女囚は収容していないが、しかし、じきに間違いなく入ってきますよ」

アイリーンはうなずいたが、局長の話を聞いて心が沈んだ。「わたし、てっきり保健・社会復帰局と契約したと思っていたんですが」

「コーラー先生は人事課に、その点を明確にするように話しておくべきでしたな。あなたは形式上はフロリダ州立病院のパートタイム職員だが、実際には、大部分の時間をこの刑務所付属病院でわたしたちと過ごすことになる」

「それがもっと早くわかっていれば」彼女はいった。「ニューヨークでの診断医の仕事をたたんで退路を断《た》つ前に、もっとよく考えたかもしれないのに」

ウォーレス局長は肩をすくめた。「あなたのように高い評価を得ているとはいえ、若い女性の精神科医が、ここのような州立機関の重要なポストにつけることは、そうざらにはないんですよ」

「むろん感謝はしているんです」

「コーラー先生は、あなたは職員として貴重な存在になるだろうと請《う》け合ってくれましたよ」

彼女がコーラーのほうを見ると、彼の黒い目がしげしげと見つめていた。目をそらしたのは彼女のほうだった。「誰かわたしが受け持つ患者が――失礼、受刑者が――いるんでしょうか？」

「あなたの最初の仕事は、いささか複雑で、微妙なものでね」ウォーレス局長はいった。「ボール知事から通知があって、彼は上訴権を使いつくした死刑囚三人の死刑執行令状に明日、署名するつもりだということです。そのなかに、あなたが会って診察したことのある者が――ロジャー・クレイがいる。彼はこの二年間ずっと死刑判決を上訴しつづけていたんです」

コーラーがつけ加えた。「それに、きみは彼には裁判を受ける能力があると証言した」

彼女は二人の顔を見くらべて、いったい、これからどういう話になるのだろうと思った。「でもまた、彼の正気は非常に頼りないもので、裁判のあいだに、あるいは死刑囚監房に収容されているあいだに、彼は精神に異常をきたすかもしれない、と述べたと記憶していますけど」

ウォーレス局長がいった。「ま、あなたは洞察力《どうさつ》に富んでいましたよ。現在、クレイの弁護士のマイク・パウエルは——彼は以前は公選弁護人だったが——クレイが裁判のあいだに、そして、死刑囚監房に収容されているあいだに、事実、無能力になったと主張しているんです。そして、フロリダ州法のもとでは彼はもはや処刑される責任能力がないと。パウエルは知事が新たな死刑執行令状に署名したら、ただちに処刑のための能力を問う審問を要求すると広言しています。そういうわけで、これはふつうの能力鑑定とはわけが違うんですよ」

「わたしはクレイがフロリダ州最高裁に上訴する前にリヴァーサイドを離れたんです。そのとき、彼の精神状態は考慮されなかったんですか？」

「ええ、彼の弁護人はクレイが殺人を犯したとき精神異常だったとは一度も主張しなかったからね。パウエルは、クレイが裁判のあと精神異常になったと主張している。刑務所づきの精神科医によれば、クレイの奇怪な言動は、薬の投与しだいで周期的に出たり消えたりしているそうです。この一年で彼の状態は悪化してますよ」

「彼が仮病《けびょう》を使っている可能性もあるんですか？」

局長は肩をすくめた。「おそらくね。しかし、それはあなたの専門の一つでもあるわけだから、あなたに調べてもらいたい。パウエルが新たな能力審問を請求したら、知事は法律にしたがって、利害関係のない三人の精神科医を委員に任命しなければならない。その委員に任命する医師として、あなたの名前をコーラー先生の名前とともに提出しておきましたから」

「でも、わたしはずっとフロリダを離れていましたし、事件のその後の経緯《いきさつ》も知りませんから」

「だからこそ、コーラー先生はあなたを推薦したんですよ」ウォーレス局長はいった。「ロジャー・クレイは風変わりな画家かもしれないが、タラハッシーでは非常に尊敬されている軍人一家の出です。だから、わたしたちとしても全国的な名声のある中立のアウトサイダーが必要なんです」

アイリーンは茫然《ぼうぜん》としていた。「さあ、どうかしら――」

「金曜にスタークのフロリダ州立刑務所を訪ねていただきたい」局長はいった。「そして、向こうの局長や、管理官や精神保健棟のスタッフに自己紹介してください。あちらの状況をよく知って、クレイの精神状態についてあなたに何ができるか調べてください」

「ほんとにそうする必要がありますか?」

「国中の弁護人や同情過多の進歩主義者《リベラル》たちが、死刑は憲法違反だと最高裁を説得しそこなったもんだから、今度は『もし死刑囚監房で人が精神異常になるものなら、そのこと自体、残酷で異常な刑罰だ』といい出した。連中のこの新しい戦略は、死刑に裏口から奇襲をかけるようなもんだが、マイク・パウエルはきっとテストケースとしてロジャー・クレイを使いますよ」

「きみのような精神科医は」コーラーがつけ加えた。「全国的にめざましい名声を上げつつある女性は、この委員会に非常な刺激を与えてくれると思うね」

アイリーンは気分が悪くなってきた。彼女がこのパートタイム顧問医の仕事を引き受けたのは、個人でふたたび開業できるようになるまで自活するためであり、立ち直るための長い準備期間を望んでいたのだ。司法精神医学の闘技場に入るつもりはまったくなかった。それがこの始末だ、死罪をめぐる全国的な激論の渦中に押しこまれてしまった。

「その仕事に適した精神科医がほかにもいるはずです。今のわたしは、そんな大仕事ができる状態じゃないんです。たぶん、あと半年もすれば……」

ウォーレス局長は机をまわって彼女の真正面にきて、机の端に腰をかけた。

「わたしがあなたを選んだのは、このジョージにこう指摘されたからなんですよ。つまり、ニューヨークであの個人的な悲劇を体験しているから、あなたはまさにこの問題を扱う適任者だと。刑務所のほうからロジャー・クレイが精神病の徴候を示していると聞いたとき、わたしたちには厄介《やっかい》な事態になるのが予見《よけん》できました。州検事のポール・ナッシュは、ここの新しいポストに最高の顧問医を据えるようにといってきた。そしてジョージがあなたを推薦した。モーガン先生、あなたはこの仕事のために採用されたんです――あなたの才能にふさわしい仕事ですよ」

アイリーンは首筋《くびすじ》の緊張をほぐすために椅子の背に寄りかかった。彼女は不意打ちを食わされていた。なにも急いで態度を明確にする必要はない。刑務所を偵察して、もう一度ロジャー・クレイの事件をよく知り、現在の状況を見定め、感情ではなく事実にもとづいて判断を下そう。

二人は彼女の顔をじっと見て、待っていた。

「わたしとしては、この顧問医の契約はフロリダ州立病院で週二回、そして、ここで週二回仕事をする義務を負うものと承知しています」彼女はいった。「でもセラピスト、、、として、で、司法精神医学の専門家としてではありません。まあ、できるかどうか調べてみましょう。もし前もって段取りをつけておいてくだされば、金曜日に刑務所を訪ねて、刑務所長に会ってみます」

「気をつけて、〝刑務所長〟とはいわないように。アブナー・ボーデン局長、、ですからね」

彼女はうなずいた。「彼にいってください、わたしのところへクレイの病歴と精神病歴のコピーを速達で送るように」

「その必要はないよ」コーラーはいった。「クレイの病歴は関係ないんだ、彼の現在の精神状態だけで」

「わたしは必ず患者の病歴に目を通すことにしているんです」

ウォーレス局長は首を振った。「あなたが北部でずっと能力問題の鑑定証言をしていたのは知ってますが、現在のニューヨーク州知事は死刑を拒否しつづけているから、あなたは死刑問題は扱わずにすんでいた。思い出していただきたいが、フロリダの死刑適格条項は非常に単純なものです。考慮されるのは二点だけ、〝当該死刑囚は処刑されることの意味がわかっているか？〟と〝彼は自分が処刑される理由がわかっているか？〟です。もしこの二つの答えが〝わかっている〟なら、死刑執行令状は執行されます」

コーラーがいい足した。「だから、医学的なファイルに目を通すような重荷を背負いこむことはないんだよ。ボール知事はクレイの過去には用がないんだ、きみが診察したときの彼の精神状態だけが肝心《かんじん》で」

ウォーレス局長はいった。「それに、あなたに警告しておかねばならないが、今度の委員の名前が公表されるや否《いな》や、おそらく、CLASH《クラッシュ》という地元の死刑反対組織があなたと連絡をとり、クレイに関するありとあらゆる情報を浴びせるだろうね」

「CLASH《クラッシュ》？」

「〝人間性に奉仕する主要法律家連合〟の略称だよ」コーラーがいった。「マイク・パウエルが運営している団体だ――彼は了見違《りょうけんちが》いの弁護人や法律家補助員を率《ひき》いて、無料奉仕で連邦裁に際限もなく付帯的な上訴を申し立てている」

そのとき、彼女はクレイに死刑判決が出たあとで読んだ記事を思い出した。マイク・パウエルが公選弁護人事務所を辞め、自分の事務所を開いたことを報じていた。彼は死刑廃止をめざす団体を組織し、死刑囚監房の囚人たちから〝執行延期の名人〟と崇拝されていると。

「去年ニューヨークであなたのフィアンセが殺されるという事件があったから」ウォーレス局長がまるで彼女の心を読んだようにいった。「あなたもきっと、わたしたち同様に、パウエルのような弁護士たちが推進している、この正しい裁きを歪《ゆが》める動きに憤激しているに相違ない」

彼女は今、自分がなぜクレイの能力鑑定委員に任命されたかを悟り、心が激しく乱れた。むろん、ウォーレス局長の推測は当たっていた。今でも彼女は、被害者の家族よりも殺人犯の人権のほうを重視する刑事裁判制度に辛辣《しんらつ》な気持ちを抱《いだ》いていた。だが、彼女はウォーレス局長が彼女を操ろうとしていることに憤《いきどお》りを感じた。

「あなたがクレイの事件を担当するとパウエルにわかれば」局長はいった。「彼と仲間のリベラルたちは、〝受刑者仲間の言葉を借りれば、あなたを〝ぶちのめそう〟とするでしょうよ、あなたがフロリダの規則や手続きに不案内なことにつけこんでね。彼やあの連中とはいっさい関わりを持たないことです」

「気をつけます」彼女は固い声でいった。

彼女の熱意のなさに、局長はちょっと眉を上げた。感情に訴えたはずなのに反応がなく、彼は明らかに当惑していた。

「結構」局長は机の向こうに戻っていった。「これまで死刑囚監房の死刑囚がこの施設へ移されてきたことは、まだ一度もないんですよ。もしクレイが処刑に不適格だということになれば、彼は当局に重大な問題を突きつけることになる。それでわれわれは皆——上は知事からね——心配しているんです」

「なるほど」

「あなたの忠誠を期待しています」

「わたしは精神科の治療に対してお給料をいただくのかと思ってました」

「その二つは両立するはずだがね」

それからウォーレス局長は椅子をまわして背を向け、窓の外を眺めた。明らかにこれが会見が終わったことを告げる彼なりのやり方なのだ。

アイリーンは怒りで頬が紅潮《こうちょう》するのを感じた。「ところで、ここの時計は十分進んでいますよ」

「知ってます」局長は振り向きもせずにいった。「そのほうがいいんだ」

　コーラーが立ち上がり、ついて来るように顎をしゃくってオフィスを出た。「局長に気を揉《も》ませないほうがいい。彼は旧弊《きゅうへい》な男で、考え方がこり固まっているんだ」

「で、先生は？」

「きみとわたしは、すばらしくうまくやっていけると思うよ」一緒に彼女のオフィスまで戻りながら、コーラーはいった。「きみにとって、死刑囚の相手をすることは、犯罪者の心の破壊的な力を研究する絶好の機会になるよ。このわたし自身も〝死刑囚監視における精神的再生〟とわたしが名づけている心的外傷後ストレス症候群についての論文を準備しているところでね。死と記憶に関するわたしのほかの研究と合わせて、一冊の本になるかもしれない。たぶん、きみとの共同研究にしてもいいな」

「いえ、だめですよ。わたし、研究向きじゃないんです。セラピストなんですよ」

　彼はアイリーンの手に触れ、催眠術をかけるような目つきでじっと彼女を見た。

「もしわたしで役に立つことがあれば、いつでも遠慮なくいってきなさい。ここにいないときは〈睡眠センター〉のほうに電話すれば簡単に連絡がつくからね」

　彼女は手をひっこめた。「コーラー先生――」

「ジョージと呼んでくれたまえ。ここでは形式ばった呼び方はしないんだ」

「わかりました、ジョージ。どうもご親切に」だが、彼女は自分をアイリーンと呼んでくれとはいわなかった。

タラハッシーへの帰途、彼女はコーラーについてあれこれ考えた。コーラーは彼女が思っていた以上に複雑で、絶えず彼女を驚かせた。何が彼を駆りたてているのだろう？　彼をあの悪名高い〝死神博士〟という肩書きへ導いたエネルギー、原動力は何なのだろう？

それに、死刑に対する彼女自身の相反《あいはん》する気持ちの問題もある。彼女は自分が大学四年のときの歴史の教授のことを思い出した。彼は死罪の非を説き、アイリーンのことを愛弟子《まなでし》と見なしていた――自慢のたねだと。

背が高く、苦行者のような顔をした情熱的な平和主義者の教授は、背中で手を組んで、学生たちの前を行きつ戻りつしながら絶対的非暴力を賞賛した。だが、ある日、彼女は正当防衛で殺すのは正当化されるのではないか、と質問するという過ちを犯した。そのときの教授の、思わずたじろぐほどの厳《きび》しい凝視を彼女は忘れることができない。教授は、どこかで暴力の環を断《た》ち切らねばならないのだから、たとえ自分自身を守るためでも他人に対してけっして指一本上げてはならぬ、といった。そして、必要とあらば、人はそのために自分の命を犠牲にすべきなのだと。その講座のアイリーンの成績はCマイナスになり、教授は二度と彼女の目を見て話すことはなかった。

自分は教授を裏切ってしまったのだと彼女は感じ、その後、教授の考え方を信奉《しんぽう》するようになった。だが、それも昨年、ニューヨークで、彼女の証言にもとづいて終身刑になった男の工作によって、彼女のフィアンセが殺されるまでの話だった。その終身刑になった男は――刑務所の独房にいながら――自分の妻にアイリーンのフィアンセを誘惑させ、ベッドの上で彼を殺させたのだった。その裁判で、囚人の妻はレイプされたので正当防衛で殺したと主張した。彼女は無罪になった。

そのとき初めて、教授は世間知らずの、象牙の塔のなかの平和主義者だったのだとアイリーンは悟《さと》った。ニューヨークには死刑がないからこそ、殺人犯が工作して彼女の愛した男、結婚寸前だった男を誘惑させ、殺害させることができたのだ。理想主義と愛、今後はこの二つの罠を避けなければならない、と彼女は心を決めた。

家に向かって車を走らせながら、彼女はふたたび自分をアウトサイダーだと、中間《ノーマン》地帯《ズ・ランド》という名の淋《さび》しい場所で孤立していると感じた。

彼女は自分の思考を訂正した。〝ノーパーソンズ・ランド〟だ。

彼女は思った、わたしはコーラーやウォーレス局長に、たとえ処刑のための能力診断でも、医学的な背景を調べずに行なうことなど考えられない、とあくまで主張すべきだった。だが、もうあとの祭りだ。

彼らは、死刑囚には未来がないのだから、肝心《かんじん》なのはその人物の現在だけだと思いこんでいるが、彼女はその考えを拒否した。彼女はロジャー・クレイの過去を調べることにした。

第十一章

アイリーンは水曜の朝いちばんにマイク・パウエルに電話をかけ、ロジャー・バー・クレイの内科と精神科の病歴を調べたいのだが、と告げた。

「これは悪い冗談なんですか、モーガン先生？」

「そんなことをするほど、あなたと親しくありませんから、パウエルさん。金曜日にスタークの刑務所を訪ねる前に、あなたの依頼人のことをできるだけ詳しく知りたいんです」

「謝《あやま》ります」彼はいった。「ぼくに仕返しをしたがってる人間が大勢いるもんだから。昼過ぎに来てください」

車でCLASHの事務局に行くには、州議事堂からさほど遠くないタラハッシーの荒廃した地区を通りぬけなければならなかった。そのビルの案内板を見ると〈人間性に奉仕する主要法律家連合〉は六階にあった。彼女はエレベーターに乗ったが、ドアが滑《すべ》るように開くとそこは熱気あふれる活動のまっただなかだった。電話が鳴っている。謄写版《とうしゃばん》が音を立てている。コピー機が紙を吐き出している。

受付係の女性は書類をホッチキスで留める作業を中断して、壁沿いに積み上げた法律文書で狭くなった迷路のような廊下を通ってオフィスに案内してくれた。マイク・パウエルは電話で話している最中だったが、なかへ入れと手招きした。

彼は三年前に法廷で見たときとほとんど変わっていなかった。あの骨折した跡のある鼻と縮れた黒い髪も、情熱的な感じも。驚いたことに、今は口の端《はし》から煙草がぶらさがっていた。

電話の会話を続けたまま、パウエルは空《あ》いたほうの手をさし出した。そして、彼女の躊躇《ちゅうちょ》を感じたにちがいないが、彼女が応じると力強く握手をして身ぶりで空いている椅子を勧《すす》めた。

「お気の毒な話です、ミセス・ワシントン」彼は受話器にいった。「あのね、地元の三つの教会で集めた寄付金が四百ドルあるんですが、そのうちの百ドルを上げますから、家賃と食費の足しにしてください。全部あげたいところなんだけど、これから裁判にかけられる人の服を買わなきゃならないし、彼の埋葬費用をとっておく必要もあるんで」

あのとき、法廷でロジャー・クレイの横に座っていた公選弁護人のときより、パウエルははるかに成熟していた。

「わたしに感謝することはないですよ、ミセス・ワシントン。でも、われわれがボール知事の公邸にピケを張るとき、参加して力を貸してください。死刑反対の署名運動に署名してください、それから子供たちを連れていらっしゃい。おやつが出ますから」

彼は電話を切り、すでにあふれている灰皿で煙草を押しつぶすと、サワーボールの瓶《びん》からレモンドロップを一つ取り出して口に放りこんだ。「煙草を減らそうとしてるんですよ」

「急な話だったのに会ってくださってありがとう、パウエルさん」

「あなたがしてくださっていることに感謝してます、モーガン先生。率直にいって、ボール知事のために働く精神科医のほとんどは、彼らが鑑定しようとしている者たちについて、ぼくらと話すことさえしませんよ、その病歴に興味を示すどころか」

「それがわたしのやり方なもんですから」彼女はいった。

パウエルの口調が微妙に厳しくなった。「お気づきでしょうが、ぼくは死刑囚の権利のために闘っていることに関して謝りません」

「何の話かわからないわ」

「いや、わかっていると思いますよ」まるで目の奥を見ようとするかのように、パウエルは彼女の目を真正面からじっと見つめた。「あなたから電話があったあと、うちの事務所が精神鑑定の審問でお世話になっている二、三の精神科医にあなたのことを問い合わせてみたんです。その話では、あなたはニューヨークを去る前、死刑復活を支持すると公言していた」

「それとこれとはまったく無関係だと——」

「率直にいって、あなたがここを訪ねてきた動機が、まだよくわからない。あなたはコーラーの弟子だと聞いてますが」

「違います」

「とにかく、ロジャーのカルテを見たいというのが、あなたの本当の目的なのか、それとも隠れた意図があるのか、どうもはっきりしない」

「ほんとですよ――」

「ぼくが話をした人は皆、あなたが刑務所の顧問医になったと聞いても驚きませんでしたよ。コーラーがあなたの恩師であるにせよ、ないにせよ、あなたは検察側のために証言する人間として知られている」

「いいですか、パウエルさん。あなたが死刑囚になった殺人犯のためにしていることは、憲法の意図をはるかに越えていると、わたしは思っています。十年も十五年も上訴を続けることは、正義の女神が目が見えず、耳が聞こえず、口が利《き》けないだけでなく、愚かだということになってしまう。でも、わたしは精神科医で、自分が偏見《へんけん》を持っており、個人的な感情を埋め合わせる必要があるのだ、ということぐらい充分わかっています。わたしはバカじゃないわ、パウエルさん」

「いや、そんなことは一言も――」

「それに、わたしは人や状況を固定観念ではとらえません」

「それはありがたい――」

「個々の人、個々の状況を独自の、それぞれに対応する価値のあるものと考えています。流れ作業のセラピーを認めないのと同様に、流れ作業の司法も、わたし、信じません」

「謝りますよ。でも、殺人者の行為に対する社会の答えが、ただ一つ、殺すということだとなれば、ぼくら全員の尊厳が傷つくことになるんです。これに関わった者全員が変わってしまう――われわれの人間性の一部が欠けてしまうんだ。あなたにはきっとわかってもらえると思う、あなたがクレイの事件に関わる動機を、ぼくは知る必要がある」

彼の言葉は痛烈に胸に応《こた》えたが、彼女はおだやかに返事をした。「わたしは昨日、自分がロジャー・クレイの鑑定を行なう知事の委員会の候補者になっていることを知ったんです。あなたは今も彼の代理人だから、能力審問の前に彼の医療記録を見せてもらえればと思ったんです」

「あなたの電話にびっくりしましたよ」彼はいった。「ぼくは審問をまだ申請《しんせい》さえしていないんだから」

「訊いていいかしら、なぜまだか？」

「最後の手をとっておくんですよ、死刑執行令状に署名されてから三十日後まで。ときには、二十八日めまで。そうすることで、死刑囚はふつう二、三週間は余分に生きられる」

「ま、パウエルさん、わたしの新しい雇用主は、わたしがいい加減《かげん》な仕事で満足すると勝手に思いこんでるみたいなの。でも、わたしは常に宿題をやる人間だということを教えてやるつもり」

彼女はパウエルの黒い目が尊敬のまなざしに変わるのを見た。「マイクと呼んでください。あなたのこと、アイリーンと呼んでいいですか？　ふつう、ぼくらは委員会のメンバーに病歴を送るんですがね、でも、大部分の委員は封筒を開けさえしなかったことを認めてますよ、彼らがいうには、フロリダの適格条項で現在の精神鑑定をするのに過去は無関係だからって。むろん、あなたにロジャーのファイルをお見せしますよ。それだけじゃなく、うちの法律家補助員の一人をつけますよ。データを明確に理解する手助けができるから――」

「いえ、ほんとに、その必要はありませんから」

「――というのも彼女はロジャーをいちばんよく知ってますから」

「それなら、いてもらってもいいですけど」

「たしか、ロジャーの裁判のときに紹介された経歴によると」彼はいった。「あなたはフロリダの出身でしたよね」

「マイアミの。で、あなたはどちら？」

「デトロイトです」

「それがまた、どうしてこのフロリダのパンハンドル地域で刑事事件の弁護士に？」

「一九七六年にほとんどの州が新たに死刑法案を通過させたとき、ミシガン州は同調しなかった州の一つでね。ミシガンでは十九世紀にも一人も処刑されていない。当時、このフロリダには――この州は〝死のベルトのバックル〟とみんなから呼ばれていたけど――二百二十六人の死刑囚がいた。で、ここにはぼくの仕事があると思ったんですよ」

「というと……？」

「〈人間性に奉仕する主要法律家連合〉は、すべての死刑囚に弁護士をつけるための団体です。ボール知事がすでに署名した七十五通の死刑執行令状のうち、権利があるのに、半数の死刑囚には上訴をするための弁護士がいないんです」

「ほとんど不可能な仕事に思えるけど」

「もっか知事は一度に三通の死刑執行令状に署名していて、それが事態を複雑にしているんですよ。知事はこっちに全部の事件に対応できるだけのスタッフがいないのを知ってるもんだから、絶えずこっちを狼狽《ろうばい》させている。ぼくの推測では、州は〝フロリダの死神博士〟を後押しする雇われ仕事人がもう一人必要になって、それであなたを委員にしたんだ。あなたはコーラー博士の弟子ではないというけど、あなたと彼が繋《つな》がりがあったことを知ってますよ」

アイリーンはたじろぐまいとした。「短期間ね、レノックス記念病院で専門の実習をしていた期間。はっきりさせときましょう、睡眠障害のこんな国際的な権威から学ぶことができて、幸運でした」

「それに、死亡障害の権威でもある」

「まあ、ひどい！」

「それに、今や彼は前世療法にまで手を広げたという話だ。たぶん、彼はリサイクルするのを手伝った死せる魂をなおも罰しようとしているのかも」

彼女は微笑しそうになるのをこらえた。「生まれ変わりを信じている人は大勢いるわ」

「ええ、もちろん。その人たちを問題にしてるわけじゃない。だが、刑務所付属病院の状況はどうも臭《くさ》い。現に、あなたはここに来て、死刑囚の精神病の病歴を調べることにほんとに関心があるといってるけど、これは刑務所側からは反逆と見なされるかもしれませんよ。さ、いらっしゃい、うちの連中に紹介しますよ」

パウエルは彼女を案内して廊下と小さなオフィスの迷路を抜け、法律書を繰って調べものをしたり、パソコンで証言録取書を作成したり、ただあれこれと知恵を出しあっている数人の弁護士や法律家補助員に彼女を紹介した。どのオフィスにも床の上に一つか、二つマットレスがおいてあり、ほとんどは空《あ》いていたが、いくつか人が寝ているのもあった。

「一九七九年にジョン・スペンケリンクを処刑してフロリダ州が死刑を復活させて以来、九月は忙しい時期なんです」マイク・パウエルは説明した。「ボール知事は夏休みが終わってフロリダ州最高裁が再開されるまで待たされてるんですよ、死刑執行令状に署名するのを。で、この時期になると、彼はふつう係争《けいそう》中の上訴審のない死刑囚、特に助言してくれる弁護人がいない死刑囚の死刑執行令状に署名するから、われわれは大急ぎで無料奉仕してくれる弁護士を探さなければならない。そして、体を使う仕事はこっちで引き受けて、こういう弁護士が上訴を請求する手伝いをしています。検事総長の主要訴訟チームの頭ごしに刑の執行停止をもぎ取るためにね。ここでは二十四時間態勢で働いてますよ、交代で寝て」

「ここの人たちにとっては、憂鬱《ゆううつ》な夏の終わりね」

「とんでもない。復活祭から夏が終わる労働祝日までのあいだは、ぼくらはリラックスして、たるんで、だらだらしてしまう。でも、この時期、大学生のボランティアや法律家補助員が秋の学期で戻ってくる時期には、ぼくらはまたきびしい訓練に戻って新学期を始動するんです。フロリダの死刑執行令状の半数は、九月から十二月の半ば《なか》までに署名されます。中断のあと、ボール知事は一月にまた署名を再開する」

「なぜ中断を？」

「憐《あわ》れみ深い政治家だから、この陽光《サンシャイン》あふれる州の陽気な処刑人は、クリスマス・シーズンには死刑執行令状に署名しないんですよ」

二人が話しているあいだも、若い人々が自分たちの仕事のことでつぎつぎパウエルのところにやってきた。彼は州全域の予審法廷や上訴裁判所に急使を派遣し、駐車場を教え、航空旅費を承認し、個々の上訴申立書のデータを補足する最後の証言録取書について助言を与えた。

アイリーンの来訪の目的をパウエルは忘れてしまったのではないか、と彼女が思いはじめたとき、彼はいった。「トニー・ジャクソンのオフィスを使ってください。トニーは去年司法試験に受かってね。今朝《けさ》はウェスト・パームビーチに行って、最高裁の審問の準備をしてる地元の公選弁護人を手伝っています、証言録取書の作成を。アルヴィン・フォードという名の若いアフリカ系アメリカ人の上訴が審理されることになったんですよ。彼も、ロジャーと同様、死刑囚監房で処刑のための責任能力をなくしてね」

アイリーンは彼の顔に薄笑いが浮かぶのに気づいた。「何がおかしいの?」

「あなたがすごく努力してるのがわかりますよ、ここでやってることに対する憤《いきどお》りを見せまいとして」

「わたしはべつに——」

「相手が石のように無表情になると、感情をおもてに出すまいと努力しているのがわかる。いいんですよ、アイリーン。あなたがどういう意図で来たか、もうわかったから。そして、ありのままのあなたを受け入れますよ——あっぱれな敵対者として」

「あなたは精神科医になるべきだったわ」

「スポーツ心理学にのめりこんでましたよ、司法試験に受かって死刑廃止運動に関わるようになる前は」

トニー・ジャクソンのオフィスは無秩序のなかの秩序の典型だった。床に本やら、ファイルやら、摘要書類やらが整然と積み上げてある。アイリーンは口を開きかけたが、片隅のマットレスの上で人が動くのを見て思いとどまった。

「こちらはロジャー・クレイの法律家補助員です」そういいながら、パウエルはその女性を揺り起こそうと身をかがめた。

「あら、眠らせてあげて」

「ここで働く者はどこにでも泊まれて、どんなに騒々《そうぞう》しくても眠れるようになるし、また、いつなんどき起こされるかわからないことにも慣れるんです。彼女に叱られますよ、久しぶりなのに、あなたを紹介しなおさなかったら」

マットレスの上の金髪の女性はうめき、伸びをした。それから起き上がったが、どこにいるのか思い出そうとしているような、ぼうっとした表情で顔をしかめている。

「もう出かける時間?」あくびをしながら、彼女は訊いた。

それがキャロル・クレイとわかって、アイリーンは唖然《あぜん》とした。

「キャロル、アイリーン・モーガン先生のことは知ってると思うけど」

「わたしたち、ちゃんと会ったことはないけど」アイリーンはいった。「でも、三年前にあなたがレノックス病院に入院したとき、わたし、ほんのしばらくコーラー先生のお手伝いをしたんです。お元気でした？　キャロル」

キャロルは肩をすくめた。「主《しゅ》のお力添えで、立派な目的が見つかったわ」

「よかったわね」

「アイリーンはロジャーの精神鑑定審問に関連して、背景的な調査をしている」パウエルはいった。「金曜に刑務所を訪ねる前に、彼の病歴を調べたいそうだ。彼女を信用してもいいと思う」

これを聞いてキャロルは完全に目を覚ました。青い目を大きく見開いて、今は短く刈りつめている金髪を指で梳《と》かしつけた。マットレスから立ち上がった彼女が、猫のように背中を弓なりに丸めて伸びをするのを見て、キャロルが今も美しく、すらっとしていることにアイリーンは気づいた。キャロルは大きな十字架のついた金のネックレスをつけていた。

ブルーデニムのシャツの裾をジーンズに押しこみながら、キャロルはたずねた。

「彼女にはどの程度見せればいいの？」

「ぼくの直感では彼女はオーケーだと思うけど、きみ自身の判断にまかせるよ。じゃ、またあとでのぞいてみるから」

　パウエルがいなくなると、キャロルは壁を背にしてマットレスの上に脚を組んで座りこんだ。「さ、始めて」

「マイク・パウエルのところで働きはじめて、どれぐらいになるんです？」

「二年半。ロジャーに最初の死刑執行令状が出されて以来よ。上訴に使う背景的なデータが欲しいからって、マイクがわたしに電話をしてきたの。ロジャーのために始めたことだけど、今は信念でやってるわ」

「あなたが法律関係の資格を持っていたとは知りませんでした」

　キャロルは笑った。「わたしが？　ここに来たときは、法律のことなんて何にも知らなかったわ」

「それが、どうして——」

「何かせずにはいられなかったの。あのね、マイクに判例を調べてくるように頼まれて、初めて大学の法律図書館に行ったとき、いったいどこから手をつければいいのかまるでわからなかった。書架《しょか》のあいだに立って、おびただしい数の大きな法律書を見ながら、このどこかにロジャーの命を救うかもしれないものがあるのは、わかっていた。でも、自分がほんとに愚かに思えて、その場に座りこんで泣いているうちに眠ってしまったの」

「さぞみじめな気分だったでしょうね」

「ええ。でも、何をなすべきか学ぼうと心に誓い、そして、実行したの。それ以来、法律の勉強をしたり、裁判を傍聴《ぼうちょう》したり、上訴の要録書の作成を手伝ったりしてるの。自分でも、まるで別人になったみたいな気がする。マイクはね、わたしのこと、このCLASHの最高の法律家補助員の一人だっていってるわ。今度は、わたしのほうから質問するわね。あなたは検察側のために証言したでしょ、それがなぜ――？」

「あなたが疑問を抱《いだ》くのはわかるわ。わたしにいえるのはただ、個人的な感情と職業上の行動を切り離している、ということだけ」

「そういうのって理解できないわ、わたしには」

「理解できそうな気がしますけどね。あなたは自分の娘を残酷に殺した男のために闘っているのだから」

「それは違うわ、モーガン先生。ロジャーは無実よ」

「でも証拠が——」

「——すべて情況証拠だわ」

アイリーンは、あなたが取り戻した記憶はとうてい情況証拠とはいえない、と口まで出かかったが、おそらく当のキャロルはその記憶を遮断《しゃだん》して覚えていないから、否定するだろうと気づいた。彼女の信念は、事実では変えられないだろう。

「ま、それはわたしがここへ来た用件じゃありませんから」アイリーンはいった。

「わたし、人の現在の能力の問題に適切に取り組むには、基準としてそれ以前のふだんの言動をはっきりさせておく必要があると思うんです」彼女はバッグからカセット・テープレコーダーを引っぱり出して、スイッチを入れた。「今、思い返して、裁判以前に何か彼の奇妙な言動に気づきましたか？」

「いいえ。以前は、ロジャーはいつも完璧に正常に見えたわ。でも当時は、正常じゃないのは、ふつう、わたしのほうだったから。睡眠障害のせいで——一日に三、四回、悪夢や夢中歩行を伴《ともな》う睡眠におちいって——わたし、どうしようもない状態だったの。ロジャーは頼もしくて、彼のおかげで、わたし、完全に参ってしまわずに済んだの。

彼は知的にも、気持ちの上でもわたしを支えてくれたわ」

「死刑囚監房に収容されてから、彼はどんなふうに変わりました？」

「周期的に変わるんです。わたしが刑務所に面会に通いだしてからずっと、何度もよくなったり、悪くなったりして。今はまた悪いほうに向かってるわ」

「最初の死刑執行令状には、どんな反応を示しました？」

「わたしたち、どんな仕組みになってるか知らなかったんです。ロジャーは自分は三十日以内に電気椅子にかけられると思いこんでたわ。最初は、冷静に立ち向かおうと努めていたけど、今はだんだんそれができなくなって」

キャロルは落ち着かなげにちらっとテープレコーダーを見やったが、話しつづけた。

「最初の死刑執行令状で処刑される者は一人もいない——上訴の権利がなくなるまで、ロジャーは処刑されない——って、マイクはわたしたちに請《う》け合ってくれたけど、ロジャーは身辺を整理しておくといい張って、自分の持ち物を全部、ほかの受刑者にあげてしまったわ……」

キャロルはためらい、つぎの質問を待ったが、アイリーンはただうなずいた。

「死刑が執行延期になったとき」キャロルはいった。「ロジャーは失望したみたいに見えたわ。処刑準備監房から元の死刑囚監房へ戻されたあと、彼は精神がおかしくなったんです……」

彼女は机の一つへ行き、ファイルを開いてそのなかの数枚をアイリーンに手渡した。

「日付順になってます。いちばん上のが、連邦裁への上訴が棄却された一週間後のものよ。最初の二、三通のあとで、だんだん彼の精神状態が悪化していくのがわかるわ」

四月二十九日
親愛なるキャロル
面会に来てくれてありがとう、そして、アーサー王の本を何冊も持ってきてくれて。裁判所がぼくの上訴を退《しりぞ》けてから、きみにあんなにそっけない態度をとっていて、すまなかった。また会いに来てくれるよう願っている。
愛する夫、
ロジャー

「アーサー王の本って？」アイリーンは訊いた。

「ロジャーは以前からキャメロットと円卓《えんたく》の騎士の物語が大好きなんです。自他《じた》ともに認めるロマンチストなの」

一九八四年のほかの数通の手紙は、首尾一貫しているように見えた。それから、彼女は一九八五年二月六日付けの手紙を抜き出した。

親愛なるキャロル
昨日、〝クレイジー〟ジョーイが処刑された。まさか〝クレイジー〟ジョーイが殺されるとは誰も思っていなかったから、死刑監房の者は皆、ふさぎこんでいる。彼は幼い男の子たちに異常性行為をして殺したから、それに、しじゅう金切り声をあげたり、哀れっぽい声を出したりしていたから、みんなから憎まれていた。この処刑は、たしかに、ある作用をQ号棟におよぼした。暗い影がこの建物を覆《おお》っている——係官たちでさえ気づいている——何か邪悪なものに。
ぼくはもっぱらきみが持ってきてくれた本を読んだり、再読したりして時を過ごしている。正直な話、ぼくは円卓の騎士たちに親近感を覚える。かつて騎士道精神や宮廷風の作法が行なわれた時代があったと思うと、心が安らぐよ。

ぼくがもし中世に生まれていたら、輝く甲冑《かっちゅう》に身を包む騎士になっていたと思う。そして、きみのスカーフをお守《まも》りとして身につけて、ドラゴンと闘っていたと思うよ。何かほかにも中世に関する本があったら、持ってきてもらえるとありがたい。

きみの夫、ロジャー

「ロジャーが歴史上のあの時期にこだわるのが、わたし、気がかりで」キャロルはいった。

「なぜ？」

「だって今まではずっと自分の軍人の家系や、父親や祖父の男っぽい武人的な考え方に反抗していたんですもの。彼は風景や人物を描くのが好きな心やさしい画家よ、戦いではなく美を心に描きつづけなきゃ。神を信じなきゃいけないわ」

アイリーンは首を振った。「死刑囚監房にいる者は、何に希望を見いだし、何を信じても許されるべきだわ」

まるでアイリーンに自分の影を踏まれたように、キャロルの瞳《ひとみ》がくもった。彼女は前の週に受け取った手紙をアイリーンに手渡した。

親愛なるキャロル

この前、面会に来てくれたとき、独房から出ていかなくて悪かった。でも、係官がぼくを殺そうとしているという極秘情報を入手したんだ。〝パイプ横丁〟の声からきみの秘密の伝言を受け取ったおかげで、元気が出てきた。肝心《かんじん》なのは、連絡がいつでもとれるようにしておくことだ。

祖父が、大佐が、軍隊を結集したのを知っているよ。そして、もしアーサー王が許せば、大佐はぼくを救出するために攻撃を仕かけるだろうこともね。聞くところによると、刑務所長は聖なるスワニー川のそばに生えていたオークの古木《こぼく》を刻んで造った〝火花《スパーキー》〟という名の玉座にぼくを縛りつける計画だそうだ。

ぼくは司祭たちに自分のしたことを悔《く》やんでいると告げた。ぼくは喜んで〝稲妻に乗る〟（ここの連中の言葉を借りれば）よ、もしそれでぼくが殺した者たちが――ぼくの母と弟が――生き返るなら。

きみの、ロジャー

「これは妄想分裂病に似ているわ」アイリーンはいった。「この手紙からすると、彼は法律上、精神異常と見なされるかもしれないけど、処刑される責任能力なしとは見なされないわね」

「どうしてそんなことがわかるんです?」

「まさにこの手紙のなかでロジャーは、もし被害者たちを生き返らせることができるなら、自分は喜んで〝稲妻に乗る〟といっている。電気椅子で死ぬことを一般に〝稲妻に乗る〟というでしょ。ロジャーは電気で人を殺せることを知っているのだから、これは〝死刑の性質を理解する精神的能力〟があることを示している、と州側はいうでしょうね。

そして、自分のしたことを悔やんでいるといってるのは、彼が〝自分に死刑が科された理由〟を知っていることを示していると。あなたも知っているはずよ、彼が実際にはどれほど精神異常であっても、この州ではこれだけで充分に処刑される能力ありとされることは」

キャロルは下唇を噛《か》んだ。

アイリーンは手紙をおいた。「処刑される責任能力の規定でわたしが引っかかるのは、フロリダはどんな形でも三番めの条項がない唯一の州だということなの。〝自分の弁護について弁護人を補佐できること〟という条項が。でも、たぶん州側はロジャーはもはや被告ではなくて死刑囚だと主張するでしょうね」

「彼は無実よ」キャロルはいった。「それなのに今、ひどい苦しみを味わっている。それに、彼がなぜ母や弟を殺したなんていうのかわからないわ。ロジャーは一人っ子だし、お母さんはお産で帝王切開をしたとき亡くなっているのに」

「たぶん、お母さんの死を象徴的な意味で殺人と見なしたんでしょう」

「でも、殺された弟はどこからきたのかしら？」

アイリーンはメモをした。「それは調べてみる必要があるわね」

パウエルが部屋の入り口に姿を見せた。「どうです、うまく行ってますか？」

「キャロルのおかげですごく助かってます」アイリーンはいった。「むろん、まだ二、三の点に触れただけですけど」

「受付係にいってロジャーのファイルを全部コピーさせますよ」

「お手数をかけるのは心苦しいですから」

「あのね、どっちみちウォーレス局長やコーラーのために同じことをやるんですから、彼らは資料は不要だし、われわれが送ったものを見さえしないと、いつもはっきり表明していますけどね。少なくとも、あなたは興味を示してくれた」

「何も約束はしませんよ」アイリーンはいった。

一緒にそのオフィスを出てコピー室に向かいながら、パウエルは心得顔《こころえがお》にうなずいた。「ところでね、キャロルは車を運転しないんですよ、それで、今週またロジャーに面会に行くのにスタークまで乗せて行ってくれる人を探しているんですがね。乗せて行ってもらえますか？」

「金曜に行く予定ですけど」アイリーンはキャロルにいった。「喜んでご一緒させてもらうわ」

「何時に出かけます？」キャロルはたずねた。

「わたし、早起きなの。何時でもいいわ」

「もし六時に迎えにきてくだされば、九時ごろには向こうに着くわ」キャロルはいった。「そうすれば、向こうで目いっぱい時間がとれるわ」

アイリーンはバッグから手帳を取り出して日時を書きつけた。「六時きっかりにうかがうわ」

キャロルは住所と道順を教えると、大急ぎで出ていった。

コピーが完了すると、パウエルはファイルを大きな事務用封筒に入れてアイリーンに手渡し、エレベーターまで彼女を見送った。「来てくれて嬉しいですよ」ドアが閉まるとき、彼はいった。「本気で考えてくれる人はあまりいないから」

アイリーンは褒《ほ》めてもらって嬉しかったし、これを被告側のサークルへ受け入れてくれた証《あかし》と見た。だが、同時に不安も覚えた。彼女はふつう、自分の直感的な反応を信じたが、階下へ下りながら、この沈みゆく気分は下降するエレベーターのせいだけではないとわかっていた。

第十二章

1

ジェイソン・ストーン刑事は、電話をかけてきたポール・ナッシュ州検事からタラハッシーへすぐ来るようにいわれて驚いた。

「何事です、ポール？」

「知事の補佐官から電話があって、《リヴァーサイド・クーリエ》の記者が〝ロメオとジュリエット殺人事件〟についていろいろ問い合わせてきてる、というんだ」

「なんでまた三年も前の事件を蒸《む》し返しているんです？」

「マイク・パウエルが独自の調査を再開したんだ、上訴の根拠にする新しい証拠を見つけるために」

「頭にくるな」ストーンはいった。

「そうこなきゃ。こっちへ来てくれ」

二時間後、州検察局に入りながら、彼はナッシュ州検事と一緒に仕事をするのがどれほど心躍《こころおど》る体験だったか思い出していた。ナッシュを助けてロジャーを有罪に持ちこんだことは、彼の刑事としての経歴のハイライトだった。その後、二年間、上訴が繰り返され、刑の執行が延期された。このことがエリカ・ウォードを神経衰弱寸前まで追いやっているのを彼は知っていた。

ナッシュの法律関係の秘書、アルマ・ドレイパーが今もここで働いているのを見て、彼は喜んだ。「入ってください、ストーン刑事。州検事がお待ちです。コーヒーはいかがですか？　それとも、冷たいものにします？」

口が渇いていた。「コーヒーがいいですね」

ストーンが入っていくと、ナッシュは窓のほうを向いていた。

「マイク・パウエルがわれわれを狙い撃ちしはじめた」ナッシュは振り返らずにいった。

「どういう意味です？」

「彼は、万一処刑のための責任能力問題で敗《やぶ》れたら、事実誤認を根拠に新たな審理を請求するつもりだと広言しているんだ。何を見つけるにせよ——もし見つければだが——彼はきみとわたしがロジャーを犯人に仕立てる陰謀に加担《かたん》していたと申し立てるつもりだ」

「そんなばかな。どんな理由があって、そんなことをすると——?」

「彼はわたしがかつてキャロルに夢中だったことを知っている」窓からストーン刑事のほうに向きなおりながら、ナッシュはいった。「それに、十代のころにエリカと関わりがあったことも。彼はそれをわたしの偏向の証拠として使うだろう」

「うまくいくと思いますか?」

「ボール知事は事態を完全に把握しておきたいんだ。パウエルが何を企《たくら》んでいるのか、何を発見しかかっているのか、何がこっちの弱点かを知りたがっている」

「弱点は何もないと思ってましたが」

「もしパウエルが自己誤審《じこごしん》令状を請求して、上訴裁判所がクレイの死刑判決を覆《くつがえ》すようなことがあれば、彼をもう一度裁判にかけるためにこっちにはどんな弾薬が残っているのか、わたしは知っておく必要がある」

「まさか、冗談なんでしょ？」

「きみは、かつて、この事件を最後まで見とどけるとわたしに約束した」

「事件はすでに終わったと思ってましたが」

「それなら、きみの思い違いだ、ジェイソン。あのマイク・パウエルはわれわれの事件に穴を開けようとしているんだ、覆した判決を押しこむために」

「わたしに何をしろと？」

「これはまだきみの事件だ、ジェイソン。彼が何を見つけだすか知るために、この事件を隅から隅まで調べるんだ。彼に対抗できる材料をわたしにくれ」

「くそ、こっちにはまだ証拠がある！」

「腕利《うでき》きの弁護士の手にかかれば、情況証拠なんかゴミも同然だ」

「どうやら、パウエルのことを本気で心配しているようですね」

ナッシュは机を叩いた。「あの男はとんだ考え違いをしてる理想主義者だ——ああいうのがいちばん危険なんだ——そして、われわれの有罪判決をきみががっちり固めておいてくれないと、ロジャーは生きたまま死刑囚監房を出ていくことになるぞ」

「あいつら、みんな、くそくらえ！」ストーンはどなった。「いっそ犯罪者や精神異常者の天下にしちまえ、こっちはパウエルのような弁護士どもに手を縛られて、これじゃ仕事ができるはずないんだから」

「よし、その調子だ。怒れ！　そうでなくてはいけない、火打ち石のように強固で、火花を散らさなければ」

「わたしは何をすればいいんです？」

「振り出しに戻ってくれ、断崖の上に立ったあの日、川から遺体が引き上げられたあのときに」

あの並んで横たえられた裸の少年少女の姿がストーンの脳裏に浮かんだ。エレナのあの死んだ目がありありと浮かび、自分の誓いを思い出した。彼はまばたきをして、そのイメージを消そうと努めた。「あれは三年も前の手がかりですよ」

「きみは三年分、利口になり、三年分、腕利きになっている」

「ブル……窓を閉めてくださいよ」ストーンはいった。「南国フロリダで口車《スノー・ジョッブ》に乗せられているんだから」

「証拠にもう一度当たって、どこかでヘマをやっていないか調べるんだ。当時のきみはニューヨークで燃え尽きてまだ立ち直っておらず、亡くなったパートナーのことで自分を責めていたから間違いを犯しているかもしれない」

「ありがとう——大いに参考になりますよ」

「この事件できみは活気を取り戻したが、解決するのがあまりにも早すぎた。見過ごしたこと、記録に含めなかったこと、中途半端なまま無視してしまったことがあるかもしれない、わたしがロジャーを逮捕するのを、きみはどんな犠牲を払ってでも助けようとしていたからな」

「で、どこから始めます？」

「最初からすべてを見直すんだ。自分のオフィスに戻って、知っていることを洗いざらいテープレコーダーに吹きこむんだ」

「それはやりましたよ、もう。記録に入ってます」

「それと、きみが今思い出すこと、今感じること、今考えることを比較するんだ」

「それは、それほどむずかしい仕事じゃない」

「捜査をもう一度ふるいにかけるんだ、たったひとひらの金の薄片も見逃さなかった四九年組（ゴールドラッシュのとき、金鉱捜しにカリフォルニアに押し寄せた人たち）のように。誰かが、どこかに、それとは知らずに手がかりを残しているにちがいない」

「どこから手をつければいいのかな」

「きみが追及しなかった手がかりに戻ればいい」

「たとえば？」

「まだ元気でやってる者たちに話を聞くんだ。たとえば、オスカー・キャメロンに。学生時代、彼はエドや、ロジャーや、わたしに負けず劣らずキャロルに夢中だったんだ。われわれ以上だった、彼女のお腹《なか》の子供に名前を与えるために彼女と結婚したんだからな。ほんとうの父親は誰なのか、探《さぐ》り出すんだ」

「つまり、あなたではないということですか？」

「わたしじゃない。わたしに関するかぎり、眠り姫は処女だ」

「その問題は、調べろといわれても遅すぎますよ」

「何が引き金になって離婚したのか調べるんだ。どうして彼女はオスカーを捨ててロジャーと結婚したのか。われわれはあらゆることを知らなければならない」

ストーンは手帳を取り出して、キャメロンと書いた。「ほかには誰がいます？」

彼は受け取っていない褒美《ほうび》のことを考えていた。そして、自分でも認めたくなかったが、これまでにもたびたび思いをめぐらすことがあった。「エリカはどうなんです？」

ナッシュは赤くなった。「ああ、もちろんだ。奔放《ほんぽう》な女の子だったが、彼女も魅力的な淑女になったね。しかし、わたしには結局、彼女が理解できなかったよ」

「それからコーラーは？」

「彼はまだいろいろ知っていると思うんだ、われわれに話した以上に。あの一家の背景を調べろ——世間に隠している家族の秘密を探り出すんだ」

ストーンは手帳に鉛筆をかまえていた。「コーラーの過去の汚点を探り出せというんですか、彼に圧力をかけるために——」

「そんなことはいってない！」ナッシュは鼻息荒くいった。「それに、そのろくでもない手帳と鉛筆をしまえ！　書いたものを残すんじゃない、被告側が嗅ぎつけて提出させられたら困るだろうが」

ストーンは手帳と鉛筆をポケットに入れ、空っぽの両手を見せた。「それで、わたしは何をするんです？　彼女の家と、彼のオフィスに隠しマイクを取りつけ、二人の電話に盗聴装置をつけるんですか？」

「そういう話は聞きたくない！」

ストーンは笑った。「あなたは邪悪なことはいわず、邪悪なことは聞かない。だが、このわたしを送り出してそれをやらせるわけだ」

ナッシュは微笑して見えるほうの目を片手で覆《おお》った。「一つ忘れたぞ、ジェイソン、〝邪悪は見ざる〟を。きみは優秀な刑事だ。いちいち説明する必要はあるまい」

「で、こういうことすべてをやる時間と財源はどうやって工面《くめん》するんです？　うちの署長が許してくれると思いますか、今受け持ってる事件を全部投げ出して、わたしが古い手がかりを追うのを」

ナッシュは彼に一枚の書類を手渡した。「これでその問題は解決するはずだ」

それは〝州検察局の特別捜査官〟への任命書だった。書面の下のほうに記された注は、コピーをそれぞれ会計検査局、ポースト署長、それにウェイン・リーチ保安官に送るよう指示していた。

「これがちゃんと用意してあるとはね。ずいぶん自信があったんですね」

「そうじゃない。わたしが確信したのは、この事件をきっと最後までやりとげてくれる刑事は、きみしかいないということだ」

「で、この書類は何を意味するんです？」

「州検察局に属する者として、きみにはフロリダ州全域での捜査権が与えられる。わたしがきみを正式に特別捜査官に任命すると、きみの直属の上司はわたしとボール知事の二人だけということになる」

「ほんとですか？」

「今やきみは州全域の捜査権を手に入れたんだ」

「そんなに簡単に？」

「ボール知事自身の承認を得てある。州検事の利点の一つは、州政府と緊密な関係にあることさ」

「署長と保安官には気に入らんでしょうね、これは」

「彼らのことは気にしなくていい」ナッシュはいった。「わたしに任《まか》せてくれ」

ストーンは誇らしさで胸がいっぱいになった。ナッシュが右手を上げて宣誓するのを聞きながら、ストーンは約束は必ず守ってみせると心に誓った。

「これできみはきちんと仕事ができる権限を得た」ナッシュはいった。「もしパウエルが新たな裁判にこぎつけても、わたしは弾薬を備えていつでも応戦できるようにしておきたい。だが、急いでやってくれ。時間はどんどん過ぎている」

2

　その翌日、ストーンは自分の家から車で三十分のオスカー・キャメロンの農場に行った。二時ごろ着くと、玄関ポーチに車椅子に乗ったオスカーがいた。

「こんにちは、ストーン刑事。なかへどうぞ」

「快《こころよ》く会ってもらえて感謝しています」

　ストーンは車椅子を自分で動かすオスカーのあとから家に入り、再婚した妻、フィリスに紹介されて会釈《えしゃく》した。フィリスは栗色の髪と黒い目をした大柄な女性だった。彼女はせわしなく動きまわってコーヒーと焼きたてのチョコレートチップ・クッキーを居間に運んできた。それから、編み物を手に長椅子に腰をおろすと、耳をかたむけた。

「これは一種の心理的な解剖だと考えてください」ストーンはいった。

「身体を調べなおすために墓から遺体を掘り出すという話は聞いたことがあるが、死んだ人間の心をどうやって解剖するんです？」

「事実と記憶を掘り出すことによって、ですよ」

「三年前にあなたや保安官に話したこと以外に、まだ何かお話しできることがあるかどうか」

「エレナやキャロルがどんなふうだったか、知りたいんです——あなたとキャロルが離婚する前の彼女たちの暮らしぶりを。たしかエレナは八歳ぐらいでしたね？」

オスカーはごくっと唾《つば》を呑《の》んだ。「彼女たちのことをもっとよく知っておけばよかった——もっと一緒に過ごす時間を長くして」彼は咳払いをしてやっと先をつづけた。

「わたしにはまだ想像もつかない……どうしても理解できない、なぜロジャーが……」

「ゆっくり時間をとってください、オスカー」

「エレナはとても独立心の強い子供でした。頑固《がんこ》で、非常に自発的で、人の命令には絶対に従わなかった」

「そういう特徴をどんなふうに示しました？　彼女はどんなことをしたんです？」

「ま、とにかく彼女はあまのじゃくでしたよ！　利発で、愛らしいんだが、もし彼女に歯を磨きなさいといえば、頑として磨かない。寝なさいといえば、拒否して反抗する。しまいにはわたしも利口にならざるを得なくなって、『歯を磨いてはいけない！』ということにしました。すると、彼女はぱっと立ち上がって浴室へ行き、歯を磨くんです。彼女を寝させようと思えば、わたしはただ『眠ってはいけない！』といいさえすればよかった。彼女は五分後にはぐっすり眠っているという寸法です。彼女にいうことをきかせるには、やらせたいことの逆を命じさえすればよかった」

「エレナはぜんぜん感づかなかったんですか？」

「感づいていたに違いないけど、自分でもどうすることもできないみたいでね。まるで命じられたことの逆をやらずにはいられないみたいでしたよ、たとえそれが自分のためにならなくても」

「これは学校ではどういう影響がありました？」

「そりゃ、学業には悪い影響をおよぼしましたよ、いわれたことを絶対にやらないんですから。彼女が頑として自分の権威を示すから尊敬してた子も二、三いましたが、ほかの子供たちは彼女に憤慨《ふんがい》してましたね」

「専門家には相談したんですか？」

「あの子が七歳のとき、地元の精神科医のところに連れていきましたよ。しかし、彼女は医師と話すことを拒絶しました。やっと彼女が口を開いたのは、わたしが『エレナ、この人の質問に答えてはだめだよ』といったからですよ。それで彼女は話しはじめて、彼のテストに応じたんです。

彼の診断では、権威の具現者《オーソリティ・フイギュア》に対する不従順で、反抗癖《はんこうへき》的、かつ挑発的な敵対の一つのタイプだということでした。彼は〝敵対障害〟と呼んでましたがね。早い場合は三歳で始まるが、ふつうは小児期の終わりから青年期にかけて始まるんだそうです。この説明はまさにエレナにぴったりでした。先生の話では、この障害の奇妙なところは、それが本人の利益や幸せを破壊する場合でも、あくまでこういう態度を通してしまうことだと。そして、これは母娘のあいだの敵意に根ざすものだから、キャロルもカウンセリングのためにまた先生のところへ来るようにいわれました」

「エレナに診断を下したその精神科医は、なんという名前ですか?」

「コーラー先生ですよ。キャロルは十五歳ぐらいのとき、両親に連れていかれてコーラー先生から睡眠障害の治療を受けているんです」

ストーンは興奮を示すまいと努めた。キャロルが十代のとき、コーラーの治療を受けたことは知っていたが、そのコーラーがのちにエレナも治療しているとは思ってもみなかった。

「エレナの障害のことをもっと早く知りたかったですね」

「ま、今まで誰もエレナの幼児期のことを訊きませんでしたからね。たぶん、みんな、そんなことは重要じゃないと思ったんでしょう、彼女の殺人事件の解決には。でも、なぜ？　何かヒントになりますか？」

「わたしが新たに追及しはじめた線にはぴったり合致《がっち》しますよ。ところで、あなたとキャロルは信心深かったんですか？」

「わたしはわたしたちの教会の牧師でしたからね。でも、キャロルが信者になってからは、困っている人たちを助ける彼女の献身ぶりは、わたし以上でしたよ。むろん、エレナがいるから、最初のうちは、日曜ごとに彼女を一緒に教会に行かせるのは戦争でしたがね。でも、彼女の拒絶癖をうまく操るコツを呑みこんでからは、苦労しなくなりました」

「あなたはただエレナに、日曜の晴れ着を着てはいけない、一緒に教会に行ってはいけないといった……」

「ええ、まさにね。エレナはいい服を着て、車にさっさと乗りこむことでわたしに反抗したんです。今でも目に浮かびますよ、彼女が腕組みして、ふくれっ面をしている姿が」

「それで、キャロルも同じようにあなたのこのテクニックを使ったんですか？」

「いいえ、彼女は反対してました。ほんとはしてほしくないことを子供にしろというのは、冒瀆《ぼうとく》的だとキャロルは思ったんです。キャロルはエレナが権威や神に反抗的な人間に成長するのを恐れていました。わたしはほかにはエレナを扱う方法がないのだからといったのですが、彼女は憤慨してました。これも夫婦別れに力を貸したと思いますよ」

「どういうふうに？」

「わたしがエレナのお尻を叩いたことが、二、三回あるんです」オスカーはいった。「それがキャロルには耐えられなかったんですよ。どんな理由にせよ、自分のかわいい子供がぶたれることを彼女は許せなかったんです」

「それで非常によくわかった気がしますよ、あなたがたが別れた理由が」

オスカーは自分の車椅子をちらっと見おろした。「それは理由のほんの一部ですよ。

自分がしていることに集中していなければならないときに、わたしは彼女たちのことを考えていた。そのことで、わたしは自分を責めています。元気のいい馬に乗っているときは、全神経を集中していなければいけないのに」

「あなたの身体が麻痺《まひ》したとき、彼女は去っていったんですか？」

「とんでもない。キャロルにかぎってそんなことは。彼女はわたしのそばにいて、わたしの世話をすることを望みました。でも、わたしは憐《あわ》れみでわたしの許《もと》に留まってほしくなかったんです」

「そこでロジャーが登場するわけですか？」

「高校時代、キャロルに熱を上げていた四人のなかで、彼がいちばん内気でした。彼はいつも目立たない存在だった。ところが、キャロルがいちばん無防備なとき、彼は彼女とエレナをわたしから盗んでいった。わたしの愛する者を二人とも盗んでいった……」

それから彼はちらっとフィリスを見た。彼の視線を追ったストーンは、彼女が編み物の手を止め、妙な表情でじっとオスカーを見つめているのに気づいた。

「運よく、新しい愛が悪い思い出を一掃《いっそう》してくれましたがね」彼は急いでつけ加えた。

「わたしはラッキーでしたよ、フィリスのおかげで足が地についたほんとうの幸せを見つけることができて」

彼女はうなずき、また編み物をつづけた。

ストーンはエリカとの関わりを彼にたずねるつもりでいたのだが、思いとどまった。いつかフィリスがそばにいないときに訊こう。

ストーンがいとまを告げると、オスカーは彼の目をじっとのぞきこんだ。

「ああいう上訴や遅延《ちえん》が合法的なものなのは知ってます。たぶん、死ぬ前にロジャーをもっと長く苦しませたほうがいいのかもしれない。彼がエレナにしたことを思えば、電気椅子でもまだ罰が軽すぎるが、でも、わたしは喜んでスイッチを入れますよ。それがだめなら、せめて、電気料金を喜んで支払いますよ」

第十三章

1

自分の移動住宅《モービル・ホーム》に戻ったストーンは、ドッグフードの缶詰をあけ、チューズデーの水のボウルを満たしてやった。それから、バックグラウンド・ミュージックにブルースのテープをかけ、スコッチをつぎ、青い表紙の殺人事件用ルーズリーフ・ノートを引っぱり出した。スコッチをすすりながら、彼はオスカー・キャメロンに面談したことについて覚え書きを記入した。

キャロルとエレナの両方がコーラーの治療を受けていたという話を聞いたことで、ストーンは、子供たちが行方不明になる前に、ひょっとするとキャロルはコーラーに相談したかもしれないと思った。彼女が自分が十代のときから治療を受けている精神科医に秘密を打ち明けて相談するのは、すこぶる当然なことだ。

ストーンはふいに座りなおして、自分が初めて事件のことをポール・ナッシュ州検事と話しあった日の記述を凝視した。そのとき、ナッシュは〝イバラ姫の四人の守護騎士〟の話や、キャロルの両親が彼女をコーラー医師のところに連れていくまで、彼らはキャロルが睡眠障害とは知らなかったことを話して聞かせたのだった。

その記述から、ストーンの視線はロジャーが昏睡《こんすい》状態のキャロルをレノックス病院に運びこんだとき、コーラーが彼女を診察したという記入へ移った。

いくつかの事件でコーラーが証言するのをストーン自身、聞いているが、証言台に立ったこの〝フロリダの死神博士〟は、ある事実や、日付や、時刻をどうして確信できるのかと質問されるたびに、自分自身を守るために、あらゆる治療《セラピー》を最初から最後までテープに撮《と》ってあるのだ、と語った。法廷に出る前にテープを見直して、いつも記憶を新たにしているのだと。

「おまえ、どう思う、チューズデー？」犬の身体にブラシをかけながら、ストーンはいった。「もしキャロルがコーラーに話したあとで、昏睡状態におちいったとしたらどうだ？　彼女にあの晩のことを思い出させて心的外傷《しんてきがいしょう》後ストレス障害による記憶喪失を起こさせ、彼女をショック状態にしてしまったのだとしたら？　コーラーは患者の個人的な医療上の情報を警察に明かすことはできまい、だが、もし死神博士がいつもどおりにやっていれば、キャロル・クレイのラベルがついた——極秘マークつきの——ビデオテープがきっとどこかにあるはずだ。おまえ、どう思う？」

チューズデーは一心に耳をかたむけ、首をかしげた。

「死神博士から何か引き出せると思うかい？」

チューズデーはその質問を無視した。

「おまえはぜんぜん役に立たないな、この阿呆」ストーンは犬が満足げに喉《のど》を鳴らすまで腹をさすってやった。

それから彼はコーラーに電話をかけ、州検事が捜査を再開したことを説明した。

「お話ししたいことがあるんですが」

「わたしのプライバシーを侵してほしくないね、ジェイソン。この電話番号は番号簿には載《の》っていないはずだ。どうしてわかった？」

「ほら、わたしは刑事ですよ。探り出したんです」

「で、何の話がしたいんだね？」

「クレイの事件のことなんです」

「それで」

「キャロルがレノックス病院に入院したとき、あなたが診察したんですよね」

「そうだ」

「あなたはあの病院で彼女を二、三日治療しましたよね、あなたの〈睡眠センター〉に移す前に」

長い間《ま》のあとで、彼は答えた。「二日間だ」

「以前、あなたは証言しましたよね、責任を問われた場合にそなえて必ず自分の行なう治療をテープに撮ると」

「そのとおり。特に催眠をほどこしたり、催眠薬を使う場合にはね。ヒステリックな女性があとで偽の記憶を取り戻して、わたしを訴えた場合にそなえて自分を守る必要があるんだ。わたしは用心深い人間でね」

「キャロルの最初の二日間の治療をテープに撮りましたか?」

長い沈黙があり、それから、用心深い声で、「それは証言を拒否できる情報だ」

「テープは皆、医師・患者間の守秘《しゅひ》義務で保護されているのは承知してます。しかし、一般的な質問を二、三してもいいんじゃないかと」

「だめだね」

「一般的なことだけですよ」

「守秘義務というのは、文字どおりの意味だよ」

「しかし、あなたの話では、キャロルは権利を放棄したそうじゃないですか」ストーンはいった。

またしばらく間があってから、コーラーはいった。「限定的な権利放棄でね、科学的な研究や講義といった状況にかぎられている」

「これもその項目に入りますよ」

「いや、入らんね」コーラーはいった。

「罪を犯した男が、たとえ刑罰を逃《のが》れることになってもですか？」

「これだけは教えよう、あのテープにはきみが法廷で使えるようなものは何もないよ。それに、あのテープの内容を知らないほうが、きみやポール・ナッシュのためになると思うよ」

「それはどういう意味です？」

「おやすみ、ストーン」コーラーはいきなり電話を切った。

ストーンは受話器を見つめた。「すこぶる奇妙だぞ、チューズデー。あのな、いいか」

犬は彼を見上げた。

「もしコーラーが協力してくれないなら、おれは留守を狙ってコーラーのオフィスに行き、隠しマイクを二、三個取り付けてこなきゃならんと思うんだ。つまりな、眠り姫や四人の守護騎士と、彼がどんな関わりを持っているか探り出す必要がある」

チューズデーは鼻を鳴らした。

「賛成してくれて嬉しいよ。それに、考えてみれば、ほら、彼はエリカの精神科医でもあったわけだ」

ちょうどそのとき、電話が鳴った。

受話器をとると、あの澄んだ声が聞こえた。「わたしのお気に入りの刑事さんは元気かしら?」

「たった今、きみのことを考えてたんだ」

「知ってるわよ。感じたわ」彼女はいった。

「気味が悪いな。どこへ行ってたんだい？　数回、図書館のほうに連絡したんだが、きみは長い休暇をとって旅に出ていると」

「ええ」彼女はいった。「気分転換が必要だったのよ、あの恐ろしい重荷を頭から追い出すために」

「どこへ行ってたの？」

「自分の過去を捜すためにサンフランシスコへ。帰ってきて、捜査が再開されてるって聞いたもんだから」

「そうなんだ。きみと話をしたいんだがね。ナッシュが、マイク・パウエルの上訴でクレイの判決が破棄されるんじゃないかと心配している。情報のギャップを埋め、やりかけの仕事を完結するように彼からいわれてるんだ。いつ署のほうに来てもらえる？」

「明日、わたしの家にいらっしゃいよ。話もできるし、夕食もできるし、それに、あなたがまだ受け取っていないあのご褒美のこともあるし」

ストーンは一気にアドレナリンが高まるのを感じた。「あれはただの冗談だよ。ほんとに何かもらおうなんて思ってなかったよ」

「わたし、こういうことに冗談はいわないわ」

「きみは取り乱していたんだ」

「あのね、わたしはもうすぐ、また短い旅に出るのよ。出かける前にあなたに会いたいわ」

「ほんとに？」

「万一わたしの身に何か起こったとき、あの約束が不履行《ふりこう》になるのはいやだわ」

「おいおい、あれはべつに――」

「わたし、約束は必ず守るの。もしわたしに会いたいんなら、明日の晩、ここで」

「わかった、でも、話をしに行くだけだ」

「七時にね」

エリカが電話を切ったとき、彼はチューズデーが深い、黒い目でじっと見ているのに気づいた。「何をしてほしいんだ？」

チューズデーは床に転《ころ》がった。

「ああ、おまえもご馳走《ちそう》がほしいんだ」彼は戸棚から犬用ビスケットを取り出して与えた。チューズデーは彼の手のひらを舐《な》めた。「たぶん、おまえのいうとおりかもしれない」彼はいった。「たぶん、おれも苦労の末の褒美を手に入れるかも」

2

翌日の夕方、片手にドン・ペリニョンのボトル、もう一方の手にチョコレートの箱を持って、ストーンはエリカの家の呼び鈴を鳴らした。

彼女がドアを開けると、ジョン・レノンの〈ストロベリー・フィールド〉のメロディーが背後に流れているのが聞こえた。エリカは、おばあさん眼鏡に、裾長《すそなが》のプリント模様のワンピース、サンダルばき、と何から何まで六〇年代ヒッピーのフラワーチャイルドそのままの服装をしていた。玄関広間から居間に通されたとき、彼は息を呑んだ。床一面に炎のゆらめく蠟燭《ろうそく》が立っていた。壁はビートルズのポスターで埋まっている。

むろん、家のなかは片づいていない。

「きみは変わったけど、散らかってるのは相変わらずだね」

エリカはすばやく彼にキスをした。「その二つは、わたしに対する最高の賛辞よ。家なんかどうでもいいけど、わたし、ずっと同じ自分でいるのがいやなの。あなたと会うたびに、違うわたしになっていたいわ」

これもストーンが彼女に気をそそられる点の一つだった。エリカの謎めいた反応はいつも彼をわくわくさせた。

彼女はリンネルのナプキンでボトルを包んだ。「このシャンペンを開けて。わたし、グラスを持ってくるから」

彼が針金とコルクと格闘して、やっとボトルの栓を開けたとき、エリカがシャンペングラスを二つ持って部屋の入り口に姿をあらわした。彼女は薔薇《ばら》と蔦《つた》の花輪をつけていた。

「きみは今でもフラワーチャイルドだよ」彼はいった。

「ええ、でも同じ花ではないわ」そういいながら、彼女はグラスをさし出してシャンペンをつがせた。「わたしがアクェーリアスだったころ、あのころは成長するには最高に胸のわくわくする時代だったわ。でも、わたしはもうあの人物じゃない」

「おれはそんなにすばらしい時代だったとは思わないけどね」

「あら、すばらしい時代よ！　六〇年代に乾杯！」

エリカはふたたびシャンペンをついで、自分のグラスを上げた。「今とは違うエリカが、ピーター・ポール・アンド・マリーや、あのヒット曲〈パフ・ザ・マジック・ドラゴン〉や、わたしたちのスローガン——愛しあえ、戦争はやめろ——を愛した時代に乾杯。州兵たちが持つライフルの銃口に花を挿《さ》したり、パーティーをしたり、一緒にごろ寝をしたり、ベトナムでわたしたちの兵士がやった残虐行為に抗議したあの時代に」

ストーンは彼女の乾杯には応じないでグラスをおいた。「きみたちがマリファナや、ヘロインや、ＬＳＤをやってたときに、ということ——？」

「そして、運命を賭けて冒険していたときよ、わたしたちの心を拡大するために」

「そして、警官たちを〝豚〟と呼んでいたとき？　それに、国旗を焼いていたとき？　それに、破廉恥《はれんち》な生活を送っていたとき？」

「当時のわたしはヘイト・アシュベリー（サンフランシスコのヒッピーが多く住んでいた地区）の子供だったもの」

「そして、おれはベトナムにいて、かたわらでは友達が戦死していった」

「そんな問題を持ちこんで、わたしたちの仲に水をささないで」エリカはささやいた。

「水をさすのなんのという仲かね、われわれは？」

「わかってるわ、わたしをほしがってるのは」

彼はエリカを抱きよせて乳房を愛撫した。

「まだだめ」彼を押しのけながら、エリカはささやいた。

「なぜ？」

「あなたが考えてることがわかるから」

「おれが何を考えてるっていうんだい？」

「こう考えてるわ、このあばずれをものにして、署に帰ってみんなに自慢してやろうって」

「おれは女と寝て吹聴《ふいちょう》したりしないよ」

「男はみんな吹聴するわ。〝イバラ姫の四人の守護騎士〟、彼らはキャロルを愛したけど、セックスするのはわたしとで、そのあと、わたしのことをセックスがうまいっていいふらしたわ。あなたにも話した？」

「いいや。それにおれには興味ないね。おれにとっては、すこぶる個人的な相性の問題なんだ。そういう相性を感じないと、興味をそそられない」

エリカは彼の内股を撫《な》でた。「で、今夜は感じる?」
だしぬけに、いつかテレビの古い映画で見たジミー・デュランテの鼻にかかった歌声が、ストーンの心にこだました。

きみは感じたことがあるかい、こういう気持ち
帰りたいような
まだ帰りたくないような
でも、帰りたいような……?

たぶん、これは心の奥底からの警告なのだ。彼はなつかしい〝鼻《シュノゾーラ》〟デュランテの歌声を消して、いった。「感じるよ」
エリカは立ち上がって服をすっと脱ぎ、彼の前に立った。蠟燭《ろうそく》のゆらめく炎が彼女の体に影を投げ、彼女は片手で恥毛を覆い、もう片方の手を乳房に当てている。ストーンはこのポーズを絵画で見たことがあった。あの貝殻の上に立つ風に髪をなびかせた女神の絵だ。エリカは意識してこのポーズをとっているのだろうか、と彼は思った。

「これが例の褒美かい？」

「あなたしだいよ。もしわたしのリードに任《まか》せて、あなたを平凡でつまらない性交から天の高みに導かせてくれれば、わたしたち、セックスをセックス・マジックに変えられるわ。でも、それには基盤として男性、女性の二極を融合、共有する必要があるし、もしあなたが月並みな猥褻《わいせつ》な考えを捨てられればの話だけど」

「努力してる」彼はいったが、下腹部のふくらみが彼女に見えるのはわかっていた。

「でも至難《ハード》だよ」語呂合わせをしたわけじゃないが、と彼は思った。

「これを正しい方法で行なえば、男女の両極に莫大な電気が充電されて、性的結合の頂点に達したとき、わたしたち二人は炸裂《さくれつ》して、存在の七つの幽界をつらぬく稲妻のようにおたがいのオルガスムを放射するの」

「すげえな！　感電死しかねない」

「臨死体験って呼ばれているものに非常に近いわね」

「それで、きみは実際に体験したことがあるの？」

「一度だけ、ブーマーがまだ生まれていないとき」

「で、どんなだった？」

まるで過去を見ているように彼女はじっと目をこらした。「暗闇……死の長いトンネル……やがて出口にまばゆいばかりの光が見えて……待合所にいた愛する人たちと一緒になれる永遠の幸福感の始まりだったわ。自分はもう死んだのだと思ったけど、ブーマーを生む運命だったから連れ戻されたの」

「そりゃ、さぞすごい体験だったにちがいない」

「それ以前は、母は翼のある天使がハープをつまびいている伝統的な天国や、悪魔が三つ叉《また》の火掻《ひか》き棒をふるって火を燃やしてる地獄をいつも笑いものにしてたわ。わたし、母から死後は〝無〟だと教えられたの」

「きっと頭のいい子には、かなりつらかったろうね」

「〝つらい〟程度じゃすまなかったわよ。不眠症になってしまって。学校の養護の先生にいわれてコーラー先生のところに行って、やっとわかったわ、眠れなかったのは睡眠をけっして目覚めることのない死の一種だと思って、恐れていたからだって」

「それでコーラー医師は役に立った?」

「すごいもんよ、先生は」

「セックス・マジックのことも彼女に教えてもらったのかい?」

「いいえ、あれは最近の旅行で教わったの」

「ああ、快楽追求の旅だね」

「セックス・マジックはただひたすら快楽追求を目的としたものじゃなくて、ブーメラン効果を生む心霊エネルギーの発電機《ダイナモ》も造りだせるのよ」

ストーンは目をぱちくりさせた。「それ、どういう効果なんだい？」

「ある霊能者が教えてくれたの、わたしたちに投げつけられた邪悪な力に逆襲する方法をね。その邪悪な力を三倍にして返せるようなエネルギーで方向転換させて、投げつけたやつに送り返すの」

「一種のブーメラン効果で？」

「そうなの。この方法で、わたしたち、ロジャーの邪悪を送り返してやりましょう」

「セックスの稲妻？　極？　電気？　つまり、これはすべて、ロジャー・クレイがどんな上訴にも成功せず、電気椅子で死ぬことを保障するためのブーメラン・セックス・マジックだというのか？」

「彼はわたしの息子を殺したのよ――わたしがこの世で愛したたった一人の人間を。わたしの唯一の生き甲斐を。あいつが電気椅子にかけられるとき、わたしたちの情熱の電気であいつの邪悪を返してやりたいの」

ストーンは立ち上がった。「おれが死刑についてどう思っているかは話したよな、エリカ。電気椅子に使う電力のためにセックスをするというそのきみの考えでは、おれはその気になれないよ」

「帰っちゃだめよ」エリカは裸身を押しつけながらいった。「まだご褒美をもらってないわ」

「おれは遠慮してるわけじゃないよ」背を向けて帰りかけながら、彼はいった。

「あなたはわたしがほしいのよ。わかるわ」

「そのとおり。だが、こういうのはお断わりだ」

「後悔するわよ」

「もう後悔してるよ」

「引き返してくるわ」

ドアを出ながら、彼は肩をすくめた。「おそらくね」

第十四章

1

タラハッシーからスタークまで行く二時間半のドライブのあいだに、キャロルは眠りこんでしまった。フロリダ州立刑務所に近づくにつれて、あたりの野原では牛の群れが草を食《は》み、その田園風景の広大さにアイリーンは畏怖《いふ》の念に打たれた。

キャロルが目を覚《さ》ましてまばたきをした。「わたし、居眠りをしてしまったのね?」

「ええ」

「だから運転はしないの」

「賢明だわ」アイリーンは前方を見ていた。「ずいぶん牧歌的な場所ね」

「州はこの刑務所をジョージアとの州境に建設したのよ」キャロルはいった。「ここが、二千六百エーカーの土地をいちばん安く買えたから」

道の頭上をまたぐ〝州立刑務所〟という表示の下を通過したとき、アイリーンは受刑者たちがトラクターや耕耘機《こううんき》を運転したり、掘り起こしたり、片づけたり、刈ったりしているのを見た。

青リンゴ色の刑務所は、最初、三階建てのビルが五つあるように見えた。〝注意！制限速度　時速二十五キロ〟の標識の立つ曲がりくねった車道を進み、間近まで行くと初めてそれがじつは五つの翼棟で、中央で連結した、一つのぶざまに広がる複合ビルなのがわかった。

「わたし、じつは死刑囚監房がある刑務所のなかに入ったことは一度もないの」来客用の駐車場に車を乗り入れながら、アイリーンはいった。

「わたしはこの刑務所だけ、なかに入ったことがあるのは」キャロルがいった。

蛇腹《じゃばら》型に巻いた鉄条網がてっぺんについた波形鉄網フェンスを張った正面ゲートに近づくと、監視塔のなかから刑務官が誰何《すいか》した。

「法律家補助員のクレイです！」キャロルはどなった。「ロジャー・バー・クレイの面会です」

「それにCFMH（刑務所付属司法精神病院）のアイリーン・モーガン医師です！

ボーデン局長に会うことになってます」

最初の波形鉄網のゲートが、動力鋸《のこ》がたてるような、くぐもった低い音とともに滑《すべ》るように開き、彼女たちは二・五メートルほど離れて平行に立つフェンスのあいだの通路を進んだ。フェンスのあいだの地面にはさらに多くの鉄条網のコイルが並んでいた。

「ハーグリーヴズ少佐は、以前は犬たちにフェンスのあいだをパトロールさせてたんだけど」キャロルがささやいた。「ある受刑者が脱走するとき、犬を二、三匹連れていって以来、犬をやめて鉄条網のコイルにしたの」

「ハーグリーヴズ少佐って誰？」

「警備と処刑担当の主任管理官よ。ボーデン局長のつぎに偉いの。ほんとにいやなやつ」

最初のゲートが背後で閉まり、一瞬二人をフェンスのあいだに閉じこめると、アイリーンは檻《おり》に入れられたような気がして不安になった。ばかげた考えがふいに浮かんだ。もし、このまま出してくれなかったらどうしよう？　胃が堅《かた》くなり、めまいを覚えたが、それが引き金になって鉄条網にはさまれた別の収容所の記憶が脳裡にひらめいた。

父の死後、彼女は祖父母がナチに殺された地を見るために、ポーランドに巡礼の旅に出たのだった。この問題についてはそれは多くの本を読み、父からそれは多くの描写を聞かされていたので、父の記憶が彼女の心に再創造されていた。

アウシュヴィッツに近いビルケナウという死の強制収容所の草の生えた小山の上に立ったとき、まるで父の目を通して見るように、彼女は煙突から立ちのぼる太い煙を見た……遺体の燃える匂いを嗅いだ。遡及《そきゅう》的な再構成よ、彼女は自分に警告した。自分自身の思い出ではなく、父の思い出を共有している。彼女の父親はロシア軍が来る前のアウシュヴィッツ脱走のとき、鉄条網を越えて森に逃げこんだごく少数のユダヤ人医師の一人だった。今、彼女は脱走する前の父とともに閉じこめられている気がした。

凍結した記憶のなかに閉じこめられている気が……

二番めのゲートがシュッと音をたてて開くまで。すかさず、彼女はすばやくゲートを通過して刑務所のドアへ向かい、現在に戻った。

彼女の手のひらは冷や汗で濡れていた。

前方の褐色のドアがすっと開き、二人は建物のなかに足を踏み入れ、両開きのガラス扉から表の管制室に入った。ここで係官が身分証をあらためた。

彼は眉《まゆ》をひそめ、電話で指示をあおいだ。電話を切ると、彼はいった。「ボーデン局長はタラハッシーからまだ戻っていません。代わりにハーグリーヴズ少佐が会います」

彼はアイリーンの右手にスタンプを捺《お》した。マークが見えなかったので彼女はもう一度捺してもらうために手をさし出した。

「見えないインクなんですよ。いざ帰ろうというときに、あの箱の口から手をさしこむと青い光がまずマークを識別し、それから無効にします。待合室で座って待っててください、誰か来て少佐のオフィスに案内しますから」

「ハーグリーヴズ少佐があの見えないスタンプを導入したの」案内の者が来るのを待ちながら、キャロルはいった。「以前、受刑者が看守のユニフォームを盗んで、それを着て、ただふつうに正門から出て脱走してしまったことがあって、それ以来よ」

アイリーンは微笑した。どうやらこの刑務所の手続きのほとんどは、裏にハーグリーヴズ少佐が関係したエピソードがあるらしい。血の通《かよ》わない制度も、いったんそれにまつわる神話を知ると、ずっと扱いやすくなるものだ。

婦人刑務官が近づいてきて、ドアに何も表示のない部屋へ入るように身ぶりでキャロルに合図すると、キャロルはしりごみした。「ひどいわ、そんなの！　あなたにそんな権利ないわよ！」

「何なんです？」アイリーンはたずねた。

「彼女をもっと詳しく調べるようにという指示を受けたんです」

キャロルの叫び声が廊下にこだました。「裸にして調べたりさせないわ！　そ、そんなこと今まで一度もしたことないじゃない！　なぜ今になって？」

「ハーグリーヴズ少佐から新たに指示が出たんです。もし拒否するんでしたら、ミセス・クレイ、帰るのは自由です。ただし——あなたの名前は面会者リストから削除されますからね——もうここへ来るにはおよびません」

キャロルは途方に暮れたようにちらっとアイリーンを見たが、結局、皮膚検査室のほうへ足音高く歩いていった。

「少佐のオフィスはこちらです」案内役の職員がアイリーンにいい、さらに二つのゲートを通過して大食堂と礼拝堂を過ぎ、ベージュのセメントの壁、ぴかぴかに磨かれたグレーのタイル張りの通路を案内していった。

彼女はキャロルがどんな目に遭《あ》わされているのか想像してみようとした。塵《ちり》一つない通路をモップで拭《ふ》いていた受刑者がすばやく壁のほうを向いて立ち、彼女たちをやり過ごした。

ハーグリーヴズの補佐官は少佐の午前中の所内巡回がまもなく終わることを告げ、彼女に少佐のオフィスで待つようにすすめた。礼をいって、アイリーンは奥のオフィスに入った。彼女はほとんど家具のない室内をつぶさに観察した。何もおいてない机は少佐の人柄の一端を示していた。

やっとドアが開き、ハーグリーヴズ少佐が入ってきた。身体にぴったり合った褐色の濃淡ツートンの制服を着た彼は非常に軍隊風に見えた。ゆうに二メートルを超える背丈、手入れのいきとどいた口ひげ、そして、きびしい黒い目をしている。彼は堅い動作でうなずくと、アイリーンのかたわらを通り過ぎて巨大なオークの机の向こうに座った。それから、彼女を無視して自分が持ってきた数通の書類をあらため、机上《きじょう》の既決、未決の文書ケースに振り分けた。

それがすむと、彼は椅子の背にもたれて彼女を見た。「じゃ、あなたが今度付属病《CFM》院《H》に来た精神科医だね」

「そうです」

「あなたは処刑に立ち会ったことがあるかね？」

「いいえ」彼女は低い声でいった。

「ぜひ立ち会うべきだよ、モーガン先生」少佐はいった。「あまり有名でない死刑囚の処刑のときは、一般市民の立会人がいつも不足している。どうやら世間は興味を失いかけているようだ。精神科医として、得るところがあるかもしれない」

「わたしにはとても耐えられそうもないです、少佐」

彼は軽蔑したように肩をすくめて取り合わなかった。「刑務所に入ってきたとき、CLASH《クラッシュ》のミセス・クレイと一緒だったのは、なぜなんです？」

「そんなこと、どうして知ってるんですか？」

「ここはわたしの領分ですよ、モーガン先生。金網のこちら側で起こったあらゆることを把握しておくのが、わたしの仕事です」

アイリーンは、監視塔の看守が彼女たちが一緒に入ってきたことを警備担当者に注《ちゅう》進《しん》したにちがいないと、そのとき気づいた。「ずいぶん効率のいい情報網をお持ちなんですね、少佐」

彼は拳を作った。「われわれが統制を守っていられるのは、ひとえに情報収集によってですよ。ここには死刑囚監房の二百二十二人だけじゃない、もっともっと大勢いるんです。この四方の壁の向こうには、さらに一千百人の敵対者がいて、われわれを取り巻いている——彼らの多くは頭がよくて、自暴自棄《じぼうじき》で、暴力的な男たちだ。州内の極悪の犯罪者たちがここに送られてくる、ほかの施設で問題を起こした重罪犯たち、刑務官を襲ったり、脱走しようとした者たちが。フロリダの四十八の拘留施設のうち、ほかの施設はすべて〝矯正施設《きょうせい》〟と呼ばれています、モーガン先生。名称に〝刑務所〟という言葉が入っているのは、唯一われわれのところだけです。ここから生きて出ていくものは、ほとんどいません」彼は誇らしげにいった。「あなたはまだ、なぜミセス・クレイと一緒に来たかというわたしの質問に答えていませんよ」

「彼女は法律家補助員ですから」

「法律家補助員が聞いて呆《あき》れる！　そもそも、あれは夫に会う特権を入手するための隠れ蓑《みの》だ。彼女にせよ、マイク・パウエルのほかのいわゆる〝法律家補助員〟にせよ、弁護士の仕事を手助けしていると称しているが、そういう職業的訓練はまったく受けていない。あの連中はただもう囚人たちを煽動《せんどう》する——問題を起こします。わたしは厄介事《やっかいごと》を起こそうとする者は容赦しません」

「その人たちの面会が、どうして問題を起こすんです？」

「Q号棟の受刑者たちは生ける屍《しかばね》ですよ、死ぬのを待っているんです。パウエルはああいう女性たちを送りこんで彼らに偽りの希望を与え、判決について争うよう焚《た》きつける。あの〝執行延期の名人〟が活動しはじめる前は、彼らの上訴のほとんどはフロリダ州最高裁止まりで、そこで死刑が執行されたんです」

「でも、当然——」

「今では、パウエルが無料奉仕の弁護士たちを動員して、付帯的な上訴を連邦裁の下から順に連邦最高裁まで申し立て、それからまた州の裁判所に戻り、また連邦裁へと、何度も何度も繰り返している——そのつど、新たな技術的な問題を持ち出してね——そして、そのつど、わたしは死刑執行停止に対処しなければならない。それがわたしの施設にどんな悪影響をおよぼしてるか知っていますか？　わたしの部下たちの士気に？　ここは過密状態だし、職員は人手不足だし、死刑囚たちはこの国の司法制度をあざ笑ってますよ」

「憲法で保障された権利の行使ですから」アイリーンは思わずいった。自分の口からパウエルそっくりの言葉が飛び出して彼女はびっくりしたが、この尊大な男をやりこめずにはいられなかった。

少佐が彼女のこういう反応を予期していなかったのは明らかで、社会と被害者の権利についていて何かもごもごいった。それから、身ぶりで彼女を先に立たせて部屋を出た。彼の案内で二人はW号棟の端まで通路を進んだ。管制室がゲートを開けるのを待つあいだ、少佐は彼女を値踏みしているようだった。精神保健施設に連れていくと、六十代末の小柄でがっしりした体格の男にアイリーンを紹介した。「ここの施設の心理学者、アーニー・フーパーがあなたを案内して、質問に答えてくれますよ。刑務所内のどこでも見ていいですよ。Q号棟以外は」

「なぜ制限があるんですか？」彼女は訊いた。「そこを見るのも、ここに来た目的の一つなんですけど」

「処刑準備期間は、死刑囚監房に立ち入りできるのはわたしの部下と〝中立的立会人〟だけなんです。今日はあそこで作業がありましてね。もしあなたにQ号棟を訪ねる正当な必要が生じたときには、このわたしが案内します」

もし憲法上の権利についてあんな偉そうなことをいわなければ、制限なしに全部見せてもらえたのではなかろうか、とアイリーンは思った。

ハーグリーヴズ少佐が行ってしまうと、アーニー・フーパーはさて彼女をどうしたものか当惑しているように見えた。この刑務所付きの心理学者は、やさしい顔とあいまいな微笑の持ち主だった。頭頂に渡したわずかな白髪が禿《は》げた頭を一部隠している。

「ハーグリーヴズはほんとに陸軍の少佐なんですか？」彼女はたずねた。

「矯正施設局のなかの階級ですよ。それに、州軍でもこれで通っています」

「彼は実際にはどんな仕事をしているんですか、ここで？」

「もともとは全般的なシステムの能率専門技師として、ここへ来たんです。特に電気処刑を行なう最善の方法について時間動作研究をするためにね。彼は非常に有能だったので、自分の仕事をやり終えてしまったんですな。あらためて主任管理官に任命されました――局長に次ぐ地位です」

「受刑者たちをほんとによく知るようになる心理学者として、処刑はさぞつらいでしようね？」

フーパーはうなずいた。「心を引き裂かれる思いですよ。誤解しないでください。わたしは死刑は必要だと思っています。しかし、ときどき、その男のことをほんとによく知ると、『彼だけは別だ。彼を死刑にするのは酷《こく》だ』と考えている自分に気づくんですよ」話すにつれて、フーパーの顔が青ざめた。「二十年ここに勤めて、わたしももうすぐ定年です。愛する妻と、四人の娘と、三人の孫にも恵まれたことだし、こういう絶え間ないストレスのもとで働くにはもう年を取りすぎましたよ。処刑準備期間、わたしも待機しますが、彼らがスイッチを入れるたびに気分が悪くなる。制酸剤で生きてますよ。胃潰瘍でね」

アイリーンは彼の手にさわった。「わたし、今まで、こういう刑務所のなかには入ったことがないんです、フーパーさん。Q号棟は見せてもらえませんので、ここの大ざっぱな配置を教えていただけます？」

会議用の長いテーブルを前に、身ぶりで彼女をかたわらに座らせると、フーパーは図面を描いた。「フロリダ州立刑務所は、いわゆる〝電信柱型〟に建設されています。あなたが今通ってきた長い中央通路を、地面に横たえた電柱だと思ってください。その五本の横棒に当たるのが、通路に交差する監房の廊下です。電柱のてっぺんには――建物のいちばん奥のQ号棟と呼ばれているところには――死刑囚監房があります。死刑囚監房の先端は処刑棟になっていて、処刑室と電気椅子があります」

「なぜハーグリーヴズ少佐は、処刑準備期間は、外部の者をQ号棟に入れないんですか？」

「あの一九七九年のスペンケリンクのスキャンダル以後、少佐は多くの手順を変えなければならなくてね。あの一件で彼は今でも神経質になっているんじゃないかな」

「その事件のこと、よく知らないんですが」

「ジョン・スペンケリンクは、死刑が十年間中止されていた後、わが国で意志に反して処刑された最初の人物です。一九七六年に死罪が復活すると、ゲーリー・ギルモアは上訴するのをやめ、一九七七年、ユタ州で自発的に銃殺隊によって処刑されました。スペンケリンクは死ぬのをいやがった。彼は放浪者で、同じく放浪者の男を殺して死刑判決を受けたんですが、その男はホモの前科者で、タラハッシーのモーテルで彼をセックスの相手にしようとしたんです。ジョンには問題な点もありました。しかし、彼をかなりよく知ってみると、ここだけの話ですが、あんな死に方をさせるのはひどすぎましたよ」

「でも、スキャンダルっていいましたけど、なぜなんです？」

まるで人に聞かれていないことを確かめるかのように、フーパーはあたりを見まわした。「数人のほかの受刑者から報告があったんです、ハーグリーヴズ少佐の処刑隊が監房でジョンをあざけり、彼がズボンに便を漏らさないように尻に綿を詰めたと。そして、ジョンがそのことを報道陣に話すぞと脅《おど》すと、彼らはジョンの口に五センチ幅の粘着テープを五重に貼りつけて、ジョンが最後の言葉を述べられないようにしたのだと。わたしがある受刑者から聞いた話では、監房から連れ出されるときジョンが抵抗して、少佐の処刑隊があんまりひどく殴ったので、彼を引きずり出して処刑室の電気椅子に縛りつけたときには、ジョンはすでに死んでいたということです」

「その話、信じますか？」

「ま、新聞やテレビがいろいろ書きたてましたよ。ボール知事は調査を命じた。その調査報告は、刑務官が処刑前の最後の時間にジョンを〝あざけった〟ことと、〝彼の記者会見をして最後の言葉を述べる権利を行使させなかった〟ことは認めたが、身体的な虐待はなかったとした——それで、誰も懲戒《ちょうかい》処分にはならなかった。

それからボール知事は州政府の覚え書きを出して、スペンケリンクは法律にのっとって処刑されたが、今後はいかなる場合も最後の言葉は許可される、とした。知事は、ジョンになぜ最後の言葉をいわせなかったかは、ついに明らかにしませんでした。

この処刑が非常に問題視されたのは、ジョンを電気椅子に縛りつけ、すでに顔を革の仮面で覆《おお》ったあとで、やっと処刑室のカーテンが開かれたからです。立会人の数人は、自分たちとしては彼はすでに死んでいたとしか思えない、といっています。それ以来、カーテンは常に開けたままにされ、立会人は囚人が連れてこられ、椅子に縛りつけられるのを見られるようになりました」

「当然、検死解剖でほんとうの死因はわかったはずですけど」

「当時、フロリダでは、検死解剖は義務づけられていなかったんです。しかし、このスキャンダルで、州議会で抗議の声が高まり、知事はボーデン局長に命じて少佐の効率的な処刑手順を修正させました。現在では、〝中立的立会人〟が処刑準備の最後の数時間に立ち会って最終報告を出さねばならないし、事後には必ず検屍解剖が行なわれます」

彼は落ち着きなく周囲に目を走らせた。「しかし、それさえ悪用される可能性があるんです」

アイリーンは、フーパーに聞かされた処刑前のスペンケリンク虐待の話に吐き気をもよおしそうだった。「あなたはW号棟でたくさんセラピーをしておいでなんですか？」

フーパーは首を振った。「わたしはセラピストじゃない。ここで扱うのは小さな問題だけですよ。深刻なケースは付属病院《CFMH》に送ります」

「どうしてですか？」

「法律では、あなた方だけが本人の同意なしに受刑者を治療することが許されている。わたしも、ときにはちょっとしたカウンセリングをやってますよ、それに心理的葛藤の解決をね——特に刑務官たち相手に。あとはほとんどテストや、測定や、統計の仕事です。正直にいって、ここの受刑者は、わたしたちより面会に来る法律家補助員たちのおかげで、ずっと心を癒《い》やされていますよ」

それを聞いてアイリーンはキャロルのことを思い出し、ひょっとしたら自分もロジャーの姿をかいま見られるかもしれないと思った。

「面会する場所はどこなんですか？」

フーパーはそれを図面に書きこんだ。「〝面会広場〟と呼んでますがね。実際には広場じゃなくて単なる面会室ですよ」

「見せていただけます？」

「ええ、もちろん。でも、べつに特に変わったところはありませんよ。丸テーブルと固定した椅子がある広い部屋というだけで」

「それでも、受刑者にとっては重要な場所にちがいないし、わたしもそう思いたいんです」

フーパーの電話が鳴り、彼は応答したが、一瞬あわてたようにちらっと彼女を見た。「ええ、わかりました、すぐ彼女を連れていきます」彼は電話を切った。「ボーデン局長が戻ってきて、わたしたちにすぐに局長室に来てくれといってます」

「なんだか動揺しておいでのようだけど」

フーパーは手の甲で口を拭《ぬぐ》った。「局長はわたしたちを証人にするつもりなんですよ」

「何の？」

「彼はこれからロジャー・クレイの前で、新しい死刑執行令状を読みあげるんです」

2

二人は廊下を局長室へと向かったが、フーパーはまるでこの刑務所の存在を正当化するかのように、さまざまな事実や数字を並べあげた。だしぬけに、両脇を二人の刑務官で固めたハーグリーヴズ少佐が、行進歩調で〝面会広場〟のほうへ通りすぎていった。フーパーは嘆《なげ》かわしげに首を振り、アイリーンを連れてボーデン局長の部屋に入った。

アブナー・ボーデン局長が机の向こうで立ち上がった。「モーガン先生、ちょうど今日ここへ来てもらって幸運でしたよ」

突き出た薄茶色の目をした、がっしりした体格の男で、茶色い背広の上着も、くしゃくしゃの白いワイシャツも窮屈《きゅうくつ》そうだった。まるで体重が増えたのにまだ新しい服を買っていない、といったふうだった。

「ウォーレス局長からあなたの来所の目的は聞いています」彼はいった。「ここがどんなふうに運営されているか理解するのは、賢明だと思いますよ、われわれの施設を〝残酷で、異常な刑罰〟の代表だとする非難があるが、そういう非難に、あなたのような才能と名声のある精神科医が反駁《はんばく》できますからな」

局長は腰をおろし、身ぶりで彼女たちも座らせた。「ハーグリーヴズ少佐とフーパーさんからこの施設の概要は聞いたと思いますが」

「とても啓発されました」彼女はいった。「ここには一分《いちぶ》の隙もありませんね」

局長はくすくす笑った。「ああ、ハーグリーヴズ少佐の手腕に感銘を受けたんですね。ま、規則にはすべてそれなりの理由があるんですよ」

ドアにノックの音がして刑務官が顔をのぞかせた。「少佐と隊員が来ました」

アイリーンの耳に、廊下から警告するハーグリーヴズの大声が響いた。「死刑囚が入ります！」

「絶妙なタイミングだな」ボーデン局長はいった。それからアイリーンのほうに向いて説明した。「知事が死刑執行令状に署名すると、法律に従って、わたしは立会人の前でそれを死刑囚に読みあげることになっています。あなたは証人になることに異議はないと思いますが」

彼女はうなずいた。「いい経験になりますから」

「わたしも、まさにそう思ったんですよ」局長はいった。「少佐はね、クレイがすでにQ号棟を出て面会に来ているあいだにこれを行なえば、時間と労力の節約になると考えたわけです。ふつう、死刑執行令状を読むために受刑者を監房から連れ出すのは大変なんですよ。どんな口実を使っても彼らはピンと来て、もう監房に戻ってこれないと知っているので抵抗するんです。少佐はしじゅう新手の戦略を考えていますよ。面会で監房から出ているあいだにやってしまうというのは、すばらしいアイディアだな、そう思いませんか？」

死刑囚の面会時間を中断して、死ぬ準備をしろと告げるのは残酷だと彼女は思ったが、うなずいた。

ドアが開き、ハーグリーヴズ少佐と部下が一列縦隊になり、軍隊風に歩調をそろえて入ってきた。ロジャー・クレイは体の前で両手に手錠をかけられ、彼らにはさまれて行進していたが、まるで彼らの行進を茶化《ちゃか》しているかのようだった。彼は体を直立させていた。あの砂色の髪のポニーテールは姿を消している。短く刈りこんだ髪だ。

かつては陽灼けしていた肌も今は生白い。探《さぐ》るような灰色の目が部屋を見まわし、アイリーンと視線が合ったが、それが誰かわかった様子はなかった。

「ここへなぜ来たのか、わかっているかね？」ボーデン局長はたずねた。

ロジャーはうなずいた。「赤いドラゴンの吠える声が〝パイプ横丁〟からこだまして、ぼくの地上の日々は残り少ないと絶叫している」

局長は眉をひそめ、それから立ち上がって一枚の紙を手にとった。アイリーンの座っているところから黒い枠が見えた。事柄の厳粛《げんしゆく》さを思えば自分も立ち上がるべきだと彼女は感じたが、座ったままでいた。

ボーデン局長はおだやかな口調でいった。「法律の定めるところにより、わたしはこれをあなたに読みあげます」そこで彼の声は、慈父の声から復讐の神の芝居がかった太い、響きわたる大音声《だいおんじよう》に変わって、いい渡した。「死刑執行令状——フロリダ州……」

局長はつづけた。「ロジャー・バー・クレイ三世は、一九八二年十月三十一日、二名の未成年者、本人の継娘エレナ・クレイおよびロバート・〝ブーマー〟・ウォードを殺害したるがゆえに、また、……」

局長が名前を読みあげるたびに、ロジャーの体はまるで鞭《むち》で打たれたようにおののいた。「ロジャー・バー・クレイ三世は、一九八三年十二月四日、各訴因において第一級殺人罪で有罪となり、死刑を宣告されたるがゆえに、また……」

ボーデン局長が読みすすむにつれて、アイリーンは時間が停止したように感じながら、クレイの顔に苦痛が浮かぶのを見ていた。彼は白目を剝《む》いた。

「彼はフロリダ州憲法第Ⅳ条第八項（a）の保障する行政官減刑を請求せざるがゆえに、そして……」

クレイが笑ったので、局長は声を張りあげねばならなかった。

「しかるがゆえに、わたし、ギデオン・ボールは、フロリダ州の知事として、また憲法およびフロリダ州法により付与された権限ならびに責任の遂行者として、ここにこの令状を発し、ロジャー・バー・クレイ三世に対する死刑判決を、フロリダ州法の規定にのっとり、一九八五年九月六日正午より一九八五年十月七日正午に至《いた》る期間のいずれかの日に実施することを、フロリダ州立刑務所局長に指示するものである……」

アイリーンはこれまで何度か、死刑判決が下される可能性のある裁判で被告に不利な証言をしたが、その結果をこれほど間近で見聞きしたことはなかった。令状の言葉はあまりにも官僚的で、あまりにも法律的、あまりにも尊大だと彼女は思った。死を告げるときは、〝であるがゆえに〟とか〝しかるがゆえに〟とか、重々しい言葉で覆われた段落、こういう法律文書特有のかび臭《くさ》い形式偏重《へんちょう》で感覚を麻痺《まひ》させるべきではない。死の宣告は、葬儀場の会葬者のささやき声のように控えめであるべきだ。

ボーデン局長が読み終えたとき、ロジャーは両手首に革帯つきの手錠をかけられた窮屈《きゅうくつ》な姿勢で体をぐっと前方に伸ばし、まるで声もなく祈りを捧げているように唇《くちびる》を動かして、その灰色がかった目でまっすぐ彼女を見ていた。

ボーデン局長の声はふたたび慈父のように思いやりのあるものになった。「これが何を意味しているか、わかるかね、ロジャー？　きみには係争《けいそう》中の上訴はないから、この死刑執行令状はこれからの三十日に適用される。きみは処刑準備棟の監房に移され、もし処刑の執行延期がなければ、十月七日、月曜に先立つ一週間のうちのいずれかの日に刑が執行される」

「弟と母を殺したから、ぼくは余命《よめい》いくばくもない」ロジャーは節《ふし》をつけていった。「ぼくの手は二人の血で血まみれだ、この忌まわしい犯罪の償《つぐな》いをするチャンスを与えられて、ぼくは感謝しています」

「そんなことをいって煙《けむ》にまく気か、ロジャー？　フロリダ州の判事と陪審は、きみが冷酷にも継娘とそのボーイフレンドを射殺して、遺体をインディアン川に捨てた罪で罰しようとしているのだ。では、きみはここから直接Q号棟の留置監房に連行される。きみの所持品はハーグリーヴズ少佐の査定を受けて許可されたものだけ新しい監房にとどけられる。罰を甘受《かんじゅ》することだ」

　彼らがロジャーに回れ右をさせ、行進しながら出ていこうとしたとき、彼はマネキン人形のように体をこわばらせた。係官たちはやむなく引きずるようにして連れ出した。それは一見、受動攻撃性の抵抗のように見えたが、アイリーンは彼の灰色の目にそれとは異なる徴候《ちょうこう》を認めた。ロジャーは筋肉がこわばる緊張病の状態におちいったのだ。

　彼らが立ち去ると、彼女はいった。「得がたい経験でした」

　ボーデン局長の肉づきのいい顔にちらっと微笑が浮かんだ。「あと二通、死刑執行令状を読みます。よかったら、立ち会ってください」

「一度で充分です」彼女はいった。「どんな具合か、わかりました」

「たぶん、今度は処刑に立ち会いに来ることですね」

「ぜったいに来ません！」

局長は手をさし出し、二人は別れの握手をした。「司法精神科医は全員、電気椅子による処刑を見るべきですよ」

「誰がなんといっても、人が処刑されるのを見るのは、ぜったいお断わりだわ」

「今日の三人の皆が皆、実際に処刑されるわけじゃないんです」局長はいった。「間違いなく、一人か二人は執行延期になりますよ。処刑されるのはだいたい十人に一人で、残りはまた死刑囚監房《パイプライン》に戻ります。しかし、どうも処刑のペースがだんだん落ちていますな。去年は八名、そして、今年はすでに九月なのにまだ三名しか処刑していない」

そのどの程度がCLASHの働きによるのだろう、とアイリーンは思った。

管制センターまでアーニー・フーパーに見送ってもらいながら、彼女にはフーパーが沈みこんでいるのがわかった。

「クレイのこういう状態はいつごろからですか？」

「二年前に彼がここに来たとき、挙動も話すことも奇妙でしたよ。それ以前には精神疾患《しっかん》の病歴はまったくありませんが、たぶん、裁判のあいだに精神に異常をきたしたんだと思いますね」

「わたし、彼には裁判を受ける能力があると証言した専門家の一人なんです」彼女は硬い声でいった。

「おや、それは失礼。それじゃ、きっと裁判のあと、ここへ来るまでのあいだにおかしくなったに相違ない」

「死刑囚監房に入っていることが一因だと思いますか？」

フーパーは首を振った。「そういう説は耳にしてますよ。死刑を廃止に持ちこめずにいる人たちが、それを使って裏口攻撃をかけようとしている。わたしはそれが原因だとは思いませんね」

「じゃ、何が？」

「ここだけの話ですが、彼の奥さんがしじゅう面会に来ることと何か関係があると思いますよ。彼はいつも変わらず狂ったように——失礼、言葉が悪いが——彼女を愛してきた。係官からの報告によると、クレイは彼女との面会のあと監房に戻るたびに、監房のなかを行ったり来たりしながら彼女に話しかけているそうです。愛の詩や、彼の眠れるイバラ姫がどうとか、自分は輝く甲冑《かっちゅう》を身につけた彼女の騎士で、彼女を救わねばならない、というようなことをね。あれほど深く愛している男が死に直面すれば、頭がおかしくもなるでしょう」

「いろいろありがとうございました、フーパーさん」

「アーニーと呼んでください。こんなに評価の高い精神科医にお目にかかれて光栄ですよ。今度いらしたら、忘れずに声をかけてください。専門の話をするチャンスがまりないのでね」

「楽しみにしています」

帰ろうと背を向けかけたとき、フーパーが腕をつかんだ。「それから、もう一つ。どうしても誰かに話さなければならないんです、モーガン先生。もうちょっといいですか？」

「ええ、もちろん」彼女はいった。

二人は廊下で立ち止まった。「誰にも口外してはだめですよ。でも、誰かあなたのような著名な人が、ここで処刑された囚人たちに対してやってることを知っておく必要がある」

「何のことでしょう？」

「どんなに悪いことをしたにせよ、償いをすませたあとは安らかに眠らせてやってい
いはずだ」

「何を話したいんですか、わたしに？」

「死んだ受刑者たちの脳の研究のことですよ。わたしは――」

かたわらを誰かが通り過ぎ、彼はふいに撤回した。「いや、いいんです。わたしが
いったことはすべて忘れてください。たいしたことじゃない」

「表情でわかりますよ、重要なことだって」

「ま、わたしの首のほうがもっと重要だ。あと二、三年で定年です。家族のことも考
えないとね」

彼は身元確認室のドアを開け、なかに入るアイリーンに別れの手を振った。それか
ら背を向けて奥に戻っていった。

アイリーンが黒い箱に手をさしこむと、青い光を浴びて証明番号が浮かびあがった。
ほどなく刑務官が待合室に通じる出口の錠を解除した。待合室にはすでにキャロルが
いたが、泣きはらして青い目のまわりが赤くなっていた。

「行きましょう」アイリーンはいった。「さっさと出ましょう、こんなところ」

3

建物を出てから、車であの〈州立刑務所〉の表示のあるアーチをくぐり抜けるまで、二人は一言も口をきかなかった。アーチを過ぎると、キャロルは後ろの窓をちらっと見て長い吐息をもらした。

「死刑執行令状のこと、聞きました？」

キャロルはうなずいた。「少佐の手下どもが面会室からロジャーを引き立てていったあとで、少佐が大いに楽しみながらわたしに伝えたわ。ああ、どうしよう、しなければならないことが山ほどあるのに、もう秒読みが始まってしまった」

「皮膚検査、大変だったわね」

「帰りにもまたやったのよ。あのいやな女。わたしをわざと痛い目にあわせるの。少佐のやり方なのよ、ロジャーの身を案じるわたしを罰するためのね。嫌がらせをして、あいつのろくでもない人殺しの邪魔をするな、と露骨にわたしに伝えてるのよ。ロジャーの処刑を阻止するために、わたしがあらゆる手を尽くすのを知ってて、わたしを怖《お》じ気《け》づかせて手を引かせようというわけ」

「でも、なぜ死刑囚の妻が、州の機関が実施する死刑を阻止できるなんて思うのかしら？」

「わたしたちが責任能力鑑定審問を請求するのがわかっているからよ。〝面会広場〟でほんのわずかな時間ロジャーと一緒にいただけで、彼が完全に狂っているのがわかったわ。彼は心をなくしてしまったのよ。そして、今のわたしの仕事は、あの人が頭医者たちの試験にぜったいパスしないようにすることだわ」

「わたし、知事が任命するその委員会の〝頭医者〟の一人なのよ、気がつかなかった？」

キャロルは呆気《あっけ》にとられた。「ぜんぜん！　そんなこと、マイクは一言もいわなかったわ。彼、あなたがロジャーのことを調べてるのは、わたしたちの力になりたいからだって」

「そのとおりよ。ロジャーに公正で、手抜かりのない審問を受けさせたいの。わたしはフロリダ州に雇われているかもしれないけれど、でも、あくまで精神科医だわ」

「ああ……」

二人はしばらく黙って車を走らせたが、やがてキャロルはふたたび眠りこんだ。彼女が目を覚《さ》ましたとき、アイリーンはいった。「どの週でも月曜の夜ならいいから、わたしのオフィスに来ませんか、話しあえるように」

「わたしの睡眠障害を治療できると思うの？　これは子供のときからの持病よ。コーラー先生でさえ治せなかった。誰にも治せないわ——」

「わたしは睡眠障害の専門医じゃないわ。でも、あなたのことをもっと知らなきゃ」シートベルトに逆《さか》らいながら、キャロルはアイリーンからなるべく体を離した。

「あなたが知りたいのはロジャーのことかと思ってたけど」

「もし彼が仮病《けびょう》を使っているんなら、わたしは口をはさまないわ。でも、もし彼がほんとうに処刑される責任能力に欠けているのなら、処刑を阻止するのがわたしの仕事よ。彼の頭のなかに入るわけにはいかないから、そして、あなたと彼はこんなに深く愛しあっているから、あなたのことから知りはじめたいの」

キャロルはため息をついた。「ロジャーが面会室から連れ出されたとき、わたしが何を考えたか、いいましょうか。ロジャーの気が変になりかけているのなら、わたし、彼が処刑される能力がなくなるまで、どんどんこの現実世界を離れていくように手助けしようと思ったの」

「そういう話は聞きたくないわ。そういうことは、わたしの職業的倫理や、わたしの信条すべてに背《そむ》くことになるわ」

「ヒポクラテスの誓いは、人を生かしておくために、あらゆる手を尽くすように命じてるんじゃないの？　狂気のほうが、死よりまだましなのは確かよ」

「わたしには、それほど確信はないわ」

ふいにキャロルは、ふたたび怯《おび》えた表情になった。「あなたはね、わたしが今話したことを誰にもいってはいけないのよ。つまり、精神科医はそういうことを秘密にしなければならないのよね――聖職者のように」

「あなたがわたしの患者である場合にかぎり、ね。でも、あなたとわたしは、患者とセラピストの関係じゃないわ」

「もしそうだったら……？」

「あなたが話したことを何ひとつ、ぜったいに人に明かせなくなるわ、あなたが自殺をするつもりだとか、他人に危害をおよぼすつもりだとか話した場合は別として」

「ま、わたしはそうじゃないから」それから、長い沈黙のあとで彼女はいった。「でも、わたしには治療代を払うゆとりがないもの」

「これは〝無料奉仕〟ということにしましょう」

キャロルはうなずいた。「ええ、それならいいわ。もし患者として受け入れてもらえるのなら、治療を受けに行くわ。いつ？」

「月曜日の夜。七時に」

キャロルは不承不承《ふしようぶしよう》うなずいた。

「楽しみにしています」アイリーンはいった。

キャロルの家に着いたとき、彼女は車を飛び出して行きかけて、ふと振り向いた。

「あなたは死刑を容認しているけど、根はいい人だと思うわ」それから、家のなかに駆けこんだ。

アイリーンはバッグから予定表を取り出して、キャロルの治療の日時を記入した。

家に向かって車を走らせながら、この複雑な人間関係に自分を巻きこむなんて、自分ははたして賢明なことをしているのだろうかと思った。

家に入り、すぐにもベッドに倒れこむつもりだったが、留守番電話の赤ランプが点灯しているのに気づいた。彼女は録音されていた一件のメッセージを聞いた。マイク・パウエルからで、あまり遅くない時刻に帰宅して、あまり疲れていなければ、一緒に一杯やらないかと誘っていた。

あまり遅くはなかったし、じつはそれほど疲れてもいなかった。だが、彼女はパウエルに会えばどうなるか、自分が信用できなかった。一晩寝て、考えるのよ、彼女は自分にいい聞かせた。もし彼と関わりを持つつもりなら、時間はまだたっぷりあるわ。

第十五章

1

　スタークの刑務所を訪ねた翌日、アイリーンが《タラハッシー・センティネル》紙と《フロリダ・タイムズユニオン》紙に載《の》ったロジャー・クレイの新たな死刑執行令状と、州議事堂の前で行なわれたCLASHの抗議行進の記事を読んでいると、マイク・パウエルから電話がかかった。

「一杯やろうと誘ったけど、応じませんでしたね」

「すみません、折り返し電話をしないで。刑務所から戻って、疲れきってたものだから」

「明日の晩、食事に連れて行かせてください、そうしたら許してあげますよ」

彼女は考えをめぐらしながら、自分が受話器をいやに堅《かた》く握りしめているのに気づいた。「わたしはあなたの依頼人の能力鑑定をするわけですから、あなたと一緒に出かけたりするのはまずいんじゃないかしら。現に能力鑑定審問を早急に請求する予定なんでしょ」

「死刑執行令状の最後の週まで請求しませんよ、鑑定委員会が作業をしているうちに期限切れになるようにね。とにかく、精神科医の名前を明記した行政命令はまだ出ていないんだから、あなたには利害の衝突はないわけですよ」

「それは形式上の問題だわ、マイク」

「でも、ぼくはまだ審問を請求してないし、それにね、あなたと話したいのはロジャーのことじゃないんです。キャロルのことなんですよ」

「ウォーレス局長から警告されたわ、あなたはわたしが規則や手続きに疎《うと》いことにつけこんで、わたしに揺さぶりをかけるだろうって」

「アイリーン！　約束しますよ、あなたの立場を危うくするようなことはしないと。あなたの立場がどんなものとわかってもね。ぼくはただ、うまい中華料理をご馳走《ちそう》しようといってるだけですよ。あなたは中華料理が好きだと決めてかかって」

「ずるい……」アイリーンはうめいた。「ニューヨークから帰ってずっと、おいしい春巻が食べたくてしょうがなかったのよ」

「じゃ、決まりだ。明日、八時に迎えに行きますよ」

彼女は降参した。

2

翌晩、マイク・パウエルは八時四十五分に彼女の家の前におんぼろフォードを乗りつけた。場所を空《あ》けるために、彼は助手席から法律文書ファイルをひと抱《かか》えすくいあげて後部座席にどさっとおいた。アイリーンが乗りこむや否や、彼は猛スピードで走り出した。彼女はシートベルトに手を伸ばしたが、パウエルはいった。「すみません、暇《ひま》がなくてとりつけてないんです」

運転しながら、彼は絶えずバックミラーをのぞきこんだ。

「遅れてすみません」彼はいった。「知事が今日、さらに三通の死刑執行令状に署名したんですが、そのうち二人には上訴を請求してくれる弁護士がいなくてね。州のあっちこっちに電話をかけまくっていたら、時間の経《た》つのを忘れてしまって」

〈チャン〉の駐車場に乗り入れるまで、彼は体制側の不当さについて語った。そして、タイヤをきしませて急停止した。絶え間なく背後を振り返りながら車からおりると、彼はあわただしくアイリーンをレストランに連れこんだ。

「どうしたの、マイク。パニックにかられてるみたいだけど」

「尾行されてないか、常にチェックするんですよ」

「誰が尾行していると思うの？」

「思うんじゃない。知っているんです。州検察局がぼくを見張らせてるんだ。くそ！　夜遅く出かけて、日用品や食料を買う金を届けに死刑囚の貧しい家族のところに車を走らせているとき、警官がパトカーで尾行しているのを見るのは、ほんとに嫌なもんですよ。怖いんだ、ぼくにはわかってるからね、ナッシュにはぼくを殺させることもできるのが」

「たしかなの、想像じゃなくて？」

「ぼくが妄想するタイプに見える？」

「そうともいえないわね。ただ陰謀思考的なだけで」

ウェートレスがメニューを手渡して去ると、アイリーンはCLASHが州議事堂前で行なったデモについて、その朝、テレビのニュース特集で見たことをパウエルに話した。「ポール・ナッシュがあなたのことを〝魔法使いの弟子《でし》〟と呼んでる一コマがあったわ」

パウエルは笑った。「とにかく、あの州検事は手強い法律家ですよ」

「資料映像として、あなたが髑髏《どくろ》の描かれた十三個の黒い風船を空に放っているところも映ったわ」

「風船の一個一個が、フロリダで死刑が復活してから、ナッシュが手を貸して処刑した死刑囚をあらわしているんです」

「じゃ、あなたはこの運動をかなり長くやっているのね」

「そして、これからも続けていく、アイリーン。全力を尽くして命のために闘う。飲み物は何にする？」

「トマト・ジュースを」彼女はいった。「わたし、回復しかけのアルコール依存症者なの」

「その話を聞かせてもらえる?」

彼女は肩をすくめた。「このフロリダで父の長い苦痛に満ちた病気が終わりに近づいたころ飲みはじめて、去年ニューヨークでわたしのフィアンセが殺されたとき、一気にコントロールがきかなくなってしまって」

「きみは苦しみがわかる人だと感じていた」パウエルはいった。「同情は生《なま》の経験から生まれるものだ」

「わたしの話をつづけたくないわ。あなた、今夜はキャロルの話だといったでしょ」

パウエルは彼女の手に手を重ねた。「きみは賢明な女性だと思う、アイリーン。そして、きみは真の癒《い》やし手だと感じている。きみに仮定の質問をするよ。ある人間が、別の人間の狂気に感染するということがあり得るだろうか?」

「〝二人精神病〟はめったにないけど、でも、極度のストレスのかかる状況、あるいは人間関係では起こり得るわ」

「たとえば、自分の娘を殺して今や電気椅子に直面している夫を愛している、というような?」

「あなたは、キャロルがすでに現実を遊離《ゆうり》していると思っているの? それとも、その可能性について心配しているの？」

彼は肩をすくめた。「法律家補助員として彼女が必要だったし、彼女とロジャーはたがいに助けあえると思ったから、ぼくは現に進行していることに目をつぶっていた。ぼくはいつも最前線の人たちに警告しているんだ、受刑者の誰とも感情的に関わってはいけないって。つい彼女とロジャーに説得されて、彼女をロジャーの担当にしてしまったのは無責任だったよ。ロジャーはぼくに、何でも彼女のいいなりにさせようとするんだ。でも、彼女にはあの皮膚検査がショックだったらしい。精神的にすっかり参ってしまったようだが、ぼくにはどうしていいかわからない」

「刑務所でキャロルのような目にあわされて平気でいられる女性は少ないわ」アイリーンはいった。「それに、たしかに彼女のことを心配する必要があるわね。ああやって虚勢を張ってるけど、睡眠障害のせいでとても傷つきやすくなっているから。ロジャーの精神状態がどんどん悪化するにつれて、彼女も痛手を受けるでしょうよ」

「残念ながら、彼女はすでに異常をきたしていると思う。今度の新しい死刑執行令状がほんとに応《こた》えたんだ」

「どんなふうに？」

「彼女は皆にこんなことをいってるんだ、ロジャーは無実だ、殺人は誰かほかの者がやったことで、他人の犯した罪で彼を処刑しようとする陰謀が企《たくら》まれていると」

アイリーンは眉《まゆ》をひそめた。「彼女はあの自分自身のテープを聞いたことがあるの？　ロジャーが二人を殺したときの記憶が甦《よみがえ》ったあのテープを？」

「いや、ない。むろん、あのテープのことは知ってるけどね、裁判記録の一部になってるから。しかし、彼女は頑として受け入れようとしない。あれは偽の記憶だというんだ、コーラーが彼女の頭にああいう考えを植えつけたにちがいないと」

「それはあり得ないわ」アイリーンはいった。「たぶん、考えや暗示を植えつけることはできても、視覚的なイメージや、彼女が報告しているような暴力行為は無理だわ。彼女は自分が実際に体験したことを描写していたのよ」

「キャロルのカウンセリングを引き受けてもらえませんか？」

「もう彼女に会うことになってるわ、この勝ち目のない状況を彼女が少しでも楽に乗り越えられればと思って。キャロルは自分とロジャーは幸薄《さちうす》き恋人たちだと思ってる傷つきやすい女性だし、ロジャーは宮廷風の恋愛を信奉している不運なロマンチストだわ」彼女はちょっと考えてから微笑した。「たぶん、これは〝二人精神病〟と呼んでもいいでしょうね」

「じゃ、きみは、ロマンチックな恋愛は両者が共有する狂気だと思うわけだ」

「こういっておきましょう。わたしはもうロマンチックではないと」

パウエルは笑った。「キャロルに夢中だったのはロジャー一人じゃない。四人の男が、高校生のころからキャロルにあのお伽《とぎ》話的な恋をしていたんだ」

アイリーンは眉を吊り上げた。「ほんと?」

彼は〝イバラ姫の守護騎士〟について知っていることを話して聞かせた。

「たぶん、驚くには当たらないんだわ」彼女はいった。「ほとんどのお伽話は男性が創作したものだし、男性の幻想を具体化したものなんだから」

「おい、おい。フェミニストの神話破壊はもうたくさんだよ」

「考えてごらんなさいよ。美しい処女が孤立無援で、百年の眠りについて無防備な状態にある。颯爽《さっそう》とした、男性的で強い王子さまが彼女を救出し、キスで彼女を自分のものにする。これは後世の子供向けのお話よ。原作では、チャーミングな王子さまでもなければ、ただのキスでもなかった。ある王さまが眠っているイバラ姫を見つけ、彼女をレイプして連れ去るの。彼女はなおも眠りつづけ、九カ月後、赤ん坊が生まれる。そして、その赤ん坊が乳を吸おうとして彼女の指を吸い、毒の棘《とげ》を吸い出したので眠り姫は目を覚ますの」

「そんな話、初めて聞くよ」

「いわゆる騎士道華やかなりし時代には、紳士が無力な処女の弱みにつけこんで性的に利用しても、べつに犯罪でもなかったし、それどころか珍しいことでさえなかったのよ」

「精神科医がロマンチックになれないのは、当然だよね。あらゆる神話やお伽話《とぎ》の背後に象徴や原動力を読みとってしまうんだから」

「そうね、原動力といえば、キャロルの若い四人の崇拝者のその後の人生のシナリオを見てごらんなさいな。エド・リーチは眠り姫が妊娠していることを知ったあと、おそらく、相手は彼ではなかったのだと思うけど、いわゆるオートバイ事故で死ぬ——自殺の可能性のほうが大きいけれど。オスカー・キャメロン、彼は彼女のお腹《なか》の子供を自分の子供として育てようとしたわけだけど、背中を骨折して、そのあと彼女と離婚する。ロジャーは彼女が生んだ子供を殺す。そして、その環を完結するのは、戦争で片目を失ったポール・ナッシュで、彼は検事としてロジャーを死刑にする。わたしがリアリストなのは、やみくもなロマンチックな情熱が、人々にどんなことをさせるか知っているからよ」

マイクはため息をついた。「キャロルには強いリアリストが必要だと思うよ」

「最初のカウンセリングがどんな具合か、ま、様子を見ましょう」

メインコースが運ばれてきた。ウェートレスがテーブル脇で準備して、焼けるように熱い金属製の皿に料理をよそうと、卓上に湯気の渦が立ちのぼった。アイリーンは振り向いた人々の数人がマイクを指さしているのに気づいた。

「あなたのこと、みんな知ってるんだわ」彼女はいった。「わたし、有名人と一緒に食事をするのは初めて」

「何か投げつけられるかもしれないから、用心したほうがいい。ぼくはこの町に大勢敵を作ってしまったから」

レストランからの帰途、マイクはすこぶる慎重な運転ぶりで、細心の注意を払って制限速度以内にとどまった。その用心深さについてアイリーンが感想をのべると、彼はバックミラーに顎《あご》をしゃくった。「尾行車を見てごらんよ」

彼女は振り向いてリアウィンドーの外を見た。パトカーが尾行していた。

「じきにきみの上司たちの耳に入るよ、きみが悪名高いマイク・パウエルと一緒に夕食に出かけたことが」

「わたし、クビになるかも」

「まずそんなことはないね。保健・社会復帰局は、きみのような正式に認可された精神科医で、経験豊富で、すばらしい名声を得ている人物の価値をよく心得てるよ。ランドール・ウオッシュバーン博士は——ぼくがきみのことを照会した精神科医の一人だが——全米精神科医師会の総会できみに会ったことがあるといってる。彼の話では、きみは治癒実績のある精神科医として有名だそうだ」

「そんなことをいってもらって、博士に忘れずにお礼をいわなきゃ」

マイクに送ってもらって帰宅したあと、彼女は自分の気持ちが混乱しているのに気づいた。これほど熱心に社会ののけ者たちのために闘っている者に、彼女はこれまで一度も出会ったことがなかった。あれだけ頭がよければ、法曹界で充分、頭角《とうかく》をあらわせたはずだ。だが、彼は自分が悪と見なすものと闘うことを選んだ。ここにも途方もなくロマンチックな男性がいる。

彼の燃えるような熱意に接して、アイリーンは自分の中道的な立場を居心地の悪いものに感じ、自分もあれほど強烈に何かを——何でもいいから——心から大事に思えたら、と願った。自分の情熱と同情の潜在能力は、自分が愛したあの男、ほかの女の腕に抱かれて自分を裏切ったあの男と一緒に殺されてしまったのだろうか、と彼女は思った。今、自分のベッドを包む暗闇のなかで、アイリーンはキャロルが羨《うらや》ましいのを認めないわけにはいかなかった。キャロルには自分たちの眠り姫を守るという誓いを立て、その誓いを果たしながら成人した四人の勇敢な少年たちがいたのだから。

朝、目が覚めたとき、彼女は何か心乱れる夢を見たのはわかったが、どんな夢かは思い出せなかった。そして、イバラ姫は百年の眠りのなかでレイプされたとき、お伽《とぎ》話的な悪夢を見たのだろうかと、ふと思った。

第十六章

1

ストーン刑事は車でタラハッシーのフロリダ州立大学の近くにあるアイリーン・モーガンの家に行った。一街区《ブロック》離れたところに車を止め、公衆電話から電話をかけると彼女の留守番電話が応答した。彼は伝言を残さずに電話を切った。

歩道から引っこんだところにある彼女の古い家の前には、垂れ下がるスパニッシュ・モスで覆《おお》われたオークの古木《こぼく》が立っていた。防犯装置は皆無《かいむ》、出入りできそうな窓がたくさんあり、玄関ドアのロックはクレジット・カードで簡単に開いた。まったく人を疑うことを知らないご婦人だ。

診察室も二階の住居部分も表面を新しく仕上げた骨董物の家具で飾られ、彼の見るところ、少なくとも数点は彼女自身が仕上げたものらしかった。たぶん、彼女は木工を趣味にしているのだろう。

診察室と住居の両方に隠しマイクを取りつけ、彼女の電話に音声作動式送信機を取りつけて盗聴可能にするのに一時間とかからなかった。彼は留守番電話に〝録音〟機能がついているかどうか調べた。ついていた。フロリダでは電話の会話をひそかに録音するのは違法だったが、アイリーン・モーガンは相手に通話を録音していることを必ず告げる種類の人間なのだろう、と彼は思った。

ナイトテーブルの上の電話の横に、年輩の男が黒髪の少女と手をつないだ写真があった。彼はその少女にアイリーンの面影を認めて、男性は彼女の父親だろうと思った。

診察室の机上《きじょう》の電話をやり終えると、彼は机の上にあった診察予約簿に目を通した。週の初めにキャロルを診察することになっている。つまり、もし真実を探《さぐ》り出すのにアイリーンが何らかの役に立つとすれば、彼は迅速《じんそく》に行動しなければならない。

アイリーンのプライバシーを侵《おか》すことに、ストーンは気が進まなかったが、もし事件の真相をつかもうと思うなら、アイリーンとキャロルのやりとりをぜひとも知らねばならないのだと自分にいい聞かせて、一瞬、心をよぎった罪悪感を押し殺した。

2

ストーンは、月曜の夜のキャロルの第一回めの治療に耳をかたむけた。アイリーンは世間話から始めた。それから、徐々に話をロジャーの刑務所での生活環境や、彼の手紙の内容へと向けていった。

「死刑執行令状が読みあげられたとき、ロジャーは〝パイプ横丁〟がどうとかっていったけど」アイリーンはいった。「彼の手紙のどれかにそのことが書いてなかった？」

「監房の背後にある水道管や暖房用の通風管《ダクト》の通り道のことよ」キャロルはいった。

「音や声がよく伝わるの」

「あなたの考えでは、たぶん、それが彼の頭のなかにある声の源《みなもと》だと思う？　彼は赤いドラゴンの声だといってるけど」

キャロルはびっくりしたような声を出した。「どうしてこのわ、た、し、にそんなことを訊くの？」

「あなたはほかの誰よりもよくロジャーを知ってるもの」

「わたし、彼の妻にすぎないわ」

「彼に面会してるのは、あなただけですもの、今ではそれ以上の存在よ。彼が変性意識の状態におちいっているあいだ、あなたもその一部だったのよ。あなた自身の現在だけでなく過去が——あなたの記憶や、恐怖や、希望が——彼の意識構造に埋めこまれているのよ。ロジャーの能力について情報に基づいた判断を下すために、わたしは彼を理解する必要があるの。あなたを知ることも、役に立つはずよ」

ふたたび沈黙したあとで、キャロルは一気にまくしたてた。「彼は今、苦しんでいるけど、わたしにもその責任があると思うの」

「どうしてなの？」

「こうなることが、わたしにはわかっていた。何か手を打つべきだったのよ、誰かに話すとか……」

「なぜ、そうしなかったの？」

「彼がこれほどまでに苦しむとは気づかなかったからよ。気がふれても生きていられるほうが、彼は幸せだと思ったの。わたしは悪いことをしたのかしら？」

ちょっと間をおいてから、アイリーンはたずねた。「あなたはどう思うの？」

「父なら、わたしが悪いといったでしょうね、頼りにならないから。あなたはわたしのことが知りたいのだから、父のことも知らなければ。父は行動を起こすことを信条にしていたわ、それはたしか。わたしが十四のとき、父と母は離婚したの。そのあとも父は長年リヴァーサイドに住んでいて、わたしが会いに行くたびに、離婚したのはわたしのせいだとはっきりいったわ」

「それはひどい」

「父はわたしのことを憤慨《ふんがい》してたのよ。わたしが不満だったの。わたしが何かを始めても最後までやり終えないと、それは病気の人たちや貧しい人たちを助けるほうが大事だと思ったからなのに、父はけっして大目に見てくれなかった。口ぐせのようにいってたわ、『この家の者は、やりはじめたことは必ずやり終えること。未完成の仕事はできそこないの仕事だ』って。でも、どうやって父にわからせればよかったの、わたしは人とは違う、わたしには先のことを考えたり、未来を設計することはできないのだと。わたし、いつも最初はいいの、でも、最後について考えたことは一度もなかった、だって、いつも途中で眠りこんでしまうんですもの」

「じゃ、世間の人から見ればあなたはお伽話《とぎ》のお姫さまだったけど、ひそかに絶望にとらわれていたわけね」

「わたしはいつも父を失望させたわ。大学を中退したときもそうだった、ホームレスのために小屋を建てていた大学院生を手伝うために、学期の途中で授業に出るのを全部やめて。それに最初の夫のオスカーと離婚したときもそう。離婚したのは、わたしのような病気があっては、彼の妻としてふさわしくないと感じたからよ。父には話せなかったわ、オスカーがわたしと愛しあおうとするたびに、わたしは眠りこんでしまうなんて」

「その問題はどうやって克服したの？」

「ついに克服できなかったわ」

「というと――？」

「オスカーとわたしは、セックスをしたことは一度もないわ」

「専門家には相談したの？」

「十五歳のとき、コーラー先生に治療してもらったので、また先生のところに行ったのだけど、あまり役に立たなかったわ」

「それで」

「それから、ある日、鏡に映った自分を見て、思ったの、『壁の鏡よ、鏡、みんなおまえが悪いのよ』って。そして、鏡を割ってその破片を使ったの」

「その手首の傷は、そのときの？」

「自分が死にかけていると気づいたとき、わたし、恐ろしくなってタオルで止血《しけつ》して、タクシーで病院に行ったの。そのときも最後のことまで考えてなかったの、死んだあと、どうなるか考えてなかった。わたし、どうぞお助けくださいって神さまにお願いしたわ。もし生かしてくださったら、残りの人生は神さまだけに尽くしますって。そのときよ、神さまが出現なさったのは。コーラー先生に、わたしは一度死んで、生き返ったのだって話したわ」

「臨死体験ということ？」

「ええ、わたし、自殺をしようとしている最中に意識を失ってしまったの。コーラー先生の説明では感情が引き金になって起きる脱力発作《ほっさ》が、わたしの命を救ったのですって。筋肉がわたしのいうことを聞かなくなって。これもまた、わたしが最後までやりとおせなかったことの一つよ——自分の命を断《た》つことも」

「でも、あなたが達成できたこともいろいろあるじゃない、キャロル。娘を育てたうえに、教会の活動もつづけたし、困っている人たちのために尽くしたし、そのうえまだ馬を飼育する時間まで見つけて」

「オスカーと離婚したあと、それもやめそうになったのよ——牧場をまさに手放そうとしていた——そのときロジャーがわたしの人生に戻ってきたの」

「彼のことは高校時代から知っていたのよね」

「わたしの輝く甲冑《かっちゅう》の騎士の一人だったわ。そして、彼がカナダから帰ってきたとき、再会したの。わたし、以前からずっと彼の芸術的な才能を崇拝《すうはい》していたわ。彼の作品が大好きだった。彼を励《はげ》まして巨匠たちのように宗教画を描かせたいと、心の底でひそかに願っていたみたい。結婚してから、彼はわたしに大学に戻って学業を終えるようにって励ましてくれたわ。ある意味では、彼は父に似ていたわ。ロジャーは何でもやりはじめたことは必ず最後までやりとおすから。でも、彼が違うのは、わたしを裁かないし、彼と同じようにしないからといって、けっしてわたしを貶《けな》さないことよ。それどころか、彼はいつもわたしの学期末レポートを手伝ってくれたわ。そして、わたしにはわかってた、手助けしてゴールを越えさせてくれるほど愛情ある夫を神さまは授けてくださったのだと」

「ロジャーはあなたをとても深く愛しているようね」

「わたしも彼に対してまったく同じ気持ちよ。肉体的に彼に身をまかすことはできなかったけど、わたしたちの結婚生活は感情的に、そして、ロマンチックに満たされていたわ。純潔で、精神的な愛だった。きちがいじみている？」

「その〝きちがいじみた〟って言葉は、あまり不用意に使わないようにしましょう。ところで、ああいうことがあったから、あなたとロジャーの関係は非常に複雑なものになっているわね。そこのところを理解したいの」

「こういう話を、ロジャーが不利になるように使うことはないんでしょうね？　あなたは彼を殺す手助けはしないでしょ？」

「あなたがた夫妻とわたしの職務上の関わりについては、まだこれから検討してみる必要があるわね。たぶん、その話は次回にまわしたほうがいいでしょう」

「あなたはまだわたしの質問に答えてないわ」

「万一、わたしの立場上、利害の衝突が生じたら、そのときはあなたがたの一方の治療から手を引くわ」

「どっちの？」

「それは、もしそういう事態になったら、決めるわ」

「あなたは、そんな、自分が人々の命を左右する責任にどうやって耐えているの？こういった判定を下して――すべての結果を一身に引き受けて生きていくような？」

「じつは、わたし一人でやっているわけじゃないの。精神医療にたずさわる多くの医師のように、わたしも統制分析医と呼ばれる人と一緒に仕事をしているの。一種の恩師のような人で、ある意味では、このわたしを癒《い》やしてくれるセラピストでもあるわ。重大な問題や、ジレンマに直面したときには、サムに電話するの。彼はわたしの精神分析の指導教官だった分析医でね。たいがいの人より、わたしのことをよく知ってるわ。おそらく、このわたし以上に」

「案内係みたいなもの？」

「そうよ。わたしに感想をいってくれて、わたしがコースをはずれそうなときには教えてくれるの」

「安心したわ」キャロルはいった。「あなたが別の医師の意見も聞けるとわかって」

「診察予定簿を見てみるわね、あなたのつぎの予約を決めるのに。今度の水曜日の七時はどうかしら？」

返事をせずに、キャロルはうめき、泣きだした。

「キャロル、だいじょうぶ？」

返事はなかった。やがて、アイリーンが低い声でいった。「そのまま、おやすみなさい。目が覚めたら、家まで送っていくわ」

送信機の声がしばらく途絶《とだ》え、それからアイリーンの口調が会話調から口述調に変わった。

「キャロル・クレイの診察は、患者が恐怖の表情を浮かべて眠りこんで終了した。かつてジョージ・コーラーが述べたところによれば、ほとんどの者はレム睡眠になるまで夢を見ないが、ナルコレプシーの患者はその前の段階、入眠状態に入るとほとんど同時に夢を見はじめるという」

そのあとは、ただ沈黙だった。

第十七章

1

フロリダ州　行政命令第一一一‐三四七号
（在監者《ざいかんしゃ》の精神能力判定のための委員会の設置）

知事は、死刑判決を受けてフロリダ州立刑務所に在監中のロジャー・バー・クレイ三世に、精神異常の可能性があることを通知された。

しかるがゆえに、フロリダ州法第九二二・〇七項の規定に基づき、利害関係のない有資格者の精神科医三名で構成される委員会を設置し、前記の在監者の精神状態を調べることとする。また、医学鑑定のあいだ、前記の在監者に対する死刑判決の執行を一時停止する。

それゆえ、わたし、ギデオン・ボールは、フロリダ州知事として、フロリダ州憲法および法律、特にフロリダ州法第九二二・〇七項によって与えられた権限により、ここに以下の行政命令を発布《はっぷ》する。この行政命令はただちに効力を持つものとする。

一、利害関係のない有資格者である以下の精神科医三名を、フロリダ州法第九二二・〇七項により、フロリダ州立刑務所の在監者《ざいかんしゃ》、ロジャー・バー・クレイ三世の精神状態を鑑定する委員会の委員に任命する。ランドール・ウオッシュバーン、医学博士《M.D.》。ジョージ・S・コーラー、医学博士《M.D.》、博士号所有者《Ph.D.》。アイリーン・モーガン、医学博士《M.D.》、博士号所有者《Ph.D.》。

二、前記の委員会を構成する精神科医は、ロジャー・バー・クレイ三世を鑑定し、第九二二・〇七項の定めるとおり、彼が死刑の性質と結果、および、死刑が彼に科された理由を理解しているか否《いな》かを判定しなければならない。鑑定は三名の精神科医が同時に、全員立ち会いのもとに行なわれなければならない。在監者の代理人、および州検事は立ち会うことができるが、いかなる敵対的な態度においても鑑定に参加することはできない。
三、この精神鑑定は今後三十日間に行なわれるものとする。鑑定完了後、委員会はその判定結果を知事に報告しなければならない。
四、本件に関わる費用は、刑事施設局が負担するものとする。
五、レノックス郡巡回裁判所によってロジャー・バー・クレイ三世に科された刑の執行は、判定結果が出るまで一時停止するものとする。

一九八五年十月一日、州都タラハッシーにおいて、この行政命令に署名する。

知事　ギデオン・ボール
立会人　州文書局長　レスター・ジョーンズ
フロリダ州印章

アイリーンは翌朝配達便で届いたその文書のコピーをじっくり読んだ。なるほど、ほとんど指定どおりの時刻に行政命令が処刑人の手を止めたというわけだ。

マイク・パウエルは——彼の言葉どおり——精神状態の鑑定期間中に死刑執行令状の三十日間が期限切れになるように、ぎりぎりになって上訴請求をしたのだった。委員会がロジャーは処刑される能力があると宣告しても、ボール知事がまた新たに三十日期限の死刑執行令状に署名しないかぎり、ロジャーが処刑されることはない。

新たに委嘱《いしょく》された任務は、遂行するのに一カ月の期間が与えられている。そして、自分はこの鑑定に偏見《へんけん》のない心で参加し、見たままに判定を下そう。個人的な感情で判断力がくもらされることがないよう自分の偏見を正すには、これまで精神科医として習得したことすべてが要求されるだろう。

2

アイリーンが行政命令を受け取ったのと同じ日、郵便物のなかにフロリダ州スタークの消印の、差出人の住所氏名がない封書がまじっていた。なかには新聞記事の切り抜きが二枚入っていた。片方はある地元紙の記事で、そのニュースを大見出しで報じていた。

脳の研究に抗議の声
処刑された囚人の検査には家族の承認が必要、評論家は言明

もう一方の記事は《ニューヨーク・タイムズ》のものだった。

処刑された受刑者の脳の切除、フロリダで審問の動き

どちらの記事も、フロリダで最近処刑された死刑囚十三人のうち、十一人に対して行なわれた解剖で、エイロチャウェー郡の検死官が脳組織の断片を切除して、それをフロリダ大学の神経化学の准《じゅん》教授に与えたことを報じていた。これは死刑囚本人、あるいは家族の許可なしに行なわれていたのだった。

脳組織の各断片は、側頭葉《そくとうよう》の後部にあるアーモンド型の扁桃核《へんとうかく》――これは攻撃的な行動を起こす神経中枢の一つと考えられているが――から切除されたものだった。く

だんの准教授は子供時代の頭部の負傷と後年の暴力的な行動の関係を研究していたが、研究の詳細について明らかにすることを拒否した。

死刑に反対するグループのいくつかが、この無断で行なわれた切除を〝言語道断〟、〝恐るべき行為〟、そして〝遺体の冒瀆《ぼうとく》〟だとして激しく非難した。処刑された受刑者のある母親はこれを〝グロテスクな行為〟と呼び、州には自分の息子をモルモット扱いする権利はないといった。「その気があれば、わたしの意見を聞けたのに」彼女はいった。「わたしの住所はわかっていたんだから」

刑事施設局の監察部門の責任者でさえ、こう語ったことが報じられていた。「まるで一八〇〇年代の話みたいだな。墓泥棒が考えそうなことだ」

この言葉に、アイリーンはかつて父から聞いた話を思い出して身震いした。強制収容所で人間に対して行なわれた実験の恐るべき実態を。

アイリーンが付属病院《CFMH》に着いたとき、ミス・ピーチトリーはウォーレス局長が緊急の職員会議を召集したので、すぐ局長室に行くようにと告げた。彼女が来て全員が着席すると、局長はいった。「知事から内部向けの秘密通達が来た。州の検死官委員会、およびフロリダ法執行局が調査を行なうまで、州の全職員は処刑後の解剖手順について公《おおやけ》の場での発言をさし控《ひか》えるように、ということです」

「新聞で取りあげられたことで、こういう研究が中止されることになったら悲劇的ですよ」コーラーはいった。「犯罪者の心の動きを解明する科学的研究が後退してしまう」

アイリーンは、フロリダ州立刑務所を訪れたとき、刑務所の心理学者アーニー・フーパーが暗《あん》にほのめかしていたのは——話すことを危ぶんだのは——この件だったのだと悟《さと》った。あの切り抜きを送ってきたのも、たぶん彼なのだろう。

「研究の必要性はわたしも認めます」彼女はいった。「でも、死刑にした人からひそかに科学的なデータを集める社会というのは、ちょっと気味が悪いと思いますけど」

「わたしは、そうは思わない」コーラーはいった。「法律で、今は州の刑事施設で死亡した者はすべて解剖しなければならないことになっている。検死官には、死因を決定するために必要だと思う検査を何でも行なう権利がある」

「それは違うんじゃないですか」彼女はいった。「わたし、フロリダ州の死刑に関する法令を調べてみたんです。法令ではこうなっています、〝処刑された者の遺体は埋葬の準備をととのえ、もし要求があれば、刑務所の入り口において故人の親族に引き渡すものとする〟。ですから、フロリダには二つの矛盾した法律があるんですよ」

「そうかもしれない」コーラーはいった。「しかし、こういう者たちはその暴力的な行動に対して死刑を科せられたわけだから、扁桃核の顕微鏡検査は、死因を決定するための解剖の過程で正当と認められるよ」

コーラーの口から〝扁桃核〟という言葉が飛び出したとたんに、アイリーンは彼がしばしば話していた脳のその部分に関する彼自身の研究のことを思い出した。脳のその部分は、人の良心に影響をおよぼす感情を宿しているだけでなく、ナルコレプシーの症状の一つである脱力発作にも関わっている、ということだった。

「その扁桃核の研究には、先生も関係しているんですね」彼女はいった。「そうなんでしょ？」

コーラーは青ざめた。「わたしはほかの人たちがやった研究を修正して、いっそう進んだものにしているんだ。暴力的な殺人犯の扁桃核の研究は、心に関する知識を拡大するうえで必要不可欠だよ」

「自分の耳が信じられないわ」彼女はいった。「倫理に反するだけじゃなく、非論理的ですよ。二千二百ボルトの電流は全身の極性を逆転させてしまうから、角膜だって研究に使えないんです。脳が破壊されて、扁桃核も使いものにはなりませんよ」

「きみが神経生物学者だとは知らなかったよ」コーラーは嘲笑《ちょうしょう》した。

「そうじゃないけど、でも、常識で――」

「そういう判断は研究者に任《まか》せたまえ」

「とにかく、知事の通達はすこぶる明快だ」ウォーレス局長はいった。「調査が終了するまで誰にも何もいわないこと、それに、終了した時点でも話をするのは広報官だけ、ということだ。わかったね？」

彼はアイリーンを見た。彼女は口のなかで唸《うな》って同意した。

「あなた方二人には、ロジャー・クレイの処刑のための能力鑑定審問に力をそそいでもらわないとね」局長はいった。「準備はできていますか、モーガン先生」

彼女は肩をすくめた。「これ以上はないほど」

彼女は自分のオフィスに戻り、気分を鎮めようと努めた。だが、彼女の怒りはある記憶を呼び覚ました。ふつうのちらっと心をよぎる思い出ではなく、まるでビデオテープを再生するように、ありありと目に浮かぶ思い出だった。彼女が見たのは、ブルックリンの父の医院の光景だった。それは、ナチスの被害者だった医者や化学者に発行された特別の許可を得て、父がこの国へ来てまもなく借金で開いた医院だった。

彼女は十歳で、医院を見に来て、彼女も将来は父の例にならって人々の命を救うために医学の勉強をするのだと父にいわれ、誇らしい気分になったのだった。

だが、彼女は今、刑務所の精神病院の精神科医というのは、たとえ誰を救っても、救いそこなった人々のことで苦しまねばならぬ運命なのだとはっきり悟った。

父も救ってあげられなかった、彼女はその死の苦痛を緩和《かんわ》できなかった。

父が愛した医術が、ナチス親衛隊の医師たちによって悪用されたのは皮肉な話だ。彼らは人間をモルモットとして使った。ユダヤ人やポーランド人やジプシーはドイツ国民にとって危険な病原菌であり、これを根絶することがナチの医師の義務だという理屈をつけて、彼らは自らのヒポクラテスの誓いを正当化したのだった。

いつだったか父は強い不満をもらした、ナチス最高幹部の戦争責任を裁いたニュルンベルク国際裁判のことを覚えている人は多いが、二十三人のナチス親衛隊医師が人道に対する罪で裁かれたアメリカ版ニュルンベルク裁判を記憶している者はきわめて少ない、と。

アウシュヴィッツの捕虜として、父はその医者たちの一人に仕えなければならなかったのだ。

彼女が十歳か十一歳のころ、父は説明した。「わたしたちは、こういわれたんだ、ユダヤ人はどっちみちガス室で死ぬ運命なのだ、わたしたちのおかげで彼らはすぐには死なずにすむし、また、わたしたちは彼らがもっと安らかに死ねるよう手助けができ、しかも、同時に科学知識に貢献もできるのだと」

当時の彼女には、何の話かさっぱりわからなかった。だが、州が殺した人間の遺体で実験することに、コーラーが都合のいい理屈づけをしたことを考えながら、今、彼女は父の言葉の意味を理解した。

第十八章

1

十月四日、鑑定のためにアイリーンがスタークのフロリダ州立刑務所にやってきたとき、ボーデン局長の補佐官から局長はまもなく戻るので、すでに局長室で待っているほかの二人の精神科医と一緒に待つようにいわれた。

彼女はもう一人の精神科医がランドール・ウオッシュバーンだと知って喜んだ。彼はロジャーの裁判を受ける能力の鑑定のとき、アイリーンとともに鑑定に当たったのだった。二年前、二人はアメリカ精神科医師会の総会で再会して、〝末期的分裂病患者の幻覚イメージ〟について彼女が発表した論文について白熱した議論をしたのだった。

巨軀《きょく》の持ち主である博士は彼女と握手して、親しみをこめて挨拶《あいさつ》した。「去年の総会でもあなたの姿を捜したんだが、とうとう見つからなかった」

「行けなかったんです」彼女はいった。「時期が悪くて」

三人めの精神科医はコーラーだった。

ドアが開いて、アブナー・ボーデン局長が入ってきた。先日、アイリーンは彼がロジャーの死刑執行令状を読みあげるのに立ち会ったが、あのときと同じように親しげで、微笑を浮かべている。ボーデンは一人ひとりと握手をすると、巨大なマホガニーの机の向こうにおさまった。
二、三分後、マイク・パウエルが入ってきて彼女のとなりに腰をおろした。
州検事補のウェンデル・シュミットが入ってきて、部屋を横切って向こう側に行き、パウエルとのあいだに距離をおいた。そして、コーラーの横に座ったが、うなずき、握手を交わす様子から親密さがうかがえた。二人が腰をおろしたとき、コーラーのズボンの裾《すそ》が持ち上がった。そして、そのとき初めてアイリーンは彼がなぜ奇妙な前傾《ぜんけい》姿勢で歩くのか、その理由がわかった。〝死神博士〟は厚底のシークレット・シューズをはいて背丈を五センチ高く見せかけているのだ。

ボーデン局長は客たちを見まわした。「モーガン先生以外のみなさんは、すでにこの手続きを経験しておられます。確認しておきますが、知事の命令は、この鑑定があなたがた精神科医三名だけによって行なわれることを求めています。州検事補および死刑囚の代理人は、単なるオブザーバーとして立ち会います。どちらの側からも、質問、議論の類《たぐい》はいっさいできませんし、また、いかなる敵対的やりとりも許されません。よろしいですね？」

一同はうなずいたが、パウエルだけは別で、彼はいった。「いちおう聞くだけは聞いておきますよ、しかし、とうてい了承はできませんね。この手続きが妥当性を欠くものであることは、この刑務所の別の死刑囚の件でもっか連邦最高裁で係争《けいそう》中です」

ボーデン局長の顔に血がのぼった。「上級審がわれわれの手続きを憲法違反として取り消すまでは、現行の法規どおりにやるまでです」

パウエルは首を振った。「フロリダ州の法規は、ここの死刑囚監房同様、残酷で、異常な刑罰になっている、それは局長もよく――」

「政府の出先の行政機関は法律を遂行することを旨《むね》とし、わたしはフロリダ自治州の知事の代理です」

「われらが陽気な処刑人だ」

ボーデン局長は口を開いたが、まだ何もいわないうちに内線のブザーが鳴った。声が告げた。「死刑囚が来ました」

「なかに入れなさい」局長はいった。

ハーグリーヴズ少佐と彼の分隊が、青い囚人服のズボン、死刑囚用のオレンジ色のTシャツを着たロジャーを伴《ともな》って入ってきた。ロジャー・クレイの瞳《ひとみ》は灰色の小石のようだったが、じっと前方を見据えていた。やがて、眼球がくるっと回り、白目しか見えなくなった。手錠のかかった両手を堅《かた》く握りしめ、胸に押し当てたまま、彼の体は前後に揺れた。

「お座りなさい、クレイさん」ボーデン局長は回転椅子に身をあずけながらいった。

「あなたの〝処刑のための責任能力〟を判定する鑑定を、これから始めます」

ロジャーはただそこに突っ立っている。

「あなたの名前は？」ウオッシュバーンがたずねた。

応答なし。

コーラーが同じ質問をした。

依然、何の応答もない。まさに、あの最後の手紙を読んでアイリーンが推測したとおりだ。彼は完全に気がふれたのだ。ほかの二人の精神科医が、今度は彼女がやってみろというように彼女に顔を向けた。

「クレイさん、たぶん、あなたが返事をしないのは」アイリーンはいった。「こちらがあなたの名前をすでに知っているはずだと、わかっているからだと思います。わたしの質問は、ですね、あなたはわたしがいっていることが理解できますか？」

瞼《まぶた》が痙攣《けいれん》した。唇が震えた。それから、低い、歌うような調子で、体の奥底から声が出てきた。「ぼくは〝いる〟のではない。〝いた〟のだ、一つ目たちと火を吐く赤いドラゴンがやってくる時列に。一つ、二つ、三つ。はい、ご婦人、ぼくはキャメロットの礼拝堂で徹夜の祈りを捧げます」

「あなたはなぜここにいるのか、知っていますか？」ウオッシュバーンはたずねた。

「アリの自殺騎兵大隊が風呂の通路になだれこみ、ぼくは風呂の栓を抜く。エルヴィス・プレスリー。転がる石《ローリング・ストーン》にはグレートフル・デッドが生えない。聖三位一体と聖なるメッセージは天空《エーテル》を漂う。魔法使いのマーリンだけが名剣エクスカリバーの秘密を知っている」

「合衆国の大統領は誰ですか？」コーラーがきいた。

「歩く石の下に歌う石と転がる石《ローリング・ストーン》があって、〈暗黒の塔〉からのメッセージ、メッセージ、メッセージを集めない。ぼくの殺された弟と母を待て。みんながいうには、彼らは死んでて、ぼくは歩く屍《しかばね》で、あんたたちにはそんな権利はないんだ、赤いドラゴンにぼくを鞭《むち》打たせて、〝パイプ横丁〟の暗い洞窟を追いたてさせて、そこには骨の入った壺がいっぱいあって、人食い人種《キャニバルズ》たちと大麻《キャナビス》が生えてて、調子が狂ったり、直ったりしながら、転がって、転がって、転がってる。ぼくはアーサー王と円卓の騎士に忠誠を誓う、たとえ彼らが絆《きずな》を清算しても……」

刑務官の一人がくすくす笑い、まるで、われわれにはこの男が仮病《けびょう》を使っているのはお見通しなんだとでもいうように、わけ知り顔にハーグリーヴズ少佐に目くばせした。

ロジャーがいったのは、それだけだった。瞼を相変わらずピクピクさせ、体が緊張で震えながら、彼はそこに突っ立っていた。感情のかけらも見えない。質問には何の反応もない。認識の徴候もない。コーラーが座るようにいっても、ロジャーは何の動きも見せなかった。ボーデン局長がうなずくと、刑務官が局長の正面の空《あ》いた椅子に押しこむようにロジャーを座らせた。

アイリーンはロジャーの肉体的な反応に目を光らせていた——言葉より重要だ。

「きみは殺人と罰のことを話しているが」コーラーはいった。「それは、つまり、殺人を犯した罪で死刑になることを知っているということかね？」

コーラーは致命的な二つの質問を放つのに時間を浪費しなかったが、ロジャーは無言のままだった。

マイク・パウエルが何かいおうとしたが、局長は彼を制した。「警告してありますよ。もし繰り返すようなら、室外に退去させますよ」

コーラーはいった。「今、思いついたんですがね。この囚人の監房を見せてもらいたいんだが」

「何のためにです？」アイリーンは訊いた。

「もし彼が見かけどおりほんとに精神異常なら、居住空間や持ち物にもその精神的混乱が反映されていなければならない」

ウオッシュバーンはそれはいい考えだと同意した。警戒して、パウエルも一緒に行こうと腰を上げた。

「警備上の理由で」ハーグリーヴズ少佐がいった。「死刑囚監房に立ち入るのは精神科医の委員だけに限定されます」

「異議を申し立てる」パウエルはいった。「被告側弁護人として――」

これまで口を閉ざしていたシュミット州検事補がいった。「クレイ氏はもはや〝被告〟じゃない。有罪となり、死刑を宣告されたんだ。したがって、パウエル代理人も先刻承知のように、今の彼は〝死刑囚〟だ」

「あんたになんか訊いてないよ、くそったれ」

「どうか」代理人たちが激しくやりあっているのを明らかに楽しみながら、ボーデン局長はいった。「礼儀を忘れずに」

パウエルは彼のほうに向きなおって、嚙《か》みついた。「納骨堂の管理人が礼儀をうんぬんするんですか？」

「パウエルさん、どうか、この不愉快な仕事をさっさと進行させましょう」局長はいった。

「あなたには単に不愉快なだけでしょうがね、局長、わたしの依頼人にとっては生死の問題だ」

シュミットは椅子を後ろにかたむけた。「彼の命はすでに権利を喪失しているんだ、パウエルさん。今、州が知りたいのは、彼には〝何〟と〝なぜ〟がわかっているかどうかだけだ」

「それが反道徳的とは感じないのか？」

「委員たちはQ号棟を見にいって結構です」ボーデン局長はいった。「パウエルさんとシュミットさんは待っていてください、この局長室の外で、たがいに離れて座って」

刑務官がロジャーを連れ出して留置監房に連れていった。それから、ハーグリーヴズ少佐のあとにつづいてウオッシュバーン、コーラー、アイリーンがつぎつぎ出ていくと、パウエルは書類鞄《かばん》をつかんで自分も一緒に行こうとした。だが、少佐が局長室の外に立つ係官に耳打ちすると、彼はパウエルの前に立ちふさがった。

この前アイリーンがここを訪れたときは、管理部門、医事部門、それに刑務所内の精神保健施設、W号棟だけしか見なかった。ハーグリーヴズ少佐は、彼女が死刑囚監房を訪れる理由が生じた場合には自分が案内するといったのだった。

ハーグリーヴズ少佐の案内で、彼らは左手のS号棟、右手のN号棟――それぞれ百室以上の監房がある――を通りすぎ、やがてR号棟を通りすぎた。R号棟と前方のP号棟のあいだ、ちょうど中央にQ号棟――処刑棟――がある。

外側のモップで拭《ふ》いたばかりの廊下には、消毒薬と刑務所厨房の蒸《む》しもの料理の匂いが入りまじって漂っていた。彼らが四番めの鉄格子扉の前で足を止めると、Q号棟の係官は気をつけの姿勢で、ハーグリーヴズ少佐が彼らを入れる命令を出すのを待った。

アイリーンはこの極限の孤独を強く意識するにつれて、胸が締めつけられるように苦しくなった。自分自身が監房のなかで、ひとりぼっちで待っているように感じた、救いがたい者と宣告され、社会から追放されて……

少佐はうなずいて許可した。四番めの鉄格子扉は低く唸《うな》って開き、彼らは境界を越えた。まるで入れ子の箱のように、刑務所の内へ内へと幾重《いくえ》にも刑務所があるのだ。汗と小便の匂いが吐き気をもよおさせた。彼女は喉まで込み上げてきたものをむりやり押し戻した。今、刑務所のそのまたなかの刑務所の深部に足を踏み入れながら、彼女は既視感《デジャヴュ》を覚えた。まるでナチスの死体焼却炉が間近にあることを知っているような。

記憶の痕跡。彼女は以前、死線を越えたことがあるのだと。

しかし、今、ここで彼女は恐怖を感じた。

いくつもの感覚が関わるイメージの上にイメージが積み重なり、心の万華鏡《まんげきょう》を創り出していた。非現実が空気を重苦しくして、彼女は息を詰めた。

死ぬほうが、あるいは生きたまま焼かれるほうが、まだましなのだろうか？

彼女は息を吸いこんだ。

死刑囚の監房の前を通りながら、彼女はたいがいの者が鉄格子に両手をかけ、すでに死んだ目でこの三人の見知らぬ人間をものうげに見つめているのに気づいた。まるで、待ちつづけるという彼らの儀式と行動様式に、こういう変化が起きたことさえ気づいていないかのようだった。決まった日課に起きる変化は、おそらく彼らに死刑執行令状が署名されたことを――また新たな秒読みが始まったことを告げるのだろう。

Q号棟の係官は三人の精神科医をロジャー・クレイの監房に案内した。扉は開いたままになっている。

「なかに入らせてもらいたい」コーラーはいった。「所持品を見たいんです」

少佐はうなずいた。

コーラーは、相変わらずあの前傾姿勢で歩きながら、最初に監房に入っていった。ウオッシュバーンがつづいた。だが、アイリーンはためらった。敷居《しきい》をまたいだとき、彼女の呼吸はまるで喘息《ぜんそく》のように苦しげだった。

「あれを見たまえ！」コーラーが勝ち誇っていった。「非の打ちどころがない！　タオルはきちんとかかっている。歯ブラシ、歯磨き、石鹸は流しのわきに注意深く並べてある。衣服はたたんである」

「いったい、そういうことから何がわかるというんです？」アイリーンは訊いた。

「それはだね、わたしたちに信じさせたがっているように、もしクレイの頭が真実、混乱しているんなら、生活の場にその徴候があらわれるよ。秩序の欠如《けつじょ》がね、こういうものじゃなくて」コーラーは腕を広げて、きちんと積み上げてある書類を示した。「そら、分類してラベルまでつけてある。〝弁護士〟、〝友人〟、〝学生〟別の往復書簡。私的文書。この男は冷静で、打算的な社会病質者《ソシオパス》だよ、処刑をまぬがれようと精神異常をよそおっているんだ」

彼はロジャーの本棚を調べた。「それに、これを見てごらん、明確に分野別にグループ分けしてある。小説、美術書、それに中世の騎士物語——すべてアルファベット順に並んでいる」

ウオッシュバーンがいった。「監房が整頓《せいとん》されているからといって、必ずしもその人物が正常であるとか、社会病質者であるとか断定はできないと思いますがね。わたしにいわせれば、こういう神経質すぎる秩序正しさは、現に精神異常の行動の徴候かもしれない。これから死のうとしている者が、いったいなぜ整理整頓を気にするんです？」

「もし仮病を使っているんなら」アイリーンはつけ加えた。「きっと監房のなかも、さっきの彼の話のようにめちゃくちゃにしておきますよ。率直にいって、わたしは局長室で見た彼の言動につじつまの合わないものを感じますし、この監房の様子を見て彼の精神能力の欠如をいっそう強く感じますね」

だしぬけに壁から唸《うな》るような音が聞こえ、つづいてシューシューという音がした。

「何ですか、あの音は？」

「ダクトが広がったり、収縮したりしているんです」ハーグリーヴズ少佐がいった。

「それに、パイプ・スペースのなかの排水管が水を流す音と。ここは古い刑務所ですからね」

係官が笑った。「受刑者のなかには、あれを幽霊だと思ってる者もいますよ」

「クレイはあれを幽霊だと思ってるんですか？」彼女はたずねた。

「はい、でも、幽霊とはちょっと違いますけどね。自分が殺さなければならない赤いドラゴンだと思っているんです」

「クレイは、おおむね、どんなふうにふるまっています？」

係官はすばやく少佐の顔を見て、肩をすくめた。「わたしにはふつうに見えますけどね。自分で服を着るし、自分で食事をするし、清潔にしているし。世話をやかせませんよ」

「彼は妙なことを話すことがありますか？」ウオッシュバーンがたずねた。「とっぴなことをいったり、したりすることは？」

刑務官はしり込みした。「わたしがそういう話をするのは――」

「いいんだ」少佐がいった。「この先生がたは知事から任命されているんだから。質問に答えてよろしい」

「ま、そうですね、わたしたち係官の大部分は、クレイのあの気ちがいじみた話、やれ自分は眠り姫を愛してる王子だとか、ドラゴンどもと闘うときは彼女の絹のスカーフを身にまとうだとか――ああいうたわごとは全部――ほら、頭がおかしいみたいに見せる練習をしてるようなもんだと思ってますよ。ごまかして電気椅子《オールド・スパーキー》を逃《のが》れるためにね」

「あなたは、彼が死刑をまぬがれようとしていると思いますか?」コーラーが訊いた。

「ええ、もちろん」

「あなたは死刑をどう思っています?」アイリーンはたずねた。

「州の決めた法律ですから。法律は法律ですよ」

「でも、死刑をどう感じていますか?」彼女は食いさがった。

彼はふたたびハーグリーヴズ少佐の顔をちらっと見上げた。「いいと感じていますよ」

少佐は満足げに微笑した。

「そして、あなたは判決を遂行させるためなら、どんなことでもいったり、したりしますか?」

「ええ。たとえクレイが気ちがいのふりをしても、彼には死刑がどんなもので、自分がどんなことをしたから刑を受けるのか、わかっていると思います」

「ああ、あなたは責任能力に関する法規を知っているんだね」ウオッシュバーンはいった。

「はい。調べました」

アイリーンは廊下の突き当たりに閉ざされた扉があるのに気づいて、その向こうに何があるのかたずねた。

「待機監房が三つあります。受刑者が処刑準備に入ったときのためのね」そして、係官は初めてにやっと笑った。「そして、その向こうには処刑室があって、電気椅子《オールド・スパーキー》がわれらが人殺し騎士を〝稲妻に乗せよう〟と手ぐすね引いて待ってますよ」

「わたしはこれで充分です」ウオッシュバーンはいった。

アイリーンも同意した。コーラーは躊躇《ちゅうちょ》したものの、肩をすくめて二人の意見にしたがった。鉄格子の扉を一つ一つ通過して引き返しながら、彼女はたとえようもなく深い安堵《あんど》を感じた。もしここに何年も監禁されたら、自分はきっと気が狂う。そして、個人が気が狂うだけではない、と彼女はふと思った。種族の気が狂うのだ。文明社会の気が狂うのだ。

局長室に戻るとき、彼らはロジャーが一時的に入っている留置監房の前を通った。彼は手錠をかけられた両手で鉄格子をつかみ、そこに立っていた。今はあの瞼《まぶた》の痙攣《けいれん》は消え、海のような灰色の虚《うつ》ろな目でじっと凝視している。アイリーンには彼が仮病を使っているとは思えなかった。

妙なことに、彼女はほっとした。彼女の知事への報告は、ロジャー・クレイは〝処刑される能力がない〟というものになるだろう。彼女の感触では、ウオッシュバーンの報告もきっと同じものになるだろう。そして、能力があると判定するのはコーラー一人だから、処刑は当然、延期となる。

局長室に入るためにパウエルの前を通るとき、アイリーンは彼がすばやく三人の顔に目を走らせるのに気づいた。彼女と目が合うと、パウエルの顔に安堵の色が浮かんだ。彼女は自分の気持ちを隠すのが下手なほうだから、きっと顔に出ているにちがいない。

彼らが刑務所を出て帰りかけたとき、パウエルが管理棟の向かいにある来客用駐車場まで彼女のあとについてきた。彼女が車のドアの鍵を開けると、パウエルは彼女の腕に手をかけた。「ありがとう、アイリーン」

「べつに感謝してもらうことじゃないわ。わたしは彼は能力がないと思うから、そう報告に書くだけで」

「たぶん〝フロリダの死神博士〟は逆のことを書くと思う。ウオッシュバーンはどうかな？」

「ロジャーの監房が整頓されているのは正気の証明だとコーラーがいうから、わたしが反対したら、彼も同調していたようだけど」

パウエルは振り向いて刑務所をじっと見つめた。「二対一なら、知事は新しい死刑執行令状に署名するのをさし控《ひか》えるかもしれないな」

「かもしれない？　間違いなく、そうせざるを得ないわよ」

「あんまり確信しないほうがいい。ボール知事は根っからの政治家だからね、再選されるためなら何でもやるよ。もう一つ、きみにできることがあるんだけどね」

「何なの？」

「今度の委員のなかで、専門委員会の正式認可を受けている医師はきみ一人だから、報告はきみが書くことになるだろう。そして、きみには報告の提出期限までさらに三十日の期間が与えられる。だから、急ぐことはない。クリスマスに近づくほど、知事が新たな死刑執行令状へ署名するのを休暇後に持ち越す可能性が大きくなる。あわてて判定を下すことはない」

「考えてみるわ」彼女はいい、帰途についた。

だが、彼のいうとおりだった。事実、ウォッシュバーンとコーラーは、報告は彼女が書くべきだと意見が一致した。そして、彼女には、なんとなく、自分が期限が迫るまで報告に取りかかれそうもないのがわかっていた。

一九八五年十一月四日
ボール知事殿

貴下の行政命令第一一一－三四七号に基づき、わたしたちは十月四日、フロリダ州立刑務所においてロジャー・バー・クレイ三世氏の鑑定を行ないました。わたしたちの所見は分かれました。

アイリーン・モーガン医師とランドール・ウオッシュバーン医師の医学的所見は、ロジャー・クレイは死刑の性質とそのもたらす結果も、また、なぜこの刑罰が自分に科せられたかも理解していない、というものです。したがって、モーガン医師とウオッシュバーン医師の医学的所見は、フロリダ州法第九二二・〇七項の定めるとおり、クレイ氏には処刑される責任能力がない、というものです。

ジョージ・コーラー医師は右に述べた所見とは意見を異《こと》にし、彼の意見は以下のとおりです。

〝ロジャー・クレイ本人および彼の生活環境の観察、ならびに、数人の刑務所職員が述べたことに基づき、わたしの所見は、当該受刑者は状況をじつは全面的に理解している、死刑の判決を受けていること、およびその刑罰の意味するところも含めて理解している、というものです。外見上の混乱ぶりは激しいものですが、これは考案して最近になって身につけたものであり、社会病質者《ソシオパス》の殺人犯の仮病と思われます。もし刑務所で暮らすことを許されれば、彼はほかの囚人たちや刑務官たちにとって脅威となるかもしれません〟

もしさらに疑問な点がありましたら、遠慮なく、わたしたちにご連絡ください。詳細な報告は追って送付します。

アイリーン・モーガン、医学博士《M・D》、博士号所有者《Ph・D》
ランドール・ウオッシュバーン、医学博士《M・D》
ジョージ・S・コーラー、医学博士《M・D》、博士号所有者《Ph・D》

彼女は各人のところに使いをやって報告書に署名をもらい、それから、州庁舎に届けさせた。

2

その二週間後、アイリーンがCLASHに立ち寄ると、マイク・パウエルがボール知事の新しい行政命令のコピーを手渡した。彼女の報告にもかかわらず、知事は条例に照らしてロジャー・クレイは処刑される責任能力があるとして、委員会を解散したのだ。そして、クレイの新たな死刑執行令状——判決を十二月十二日までに遂行すると定めた令状——にすでに十一月十五日に署名をしていた。

「つまり、知事は自分自身の委員会の多数意見を無視したわけだわ！」彼女はいった。

「そんなことができるの？」

「むろん、できるさ。フロリダ州の法律では、知事に最終的な決定権が与えられている。そして、フロリダ州民の八十四パーセントが死刑を支持しているから、これこそまさに、抜け目のない政治家が自分の再選を確実にする方法ってわけさ。蛮行《ばんこう》が横行《おうこう》した中世でさえ、狂人を処刑するのは野蛮で残酷だと思われていた。世界で、ほかには精神異常者を処刑する国は一つもないが、フロリダではそれをやったことがある。そして、〝陽気な処刑人〟はまたやろうとしているんだ——クリスマスの二週間前に」

彼の声の激しさ、その目に宿《やど》る情熱を前にして、アイリーンは自分は一度としてこれほど深く何かを気にかけたことはないと実感した。たしかに人々の力にはなった。たしかに専門的技術や、誠実さ、理解力で名声はかち得た。だが、社会的な運動に情熱を燃やしたことは一度もないし、何かの考えに没入《ぼつにゆう》したこともなく、また、主義のために自分自身を進んで犠牲にしようと思ったことも一度もない。彼女は傍観的な反対者になっていた。そして、癒やし手として、客観的で、超然として冷静であることが必要なのだといって、不参加を正当化していたのだ。

彼女はパウエルが青ざめたのを見て、彼の手に触れた。だが、彼女は皮膚が触れたとたん手を引っこめ、自分が赤くなったのがわかった。

パウエルの目は、彼にもそれがわかったことを物語っていた。

「そろそろ帰らなきゃ」彼女はいった。

「ほかにも、きみにぜひ見てもらいたいものがある」彼はいった。「これは先週の《ニューヨーク・タイムズ》に載《の》ってたんだ」彼は十一月十四日付の――ボール知事が新たな死刑執行令状に署名した日の前日の――記事のコピーを手渡した。見出しはこうだった。

国内で二十五名の不当な処刑者、研究で判明

記事は死刑に関する新しい研究を引用して、今世紀になってから三百四十三名の者が死刑になりうる犯罪の嫌疑で不当に有罪判決を受け、二十五名が実際に処刑されたと報じていた。

記者に意見を求められて、長らく死刑擁護の論陣を張っているフォーダム大学の法学と公益学の教授が、たとえそれが真実だとしても、と以下のように発言したことが伝えられていた。

「……これは、すこぶる容認できる数字ですよ」そして、さらに、こうつけ加えていた。「人間のすべての活動は――家を建てるにせよ、車を運転するにせよ、ゴルフやフットボールをするにせよ――無実の人が不当に死ぬことがある。しかし、だからといって、やめることはない、全体的に見て純益があると思うからですよ。この場合も、司法制度の純益は上がっていますよ」

「で、何がいいたいの、あなたは？」彼女はパウエルにたずねた。

「きみは考えてみたことがあるかな、この三百四十三名の冤罪《えんざい》だった人のように、ロジャーも無実かもしれないと？」

「証拠があったわ」彼女はいった。「しかも、反駁《はんばく》できないものだった」

「誰かほかの者の犯行かもしれない」

「わたしも立ち会ってたのよ、キャロルが記憶を取り戻して、ロジャーがあの二人を撃ったことを思い出したときに」

「偽の記憶ということもあるじゃないか。目撃証人は間違っている場合もある」

「あなたの説には無理があるわ、マイク。この記事には——無実の人が処刑されたと思うと——ぞっとする。でも、ロジャーの場合は、わたしたちが扱ってるのは別の問題——正気を失った者を処刑するのは倫理に反するかどうか——で、不当な処刑の問題じゃないわ」

「あんまり確信しすぎてはいけない、アイリーン。偏見を持たないことだ」

彼女は自信をくじかれた気がした。「ほかに、わたしにできることがある？」

「知事が、ロジャーには能力があるという口実でこっちの請求を却下してしまったから、ぼくは減刑審問を請願するつもりだ。州の最高裁がロジャーの死刑判決を支持したあと、彼には減刑委員会で審議してもらう資格があったんだが、彼は憤慨のあまりそれを拒否した。そして、ぼくも彼の考えを変えられなかった。だから、知事はロジャーの減刑審問を開く必要がなかったんだ。しかし、もしロジャーの祖父のクレイ大佐が、ロジャーのために申請《しんせい》してくれれば、ボール知事は審問を開くほうが政治的に得策だと思うかもしれない。なんといっても、今度の死刑執行令状はクリスマスの二週間前が期限なのだから」

「じゃ、なぜ大佐にさっさと申請してもらわないの？」

「大佐は気むずかしい爺《じい》さんでね。この事務所の者とは話をしようとさえしない。死刑の強固な信奉《しんぽう》者だ」

「なるほど」

「ねえ、死刑の野蛮さについて、なにもきみがぼくと同じ意見になる必要はないんだ。ぼくがいってるのはただ、もし誰かが大佐に会うことができて、彼によくわけを話し、彼を説得して、ロジャーの生存しているいちばんの近親として大佐の名前で審問を請求できれば、かすかなチャンスがあるだろうということだ」

「かすかなって、どれぐらい？」

「百に一つだね」彼女の目をのぞきこみながら、パウエルはいった。「しかし、たとえ失敗に終わるいちかばちかのギャンブルでも、ロジャーはクリスマス休暇が終わるまで、もう一度刑の執行を延期される。一時的な執行停止は治療薬にはならないが、でも、死よりはましだよ」

「わかったわ」アイリーンはいった。「〝気むずかしい爺さん〟の相手はあまり得意じゃないけど、やってみるわ」

第十九章

アイリーンがロジャーの祖父、ジェファソン・バー・クレイ大佐に電話をして、ロジャーのために会ってほしいと頼むと、老人は頭ごなしにいった。「わしは孫の犯罪事件には何の関心もない」

「わたしは精神科医です、クレイ大佐、そして、知事がまた別の死刑執行令状に署名をした今、ロジャーの死刑執行延期の唯一のチャンスは減刑審問です。これはほんとに生死にかかわる問題です。お目にかかって、そのことでお話ししたいんです。なんといっても彼はクレイ家の家系の最後の人物だということですし」

躊躇《ちゅうちょ》の長い間があり、苦しげな呼吸が聞こえ、やがてしわがれ声がいった。「明日、朝に。七時に。わしは早起きだから。あんたに十五分だけ時間をあげよう」

大佐は自宅までの道順を教えた。そして、アイリーンが感謝の言葉を述べかけると、だしぬけに電話を切った。

　翌朝、彼女は目覚まし時計で五時に起きた。車に乗りこんだときは灰色の夜明けで、彼女はクレイ家の先祖代々の家を目ざして西に向かった。

　邸内の楕円《だえん》の車まわしにはスパニッシュ・モスの垂れ下がるオークの古木が連なっていた。芝生はきれいに刈ってあり、生《い》け垣《がき》も剪定《せんてい》してあったが、古いプランテーション風玄関柱廊《ポルチコ》のペンキは剝げかかっていた。

　玄関扉が開いて、そこに大佐が立っていた。巨人のような大男で、両端が垂れ下がった灰色の濃い口ひげと鋭く突き出た顎の持ち主だった。アイリーンは人がこんなにまっすぐ立つのを見たことがなかったし、まして九十近い人とあっては驚くほかなかった。大佐も灰色の目をしていたが、こちらは鉄灰色だった。彼はアイリーンを家のなかに案内すると、横手の窓のそばにおいてある一対《いっつい》の大きな袖椅子《そでいす》を指さした。部屋はかび臭かった。朝食用の小さなワゴンテーブルが用意され、光沢を放つ銀のコーヒーポットと磨きこまれた銀食器が載っていた。二枚の小ぶりの盛皿には朝食用のケーキが所狭しと並んでいた。

　何も訊かずに、大佐は二人分のコーヒーをついだ。何もいわずにクリームと砂糖を身ぶりで示したが、自分はブラックで飲んだ。彼の手の甲には肝斑がいくつも浮かんでいた。アイリーンはクリームと砂糖を入れた。

その途方もなく広い部屋は、上等だが今はすっかり古びた家具調度でととのえられていた。一方の壁ぎわに長いマホガニーのテーブルがあり、戦争記念品や戦場で手に入れた戦利品がところ狭《せま》しと並んでいた。第一次大戦のドイツ軍のヘルメットや剣。ナチの銃剣や礼装用の短剣、そして、ぼろぼろのナチの旗。

マントルピースの上には、紋章のついた盾《たて》がかかっていた。紋章は、交差した黄金の剣の上に翼の生えた赤いドラゴンが描かれたものだった。ロジャーの幻想の源《みなもと》を見て、アイリーンは息を呑《の》んだ。黙示録のあの赤いドラゴンは、クレイ家の紋章にも描かれていたのだ。クレイ家の人々は、自分たちの軍人としての伝統を遠くさかのぼって中世の騎士たちや、アーサー王の王侯たち、さらには——

「孫はどんな様子です?」

大佐の質問に、彼女は神話捜しの夢想からはっとわれに返った。「彼の弁護士もわたしも、ロジャーは処刑される能力を失ったと信じています。マイク・パウエルは、これを減刑請求の主眼にしたいと思っています」

「つまり、孫は頭がおかしくなったというのかね？」

「今は〝責任能力欠如《けつじょ》〟という法律用語を使います。でも、そうなんです、ロジャーは気が狂ったと思います」

大佐はたじろがなかった。彼の軍人としての人生は、明らかに、感情を示さぬことを教えたのだ。「あんたはわしにショックを与えようとしているのかね、マダム？」

「ショックを与えました？」

「わしは戦場で兵士たちが自分自身の腸《はらわた》を押しこもうとするのを見ておる、マダム、どんなことにもショックは受けんよ」

「失礼しました、大佐。単刀直入に申します。ロジャーの命はあなたの手中にあるんです」

老人は遠くを見つめた。

「説明します、大佐。彼の弁護士の最後の頼みの綱《つな》は、あなたに減刑審問を請願してもらうことなんです。そして、その慈悲《じひ》を求める過程で、検察側が二重殺人の恐ろしさを激しく攻撃してくるのに対抗しなければなりません。過去には犯罪とはいっさい関わりがなかったことや、非暴力的な行動の経歴や、そういうことを訴えれば、ロジャーが刑務所のほかの人々にとって危険な存在ではないことを減刑委員会に理解してもらえるかもしれません。

ロジャーは弁護人が精神異常を根拠にした弁護をすることや、裁判を受ける責任能力欠如という申し立てをすることを禁じましたが、検察側が申し立て、わたしは彼の精神鑑定をしました。そのときの彼は、責任能力がありました。でも、今は、裁判後に精神に異常をきたしたことは歴然《れきぜん》としていますから、知事の諮問《しもん》委員会は死刑ではなく終身刑にするよう進言するかもしれません」

大佐は、アイリーンには思いもよらなかったが、さらに背筋《せすじ》をまっすぐ伸ばした。

「わしは孫の裁判は見に行かなかった、正義の裁きを信じるからだ――目には目、命には命だ。あれは自分のやったことの償《つぐな》いをしなければならん」

「まさにその点なんです、減刑審問で論議されるのは――どれだけの償いをなすべきか。パウエル弁護士の仕事は、刑を軽減すべき要因に減刑委員会の注意を喚起《かんき》することなんです。当初の弁護人が無能だったために、刑罰が重すぎたのだと」

「モーガン先生、すでにご存じにちがいないが、クレイ家は古くからの軍人の家系だ。しかし、ベトナム戦争のとき、孫は徴兵カードを焼き、カナダに逃げて先祖の名を汚した。わしにはそのうえさらに残酷な殺人を正当化するための狂気まで加えて、恥の上塗《うわぬ》りをするつもりはない」

「わたしはただ、彼の若いころの平和主義的な信念について証言してください、とお願いしてるだけなんです」

大佐の声は、抑えた激怒で震えていた。「孫は一族の歴史を汚しただけではない、あれのおかげで――あんたが厚かましくも思い出させてくれたが――家系が途絶《とだ》えることは確実になった。そんな孫が減刑を申し立てるのに、なぜこのわしが手を貸さねばならん？」

「フロリダの法律が保障する彼の権利だからです」

「しかし、あんたもいうように、あれは精神異常の申し立てを拒否した」

「まさにそこなんです。それがすでに彼の不安定な精神状態の徴候だったのだと思うんです。それが、裁判中から裁判後にかけて悪化して本格的な精神病になってしまったのだと」

大佐はコーヒーをすすりながら黙って座っていた。そして、アイリーンは一瞬、この頑固《がんこ》爺は客がいるのを忘れてしまったのではないかと思った。

やがて大佐は口ひげをぬぐい、ナプキンをたたんだ。「じゃ、あんたは、わが一族の名誉にさらに狂気の汚点までつけたいというんだね？　あいつは、そんな旗は広げずに死んだほうがいい」

それから大佐はふたたび黙り、沈黙は耐えがたいまでになった。

アイリーンは盾の紋章の交差した黄金の剣を指さして、大佐にこういいたかった。先祖代々受け継がれてきた戦時の殺戮《さつりく》の伝統が、彼から彼の息子、孫へと伝わって、あの二重殺人はクレイ一族が犯したも同然なのだと。一族全員がロジャーの手に拳銃を持たせ、彼の指を引き金にかけたも同じなのだと。殺人は殺人を生む、と彼女は思った。そして、人類に対する貢献は破壊でしかない戦士の一族は、子孫の一人が平時に人命を奪ったとき、その報《むく》いを受けなければならないのだと。彼女はこう叫びたかった、たぶん、クレイ家は、かろうじてわかる程度のわずか一点の恥辱の汚点によっても崩壊して当然なのだと。

だが、そうはせずに、アイリーンはいった。「お孫さん――あなたの家系の最後の人間――は、自分のことを、かたわらでともに闘う者もなく、たった一人で赤いドラゴンと闘う中世の騎士だと思いこんでいます。彼には戦友が必要です。あなたが必要なんです」

驚いて、老人はマントルピースの上の盾にちらっと目をやり、まるで頭をはっきりさせようとするかのように首を振り、目をぱちぱちさせた。またしてもアイリーンは沈黙を、たった今すすったコーヒーのように、冷たく、苦く感じた。

ふいに大佐がぶっきらぼうにいった。「わしは何をする必要があるんだ？」

「彼の弁護士にあなたの名前で正式に請願の手続きをさせ、ロジャーの過去の詳しい話についてあなたの証言録取書を作成させればいいんです。ロジャーがすでに話したことを証言してくださっていいんです、彼はそもそも暴力をふるうことができないから徴兵を逃れた良心的兵役拒否者だったことを。この証言を裏打ちするために、あなたはロジャーをむりやり軍人の型にはめようとしていたのに、彼のお父さんが戦死したあと、そのもくろみが失敗に終わったことも委員会に話してください」

「わしには臆病者の心理はまったくわからん」

「その部分はわたしに任《まか》せてください。わたしは精神医学面から証言して、彼は裁判を受ける能力はあったが、今では処刑される能力はないことをいいます」

大佐はうなずいたが、肩を落としていた。「よろしい。わしの名前で減刑を請求してもかまわん。では、悪いが見送りはせんよ。出口はわかるね」

そして、年老いた戦士は苦労しながら立ち上がると、それ以上は一言もいわずに、のろのろと二階に上がっていった。

翌週、マイク・パウエルからアイリーンに電話がかかってきた。彼は〝特別な事情〟を訴える大佐の請願を提出した結果、処刑は一時的に執行延期になったが、知事の諮問委員会は――じつは、これが減刑委員会も務めるのだが――適切な時期に審問を請求できたのに、以前、ロジャーがこれを拒否した事実を無効にはできないと決定した、と彼女に告げた。

「つまり、どういうこと?」彼女はたずねた。

「減刑審問の請求は拒否されたんだ」

24人のビリー・ミリガン（上・下）

堀内静子訳

一九七七年、オハイオ州で身に覚えのない連続レイプ事件の犯人として逮捕された青年ビリー・ミリガンのなかには、二十三もの別人格が潜んでいた。性格はおろか知能、年齢、国籍、性別さえ異なる彼らはなぜ生まれたのか。一貫した意識を奪われ、自殺を繰り返し試みるほど追いつめられた基本人格のビリーは、どう混乱をのりこえていくのか……多重人格という驚異の世界を温かな筆致で描き出したノンフィクション。

訳者略歴　津田塾大学英文科卒，英米文学翻訳家　訳書『クローディアの告白』キイス，『画商の罠』エルキンズ，『偶然の犯罪』ハットン，『完璧な絵画』ヒル（以上早川書房刊）他多数

眠《ねむ》り姫《ひめ》
〔上〕

〈ダニエル・キイス文庫11〉

二〇〇〇年六月十五日　発行
二〇〇三年一月十五日　七刷
（定価はカバーに表示してあります）

著者　ダニエル・キイス
訳者　秋《あき》津《つ》知《とも》子《こ》
発行者　早川浩
発行所　株式会社早川書房

郵便番号　一〇一－〇〇四六
東京都千代田区神田多町二ノ二
電話　〇三－三二五二－三一一一（大代表）
振替　〇〇一六〇－三－四七七九九
http://www.hayakawa-online.co.jp

印刷・三松堂印刷株式会社　製本・株式会社明光社
Printed and bound in Japan
ISBN4-15-110111-X C0197